v. Eller &, Margit

Jel. B gel. M.

**BASTEI
LÜBBE**
TASCHENBUCH

Weitere Titel des Autors:

Hundstage, Wolfsnächte

Titel in der Regel auch als E-Book erhältlich

Über den Autor:

Walter Wolter, 1950 im Saarland geboren, arbeitete als Journalist, bevor er sich der Schriftstellerei zuwandte. Seinen Abenteuerbüchern über Steinzeitmenschen und Kopfjäger folgten mehrere Kriminalromane.

Walter Wolter

EIS-
BLUMEN

Kriminalroman

BASTEI
LÜBBE
TASCHENBUCH

BASTEI LÜBBE TASCHENBUCH
Band 16 650

1. Auflage: Mai 2012

Dieser Titel ist auch als E-Book erschienen

Vollständige Taschenbuchausgabe

Bastei Lübbe Taschenbuch in der Bastei Lübbe GmbH & Co. KG

Copyright © 2006 by Gollenstein Verlag, Merzig

Für diese Lizenzausgabe:
Copyright © 2012 by Bastei Lübbe GmbH & Co. KG, Köln
Titelillustration: © getty-images/Michael Hipple;
© SuchBild, Pauline Schimmelpenninck Büro für Gestaltung
Umschlaggestaltung: Pauline Schimmelpenninck
Büro für Gestaltung, Berlin
Satz: Urban SatzKonzept, Düsseldorf
Gesetzt aus der Garamond
Druck und Verarbeitung: GGP Media GmbH, Pößneck
Printed in Germany
ISBN 978-3-404-16650-3

Sie finden uns im Internet unter
www.luebbe.de
Bitte beachten Sie auch:
www.lesejury.de

Der Preis dieses Bandes versteht sich einschließlich
der gesetzlichen Mehrwertsteuer.

Inhaltsverzeichnis

Brunos jähes Ende

Im Westen türmten sich gewaltige Wolken. Es war schweißtreibend schwül. Stumm und mit geöffneten Schnäbeln saßen die Vögel in den Bäumen. Über dem trüben Wasser des Hafenbeckens standen Mückensäulen. In Erwartung eines erlösenden Gewitters war der Puls des Lebens gedrosselt.

Mitten hinein in das stickige Schweigen schrie eine Frau. Sie schrie dunkel, inbrünstig, wie aus tiefer Qual. Die Schreie zerrten an der Stille.

Das ist doch nicht normal, dachte Bruno, dass jemand so schreit. Es ist doch nur Sex, oder? Eine Nummer am Nachmittag – und zudem die dritte für heute. Schon in aller Herrgottsfrühe hatte das Hausboot heftig geschaukelt.

Übergangslos änderte die Frau ihre Tonlage. Sie schrie nun hell, grell und abgehackt, als würde ihr der Hintern versohlt.

»Heilige Hysterika«, murmelte Bruno, »nun aber mal raus mit dem Namen! Wenigstens ein einziges Mal, bitte!«

Irgendetwas im Boot ging knackend zu Bruch.

»Hoppla«, sagte Bruno.

Kleine Wellen lösten sich von den schwankenden Bordwänden und rollten durch das Hafenbecken. Die Frau steigerte sich zu einem schrillen Stakkato. Dann hielt sie den Ton wie eine Sirene und ließ ihn in einem langen Seufzer ausklingen.

»Oh, Alex«, hauchte sie, »oh, mein Liebling, mein Prinz, mein Gott! Ich bin so satt!«

»Na also, geht doch«, sagte Bruno.

Es gehörte nicht zu seinen Lieblingsbeschäftigungen, anderer Leute Sex über Richtfunk und Kopfhörer zu belauschen.

Aber wenn er Geld brauchte, durfte er bei Aufträgen nicht wählerisch sein.

Als er sich zum Aufzeichnungsgerät hinunterbeugte, blickte er durch das getönte Plastikfenster des Wohnmobils auf ein Gesicht. Es war wieder dieser Rentner mit dem lächerlichen Honecker-Hütchen, das die auffallende Ähnlichkeit mit dem gewesenen Staatsratsvorsitzenden aus Wiebelskirchen noch unterstrich. Schon vor einer halben Stunde hatte der Hütchenträger mit dem beigen, bis oben hin zugeknöpften Polyesterhemd Brunos Wohnmobil misstrauisch umkreist, war dann aber seines Weges gegangen. Jetzt schien er zum Einschreiten entschlossen.

Tok – tok – tok. Die Spitze seines Spazierstocks pochte an die Tür.

Für einen Privatdetektiv war die Neugier unbeteiligter Mitmenschen ein ständig wiederkehrender Albtraum. Da konnte man stundenlang auf der Lauer gelegen haben, war hungrig, müde oder steif vor Kälte, und dann kam irgendein aufmerksamer Nachbar, so ein notorischer Fenstergucker oder Vorgartenspäher, und machte alles zunichte. Man konnte die Uhr danach stellen, wann der herbeitelefonierte Streifenwagen auftauchte.

In der verwilderten Einöde des Saarbrücker Osthafens hatte Bruno sich sicher gefühlt vor Störenfrieden dieser Art, als er gestern im letzten Abendlicht hier angelangt war, nachdem er, von der Autobahn kommend, auf der Ostspangenbrücke die Saar überquert, dann die Großmarkthallen und ein Getreidesilo passiert hatte, um hinter grasüberwachsenen Bahngleisen einem Feldweg zu folgen, der in die Flussauen führte. Vor einem verschlossenen Tor aus Vierkanteisen hatte er das Wohnmobil abgestellt. Links war der Fluss, vor ihm ein Teil des unübersichtlichen Hafenbeckens für Sportboote, begrenzt von der Ingenieurskulisse der Brücke mit ihren dicken, marineblau gestrichenen

Pylonen, und auf der rechten Seite wucherte ein sumpfiger, undurchdringlicher Dschungel aus Buschwerk, Dorngestrüpp und Brennnesseln, in dem Unken quakten und Grillen zirpten. Das Hausboot, dem er folgte, war schon da. An seinem Heck hing schlaff die französische Trikolore. Es war eine dieser bauchigen Ferienyachten, die patentfrei von Kreti und Pleti zum Durchschippern der *Grande Nation* gemietet werden konnten. Festgezurrt lag das Wohnschiff zwischen ein paar kleineren Motorbooten, deren Persenningen kalkweiß von Vogelkot gestriemt waren.

Tok – tok – tok. Der Rentner im Erich-Look war penetrant.

Bruno öffnete widerwillig.

»Was gibt's?«

»Das ist hier kein Campingplatz.« Der Alte schob sein Miesepetergesicht durch die schmale Türöffnung.

»Na, na! Nicht so neugierig!« Bruno empfand das Unbehagen eines Pokerspielers, dem ein Fremder in die Karten kiebitzte, und verstellte dem Eindringling die Sicht.

»Das ist hier kein Campingplatz«, wiederholte der Rentner giftig.

»Hören Sie«, sagte Bruno und drängte den Hütchen-Träger zurück, indem er aus dem Wohnmobil stieg, »hier läuft eine Aktion des Verfassungsschutzes. Geheimer als geheim!« Er senkte seine Stimme. »Gehen Sie unauffällig weiter! Oder wollen Sie die Sicherheit Deutschlands gefährden?«

Der Rentner kniff die Augen zusammen. Er schwankte zwischen Zweifel und Vaterlandstreue.

»Nun machen Sie schon!«, drängte Bruno. »Und zu niemandem ein Wort! Nicht mal zu Ihrer Frau!«

Rückwärts trippelnd, bei jedem Schrittchen den Stock auftupfend, entfernte sich das Honecker-Imitat, sichtlich bemüht, sich die Zulassungsnummer des Wohnmobils einzuprägen.

Bruno atmete auf. Langwierige Auseinandersetzungen mit

Terror-Rentnern und aufgeblähten Spießbürgern waren ihm so lästig wie die Rechtfertigungs-Arien gegenüber uniformierten Ordnungshütern. So schnell und reibungslos wie diesmal lief's nicht immer ab. Er verspürte Lust auf einen Kaffee. Während das Wasser auf der Gasflamme heiß wurde, behielt er durch die Frontscheibe das Hausboot im Auge. Der Fotoapparat mit dem Teleobjektiv lag griffbereit. Vielleicht taten die beiden überhitzten Liebesleute ihm den Gefallen, sich an Deck etwas abzukühlen.

Von hinten, vom Weg her, wurde geschrien – ein Duett aus Greisen-Diskant und promillegepuschtem Proletengrölen. In das schräge Vokalorchester hinein belferte ein Hund.

Bruno goss heißes Wasser in einen Pappbecher und kippte einen gehäuften Löffel Instantkaffee dazu.

»Leine Sie gefälligschd das Vieh an!«, zeterte die Diskantstimme.

Bruno rührte seinen kohlenschwarzen Kaffee um. Dieser alte Querulant, dachte er, hat unter seinem Hütchen die ein oder andere Schraube locker.

Das Geschrei wurde heftiger und aggressiver. Bruno stellte sich mit seinem Kaffeebecher in die offene Tür. Auf dem Feldweg umsprang übermütig ein aus rein züchterischer Sicht ziemlich missratener Schäferhund den stockbewehrten Rentner, der nach ihm hieb und stach. Ein paar Stocklängen entfernt plusterte sich der mutmaßliche Besitzer des Bellos auf, ein nicht unbedingt als intellektuell einzustufender Typ mit »Vokuhila«-Frisur – vorne kurz, hinten lang –, einer Jogginghose aus Ballonseide und dem Schriftzug *FC Bayern München* auf dem bauchwärts überdehnten T-Shirt. Was er dem tobenden Rentner an Worten entgegenschleuderte, war zu einer Deeskalation der Lage völlig ungeeignet.

»Du kriegschd gleich von mir ääni gebaddscht, du dreggischer Wichser!«

»Dann bring isch disch ... in de Knascht!« Die Fistelstimme des Rentners klang verausgabt.

Da walzte der Hundebesitzer auf ihn zu – »Unn sonschd noch ebbes, du Aaschloch? Isch gebb dir ääni off die Battrie!« – und schüttelte ihn. Der Rentner verlor Stock und Hütchen.

»He! Schluss jetzt!«, rief Bruno und sprang, als das nichts nutzte, aus seinem Wohnmobil, um die beiden Streithähne zu trennen.

Der Proll mit der Jogginghose, der ganz danach aussah, dass er für sein täglich Bier nicht viele Finger krumm machte, hielt inne, ließ von dem Rentner ab und äugte grimmig zu Bruno herüber. Diese Gelegenheit nutzte der Alte zur Flucht. Sein hüpfender, hüftsteifer Laufstil war grotesk. Neben ihm her, mit dem Hütchen im Maul, sprang fröhlich der rassefreie Schäferhund.

»Vergess dei Kapp net, du Owwerinschpektor!«, triumphierte der Bayern-München-Fan und vermied jeden weiteren Blickkontakt mit Bruno.

Nach fünfzig Metern war der Rentner mit seiner Kondition am Ende. Schnaufend blieb er stehen und hob das Hütchen auf, das der Hund vor ihn hingelegt hatte, sprungbereit in der Erwartung, dass dieser nette Mensch es durch die Luft werfen und so das schöne Spiel fortsetzen möge. Der tat ihm den Gefallen natürlich nicht, drückte sich den verformten Honecker-Sombrero auf den Schädel und humpelte weiter Richtung Stadt.

Was ist das hier für eine abgedrehte Gegend, dachte Bruno, so nah an der City und doch so fern. Auf der gegenüberliegenden Seite des sichelförmig gebogenen Hafenbeckens ragte turmhoch ein aufgegebener Getreidespeicher, den Wind und Wetter an vielen Stellen seiner Eierschalenfarbe bis hinunter aufs triste Zementgrau entblättert hatten, daneben ein ungenutzter, mehrstöckiger Würfel aus Beton und Backsteinen und blindem Glas, und davor lagen Bug an Heck drei Frachtkähne, jeder mindestens so lang wie zwei Bungalows, rostige Flussveteranen, die gewiss schon Wasser unterm Kiel gehabt hatten, als noch massenhaft Kohle über die Saar geschippert worden war. Nun waren sie für immer an die Leine gelegt und dienten in ihrer letzten Rostphase einem bunten Völkchen von Aussteigern und Außenseitern als Lebensraum. Zur Stadt hin stach der Schornstein eines Heizkraftwerks in den dunstigen Himmel und von jenseits des Flusses flutete aufdringlich und ununterbrochen der Lärm der Autobahn in das stillose Idyll.

Bruno ging zurück zum Wohnmobil und richtete seine Aufmerksamkeit wieder auf das Hausboot. Der weitere Erfolg seiner Arbeit hing an einem dünnen Faden, denn womöglich, so überlegte er, rannte der Hütchen-Rentner spornstreichs zur Polizei – und gegenüber der Trachtentruppe hatte Bruno wenig Diskussionsbedarf.

»Da schau an!«

Er hob die Kamera mit dem Teleobjektiv vors Auge. Die Frau mit dem lautstarken Paarungsverhalten war an Deck. Bruno fokussierte auf ihr Gesicht.

»Kompliment«, murmelte er.

Sie sah aus wie auf den Fotos, die man ihm mitgegeben hatte. Sollte hier oder da ein Chirurg nachgeholfen haben, hatte er seine Sache gut gemacht. Die Schöne hatte wohl gerade geduscht und ihre schwedenblonde Mähne mit den Bernsteinsträhnen glatt nach hinten gestrichen. Um ihren kurvigen Körper hatte sie ein gelbes Badetuch geschlungen. Nach Brunos Information war sie 45 Jahre alt. Sie war an Deck gekommen, um ein Bettlaken zum Trocknen aufzuhängen. Seit gestern Mittag parkte ihr Roadster, ein silbriger »Chrysler Crossfire« mit Trierer Kennzeichen, diskret in Dreisbach an der Saarschleife, wo sie eilig mit ihrem Suitcase an Bord gegangen war.

»Wirklich sehr anregend, Frau Meydorn!« Bruno zoomte sie

näher heran. »Aber ich brauche euch beide. Locken Sie doch mal den Hengst aus der Kajüte, wenn ich bitten darf!«

Die blonde Venus tat ihm den Gefallen nicht. Sie unterhielt sich, das konnte Bruno durchs Teleobjektiv sehen, mit jemand Unsichtbarem. Als er den Apparat absetzte, um ein Stativ aufzuschrauben, stellte er fest, dass er beobachtet wurde. Wenige Schritte vor der offenen Tür des Wohnmobils stand ein Mädchen.

»Hallo«, sagte sie.

Sie hatte große blaue Augen, ein niedliches Gesicht mit Schmollmund und Stupsnase und war, so schätzte Bruno, in diesem postpubertären Übergangsalter, das beide Formen der Anrede zuließ. Er entschied sich für das Du.

»Wo kommst du denn so plötzlich her?«

»Von da drüben«, sagte sie und deutete in Richtung der Frachtkähne.

Bruno legte das fotografische Kanonenrohr so diskret wie möglich hinter sich auf den Tisch. Zum Observieren schien das wirklich nicht der geeignete Platz zu sein.

»Meine Ratte ist unter Ihrem Auto«, sagte das Mädchen und ließ sich auf die Knie nieder.

Sie trug Bluejeans, ein blasslila T-Shirt und staubige Cowboy-Stiefel.

»Komm, mein Schatz, komm her!« Sie spitzte die Lippen und schnalzte leise mit der Zunge.

»Siehst du den Ausreißer?«, fragte Bruno.

»Leider nicht. Aber ich hab was Unwiderstehliches.«

Sie kramte in ihrer Hosentasche. Papier knisterte.

»Ein Schokobonbon«, sagte sie, »das macht ihn schwach.«

Hinter dem Vorderreifen kam eine braune Ratte hervor. Eine kurze Bewegung Brunos ließ sie im Lauf stocken. Sie setzte sich auf die Hinterbeine und blickte mit kleinen schwarzen Augen zu ihm hoch. Ihre Vorderpfoten, die sie vor die Brust hielt, sahen aus wie winzige Hände.

»Komm, mein Süßer«, lockte das Mädchen.

Die Ratte kam der Aufforderung nach, erklomm den ausgestreckten Arm des Mädchens, setzte sich auf dessen Schulter, nahm das Schokoladenbonbon zwischen die Vorderpfoten und begann unverzüglich mit dem Verzehr. Ihr haarloser Schwanz hing wie ein dicker Wurm in den V-Ausschnitt des T-Shirts. Das Mädchen lächelte mütterlich und kraulte das Tier mit dem Zeigefinger sanft am Bauch.

»Mögen Sie Ratten?«, fragte sie, ohne Bruno anzublicken.

»Ich weiß nicht ...« Bruno zögerte. »Ich hatte noch keine auf dem Teller.«

»Na, na!« Sie zog die Brauen hoch.

»Wie heißt denn der Nagezahn?«

»Bruno.«

»Ach nein! Und wieso ausgerechnet Bruno?«

»Warum nicht?« In ihr Lächeln mischte sich Erstaunen. »Er heißt so, weil er so schön braun ist. Gefällt Ihnen der Name nicht?«

»Doch, schon«, sagte Bruno, »schöner Name für einen Kanalarbeiter.«

»Bruno war noch nie im Kanal. Er ist absolut clean. Wollen Sie ihn mal haben?«

Ohne eine Antwort abzuwarten, machte sie zwei, drei Schritte auf Bruno zu und hielt ihm die Ratte hin. Er stieg aus dem Wohnmobil und streckte den linken Arm aus. Als er die Pikser der kleinen, spitzen Krallen auf seinem bloßen Unterarm spürte, sträubten sich ihm kurzzeitig die Haare. Die Ratte balancierte über den muskulösen Arm, überwand die Wulst-Barriere des hochgekrempelten Hemdärmels und näherte sich zielstrebig der Schulter. Und schon spürte Bruno das Schnäuzchen mit den feinen Schnurrhaaren an seinem Ohr.

»Eigentlich bin ich Katzenliebhaber.«

»Alle Tiere sind okay«, sagte das Mädchen.

»Hoppla!« Bruno verzog das Gesicht zu einer Grimasse.

Mit animalischer Geschicklichkeit zwängte sich die Ratte zwischen seinen Hals und den Kragen des blauen Baumwollhemds und rutschte unaufhaltsam über seinen nackten Rücken bis zum Gürtel hinunter.

»Jetzt schlägt's aber dreizehn!« Eilig knöpfte Bruno sein Hemd auf. »Dein Schmusetier geht aufs Ganze.«

Das Mädchen kicherte.

»Damit muss man bei einer Ratte immer rechnen. Sekunde, ich hol sie Ihnen raus.«

Ungeniert schob sie ihre Hand unter Brunos geöffnetes Hemd, ihr Arm glitt um seine Taille, sie ergriff die Ratte und zog sie aus der blauen Dämmerung ans Tageslicht.

»Mein lieber Bruno«, sagte Bruno, »du bist mir ja einer!«

»Alle Leute finden Eichhörnchen putzig«, sagte das Mädchen, »und das nur, weil sie einen buschigen Schwanz haben und auch an den Beinen ein paar Haare mehr. Aber sonst sind sie nicht viel anders als 'ne Ratte.«

»So ist das im Leben«, sagte Bruno, »unsere Welt besteht aus Äußerlichkeiten. Manche werden geliebt, andere gehasst, ohne dass sie dafür etwas tun.«

»Also tschüs dann«, sagte sie und kuschelte ihre Ratte zwischen Kinn und Hals, »und noch weiterhin viel Spaß beim Spannen!«

Bruno war perplex. Diese Rotznase, dachte er, während er ihr hinterherschaute, glaubt die doch tatsächlich, ich würde aus Jux und Tollerei knapp bekleidete Frauen auf Hausbooten begaffen. Dennoch – die Kleine gefiel ihm. Sie war so direkt und unkompliziert. Und für ein knospendes Mädchen bewegte sie sich ausgesprochen geschmeidig. Ihr fehlt noch ein knappes Jahr, dachte Bruno, dann wird sie sich den hormongesteuerten Jungmännern mit jedem Hüftschwung als begehrenswert und gebärfähig empfehlen.

Als wüsste sie, dass er ihr nachschaute, drehte sie sich zu ihm um und hob lässig die Hand. Er winkte zurück. Sie durchquerte einen Sonnenstrahl, der aus dem dunklen Gewölk brach und wie auf einem Gemälde eine Lichtschneise über den Weg und die Wildnis legte. Ihr nackenlanges, lockiges Haar – eine Melange aus verschiedenen Blondtönen mit einem Schimmer von Rot – glänzte auf.

Im Westen grummelte es bedrohlich.

Bruno stieg ins Wohnmobil und blickte zum Hausboot hinüber. Das veilchenblaue Laken hing bewegungslos in der Windstille. Die Frau war verschwunden.

»Scheißjob«, knurrte er und kratzte sich am Hals.

Er schwitzte. Da sein Stoppelbart juckte, beschloss er, sich zu rasieren, und öffnete die Tür zur Nasszelle. Ich müsste auch mal wieder zum Friseur gehen, dachte er, als er sich im Spiegel sah. In seinen mittelblonden Haaren zeigte sich das erste Grau. Er strich sich mit der Hand über Wange und Kinn. Auffallend an seinem Gesicht, das ein wenig an die zerknautschte Physiognomie von Jean-Paul Belmondo in seinen besten Jahren erinnerte, war die Nase, deren genetische Formgebung im Boxring mehrfach überarbeitet worden war. Nicht jeden seiner 65 Profikämpfe hatte Bruno gewonnen. Vor allem die letzten Jahre seiner Faustkämpfer-Karriere hatten Spuren hinterlassen.

Seitlich des Kragens zeigte sein Hemd einen dunklen Fleck.

»Was ist das denn?«

Mit leichter Verzögerung dämmerte es ihm, dass die Ratte ihm auf die Schulter gepinkelt hatte.

»Himmelarsch ...« Er zog das Hemd aus. »Na, macht nichts, es war sowieso reif für die Wäsche.«

Er tätschelte sich Rasierschaum auf die Wangen. Die Bartstoppeln waren zwei Tage alt und hart, die Klinge nicht mehr hundertprozentig scharf. Um den Schaum ein wenig einwirken zu lassen, ging Bruno ins Freie. Eigentlich wollte er nur nachsehen, wie es um das Gewitter stand. Das Mädchen mit der Ratte war immer noch da. Ein Mann um die fünfzig hatte sich zu ihr gesellt. Die beiden standen in Steinwurfweite auf dem Weg und unterhielten sich. Das einzig Auffällige an dem Mann war, dass er trotz der schwülen Hitze ein hellgraues Jackett trug und sich beim Reden leicht verbeugte. Offensichtlich drehte das Gespräch sich um die Ratte, die auf der Schulter des Mädchens saß. Zaghaft streckte der Mann seine Hand nach der Ratte aus, zuckte aber zurück, bevor er das Tier berührte. Ein plötzlicher Windstoß wirbelte Staub auf. Im Westen zickzackte ein Blitz über die Horizontlinie. Bruno ging zurück in sein Wohnmobil, um die Rasur zu Ende zu bringen.

Ich sollte mal wieder was tun, dachte er. Seit fast einer Woche hatte er sich nicht richtig bewegt, seine Muskeln nicht gefordert, und das machte ihn nervös. Normalerweise vergingen keine drei Tage, ohne dass er Serien von Liegestützen pumpte, immer fünfzig hintereinander, sich mit Klimmzügen verausgabte, immer brav ein Dutzend am Stück, oder ein Stündchen durchs Gelände trabte. Das war zwar nichts im Vergleich zu dem Trainingspensum, das er einst als Boxer absolvieren musste, aber es genügte, um ihn trotz seiner zeitweise unkontrollierten Zuneigung zu goldbraunen Destillaten wie Cognac oder Calvados leidlich in Form zu halten. Er war 46 Jahre alt und kämpfte tapfer dagegen an. Einen schlaffen Körper konnte er sich schon deshalb nicht leisten, da in den Kreisen, in denen er berufsbedingt hin und wieder verkehrte, kein Schwächeln verziehen wurde.

Nach Brunos Philosophie war das Leben sowieso schöner und einfacher, wenn man es nicht hasenfüßig anging, sondern kampfbereit und unerschrocken. Im Boxring hatte er gelernt, die Angst zu besiegen. Wer kämpfte, fürchtete sich nicht. Und wer kämpfend unterging, starb nur einmal, der Feige dagegen jeden Tag.

Es donnerte scharf und nah.

Bruno hielt beim Rasieren inne. Was war das? Ein Schrei? Hatte sich da jemand vor dem Gewitter erschrocken? Er lauschte. Da, wieder! Oha, dachte Bruno, wenn dieser Schrei mal nicht aus einer Mädchenkehle kam ...

Er ließ den Rasierer ins Handwaschbecken fallen und eilte, so wie er war, nach draußen. Das Unwetter war noch nicht auf dem Höhepunkt, die Umgebung in ein gelbliches Licht getaucht. Auf dem Grasstreifen zwischen Weg und Wildnis war ein Tumult im Gange. Das Erste, was Bruno wahrnahm, war der Riese. Einen so großen Menschen hatte er seiner Lebtage noch nicht gesehen. Stand der Mann auf Stelzen? Und über welche Kräfte er verfügte! Der Jackett-Träger, den er mit einer Hand am Kragen hielt, hatte keinen Boden mehr unter den Füßen. Reglos wie eine Puppe aus dem Schaufenster eines altbackenen Herrenausstatters hing er im Griff des Giganten. Anders das Mädchen: Es zappelte und wehrte sich wie eine Wildkatze in den Armen eines Kerls, der es zu einem Wagen zerrte, einem anthrazitfarbenen Transporter mit abgedunkelten Scheiben.

Bruno spurtete los. Je näher er kam, desto größer wurde der Riese. Das konnte schier nicht wahr sein! Der Mann war anderthalb Handbreit höher als zwei Meter! Irgendwie erinnerte er Bruno an Nikolai Valuev, den Box-Goliath aus Russland, der, wenn er zum Kampf schritt, mühelos die Ringseile übergrätschte. Natürlich war es nicht der Faustkampf-Koloss aus St. Petersburg, sondern ein anderes Exemplar aus dem Club der Übergroßen. Bruno flitzte an ihm vorbei wie ein Terrier an einem irischen Wolfshund.

Der andere Typ, der die Kleine an sich gepresst hielt, ließ sie los und stellte sich Bruno entgegen. Er hatte ein knochiges Galgenvogelgesicht mit hohen Jochbeinen. Durch die millimeterkurz geschnittenen Haare schimmerte die Kopfhaut und quer über seine Nase war ein Pflaster geklebt. Als er hinter sich an den Gürtel griff, kam Bruno ihm zuvor, brachte ihn mit zwei schnellen linken Jabs aus dem Gleichgewicht und entwand ihm den schwarzen Schlagstock, der an der Spitze auch als Elektroschocker einsetzbar war.

»So nicht, Amigo!«, sagte Bruno und warf das Hartgummigerät ins Gebüsch.

Der Kerl fluchte in konsonantenreicher Sprache, die nach Osten klang, sprang Bruno mit gesenktem Kopf an, versuchte ihn zu packen, fand aber keinen Halt an dem nackten Oberkörper, glitt ab und versuchte es erneut. Bruno schlug ihm mit der Linken einen Haken an die Schläfe, ansatzlos und explosiv, und mit der Rechten – aus der Bewegung heraus – einen krachenden Uppercut aufs Kinn. Mit glasigen Augen kippte der Pflasterträger nach hinten und verschwand zwischen den Brennnesseln.

»Schnell, hau ab!«, rief Bruno dem Mädchen zu, das wie angewurzelt mitten auf dem Weg stand.

Eine Auseinandersetzung mit dem Riesen wollte er tunlichst vermeiden. Der hielt noch immer den Jackett-Mann, der keinen Mucks tat, in die Luft wie ein erbeutetes Karnickel. Das Gesicht des Hünen war ungewöhnlich lang und grob, das Kinn ausladend. Nach den urzeitlichen Knochenwülsten über den Augen zu urteilen, hatte der Mann den IQ eines Silberrücken-Gorillas. Aus seinem braunen Kurzarmhemd hätte man ein Zelt bauen können.

Dieser Turm wiegt an die drei Zentner, dachte Bruno, und wer sich mit ihm anlegt, wird plattgemacht – unweigerlich! Die Art, wie der überdimensionierte Grobian sich seines Opfers entledigte, bestätigte Bruno in seiner pessimistischen Einschätzung. Als sei er aus Styropor, warf er den Mann in hohem Bogen ins Gebüsch. Bruno sah die Szene wie in Zeitlupe. Im Flug löste sich der Knoten in der Kehle des Jackett-Trägers – er schrie, bis er ins Laub eintauchte und das Geäst über ihm zusammenschlug. Dann war es still, beunruhigend still.

Bruno drehte sich nach dem Mädchen um. Auf allen vieren kroch sie durch das Gestrüpp am Wegrand, als suche sie etwas. Was zum Teufel ging hier vor?

»Lauf doch, Kind!«, brüllte Bruno.

Der Zyklop betrachtete ihn mit geringschätziger Gelassenheit und näherte sich mit Riesenschritten. Fast gemächlich holte er zum Schlag aus. Instinktiv zog Bruno beide Fäuste zur Doppeldeckung hoch. Junge, das hat keinen Sinn, warnte ihn eine innere Stimme. Du warst Mittelgewichtler. Dieser Tyrannosaurus ist fast doppelt so schwer wie du!

Er wich aus, behielt die Fäuste oben und bewegte die Beine wie im Ring. Der Koloss schlug zweimal nach ihm. Seine Arme waren wie Windmühlenflügel – lang, aber sehr langsam. Bruno duckte sich ab, wich zur Seite aus und gewann ein wenig an Zuversicht. Als der Riese merkte, dass er seinem Kontrahenten auf diese Weise nicht beikommen konnte, wandte er sich von ihm ab und eilte mit staksigen Schritten auf das Mädchen zu, das gar nicht erst den Versuch machte, wegzurennen, sondern sich ängstlich zusammenkauerte. Für einen kurzen Moment war Bruno drauf und dran, dem King Kong ins Kreuz zu springen – doch er pfiff sich zurück. Bruno Schmidt, sagte er sich, lass gefälligst dein Gehirn eingeschaltet!

Seine Augen suchten im nahen Umkreis nach einem brauchbaren Gegenstand. Hätte er doch bloß den Elektroschocker nicht so lässig entsorgt! Im Wiesengras glänzte etwas Metallisches. Es war der silberne Knauf des Stockes, den der zänkische Rentner verloren hatte. Da lag er wie ein Geschenk des Himmels zwischen zwei vertrockneten Hundehaufen. Bruno hob ihn auf und wog ihn kurz in der Hand. Es war ein solider Holzstock mit massivem Griff. Bruno drehte den Gummischuh ab und schritt zum Duell.

»Lass die Finger von ihr!«

Der Riese, gerade dabei, sich die Kleine zu greifen, drehte

sich um. Er schien leicht verwundert über Brunos selbstmörderische Attacke. Bruno umfasste den Stock mit beiden Händen, hielt ihn waagerecht vor den Körper, wobei seine Knöchel nach oben zeigten. Seine Arme hingen locker herab, die Füße standen schulterbreit auseinander. Er beherrschte die Grundtechniken des *Hanbo-Jitsu,* der japanischen Kunst, mit dem Stock zu kämpfen – stoßend, hebelnd und würgend. Doch die zerschmetternde Wucht des Schlages, den der Riese mit seiner Hammerfaust von oben herab führte, hatte Bruno unterschätzt. Trotz schulmäßigen Abblockens wurde er getroffen. Gerade noch konnte er seinen Kopf zur Seite reißen. Die Faust ratschte an seiner linken Ohrmuschel vorbei und landete auf der Schulter – glücklicherweise abgebremst durch die Stock-Blockade, sonst hätte das Schlüsselbein den Hieb nicht überstanden.

Nun war Bruno am Zug. Wenn er sich entschlossen hatte zu kämpfen, dann kämpfte er, dann gab es kein Gestern mehr und kein Morgen. Mit einem linken Ausfallschritt unterlief er die Reichweite des Giganten und rammte ihm mit aller Kraft seiner athletischen Schultern die Stockspitze knapp unterhalb des Brustbeins gegen den Körper. Und schon zuckte – mit gezügelter Energie, weil Bruno um die durchaus tödliche Wirkung wusste – ein Längsstoß gegen die Kehle. Der Riese war geschockt, als hätte ihn ein Blitz getroffen. Mit abgewinkelten Armen stand er da, den Mund halb offen, ein heiserer Laut war zu hören – dann ging er langsam in die Knie. Bruno machte einen Schritt zurück, veränderte die Griffposition, fasste den Stock beidhändig am dünneren Ende, bereit, ihn mit dem Metallknauf wie eine Keule auf den furchigen, raspelkurz geschorenen Schädel zu schlagen, doch das war nicht mehr erforderlich. Der Riese sank auf Augenhöhe mit seinem Bezwinger, hustete grunzend und kippte zur Seite weg. Bruno konnte es selbst kaum fassen, als er den gefällten Goliath so hingestreckt daliegen sah.

»Jetzt aber nichts wie weg hier!« Er packte das Mädchen am Arm.

»Nein!«, jammerte sie. »Ich muss erst wissen, was mit Bruno passiert ist.«

»Ach du grüne Neune, den gibt's ja auch noch!«

Bruno warf einen besorgten Blick auf den Übergroßen, der sich, beide Hände am Hals, mit blaurotem Kopf und barbarischem Gewürge im Staub krümmte. Schon tauchte das Galgenvogelgesicht mit dem Nasenpflaster ächzend zwischen den Brennnesseln auf.

»Schnell, was ist mit der Ratte?«, fragte Bruno.

»Dort drüben hat er sie hingeschmissen, der doofe Kerl!«

Bruno machte ein paar Schritte ins Gestrüpp. Dornen traktierten seinen nackten Oberkörper. Er stieß auf Gegenstände, die absolut nicht hierher gehörten: einen Stuhl mit zerrissenem Polster, einen ausrangierten Winkelschleifer, ein Fahrradschutzblech und einen verrosteten Einkaufskarren. Die Ratte hing reglos in einer Astgabel. Vor ihrem Schnäuzchen stand ein dicker Tropfen Blut.

»Da ist sie«, rief er, ohne sie anzufassen. »Ich seh mich mal nach dem Mann um.«

Der Himmel hatte sich vollends verdüstert. Es herrschte Dämmerung. Über dem nahen Fluss verästelte sich ein greller Blitz, fast zeitgleich peitschte der Donnerschlag. Die ersten Regentropfen fielen. Bruno lief ein Stück zurück über den Weg bis zu der Stelle, wo der Jackett-Träger zu seiner Luftnummer gezwungen worden war. Der Mann kam aus dem Gebüsch gekrochen, rappelte sich auf und hielt stöhnend seinen rechten Ellbogen umklammert. Dünne, fahlblonde Haarsträhnen verklebten sich auf seiner Stirn mit einer blutigen Schramme. Sein Gesicht war leichenblass und sein Jackett reif für die Lumpensammlung.

»Können Sie gehen?«, fragte Bruno.

»Meine Brille...« Der Mann knickte in den Knien ein. »Meine Brille ist weg.«

Bruno half ihm wieder auf die Beine.

»Hallo«, rief er dem Mädchen zu, »komm ins Wohnmobil!«

Mit Macht brach der Gewittersturm los. Sturzregen hieb schwer in die Blätter, die im Windrauschen ihre helle Unterseite zeigten. Ein Blitz jagte den nächsten. Bruno stützte den hinkenden Jackett-Träger. Der Riese versuchte sich aufzurichten. Durch den Wasservorhang taumelte der Mann mit dem Nasenpflaster auf den quer abgestellten Transporter zu.

Als Bruno und der lädierte Jackett-Träger das Wohnmobil erreichten, waren sie nass bis auf die Haut. Das Mädchen kam hinterher. Ihre Haare waren an den Kopf geklatscht und sie hielt die tote Ratte an ihre Brust gepresst. Man konnte nicht sehen, ob es Tränen waren oder Regentropfen, die über ihr Gesicht liefen.

Bruno setzte sich sofort ans Steuer. Alles, was nicht niet- und nagelfest war, polterte durcheinander, als er anfuhr.

»Halt die Kamera fest!«, rief er dem Mädchen zu.

Der Regen trommelte aufs Dach und überspülte die breite Windschutzscheibe, sodass die Wischer fast nichts mehr ausrichteten. Als das Wohnmobil in den Weg einbog, schaltete Bruno die Scheinwerfer ein. Der Wolkenbruch wollte biblische Ausmaße annehmen. In den Pfützen sprang das Wasser.

Da tauchte im Lichtkegel der Golem auf. Mit ausgebreiteten Armen stand er mitten auf dem Weg – nässetriefend und gespenstisch. Er wirkte angeschlagen. Sein Gesicht war grau wie ein Teller vergessener Spargelcremesuppe. Unbeirrt ließ Bruno das Wohnmobil auf ihn zurollen.

»Vorsicht!«, schrie der Jackett-Träger von hinten.

»Ich denke nicht daran!«, knurrte Bruno.

Wie im Horrorfilm erschien das starre Riesengesicht dicht vor der Scheibe, die schaufelgroßen Hände stemmten sich gegen das

Glas. Bruno schob die Gestalt zwei, drei Meter vor sich her. Dann endlich kapitulierte der Gigant vor den Pferdestärken und sprang zur Seite. Ein donnernder Schlag gegen die Flanke des Wohnmobils kündete von seinem Frust.

»Do swidanja.« Bruno grinste erleichtert.

Der Transporter stand noch immer quer auf dem Weg. Bruno fuhr um ihn herum über die Wiese.

»Geschafft!« Er atmete auf.

Zu spät fiel ihm ein, dass ein Blick auf das Nummernschild ganz nützlich gewesen wäre.

»Würden Sie bitte da vorne links reinfahren?«, sagte das Mädchen. »Ich muss nur was holen.«

Bruno legte die Stirn in Falten und bog in den Kiesweg ein. Blitze erhellten die Gegend. Der Weg führte zu den vertäuten Frachtkähnen.

»Es geht ganz schnell«, sagte das Mädchen, legte behutsam die Ratte auf den Klapptisch gegenüber der Küche, riss die Tür auf und huschte über die schmale Gangway eines der Kähne.

Bruno betastete vorsichtig sein linkes Ohr. Es tat weh und vermittelte ihm das Gefühl, es sei größer als ein Kohlblatt.

»Ich verstehe das alles nicht«, sagte der Jackett-Träger.

»Ich auch nicht«, sagte Bruno.

»Sind Sie der Vater?«

»Es gibt keinerlei Indizien, die darauf hindeuten.« Beteuernd hob Bruno beide Hände. »Ich kenne die Kleine nicht.«

»Sie wissen, dass in letzter Zeit hier im Saarland laufend Mädchen vermisst werden?«

»Ich hab davon gehört«, sagte Bruno, »zwei oder drei im letzten halben Jahr.«

»Drei.« Die Stimme des Jackett-Trägers wurde hoch und laut. »Alle drei ungefähr im Alter von diesem Mädchen hier. Verschwunden! Spurlos verschwunden! Man munkelt von einem Mädchenhändlerring.«

Bruno nagte an seiner Unterlippe. Ein Mädchenhändler-ring? Die beiden Kerle mit ihrem abgedunkelten Transporter würden geradezu klischeehaft in dieses Bild passen. Viel wahrscheinlicher aber war es, dass Mädchen dieses Alters einfach ausbüxten. Gründe dafür gab es im Dutzend: vom Krach mit den Eltern bis hin zu einer verbotenen Liebschaft. Die Vermisstenlisten bei der Polizei waren lang.

»Werden Sie den Vorfall bei der Polizei melden?«, fragte der Jackett-Träger.

»Mir passt eine lange Vernehmung im Moment nicht in den Kram«, sagte Bruno, »außerdem hab ich nichts abgekriegt. Aber Sie! Gehen Sie doch zur Polizei!«

Der Jackett-Träger nuschelte etwas. Bruno verstand ihn nicht.

»Entschuldigung, was haben Sie gesagt?«

»Dass ich das ... wie soll ich sagen, äh ... in meiner derzeitigen Verfassung nicht durchstehen würde. Mir geht es nicht so gut.«

»Soll ich Sie ins Krankenhaus fahren?«

»Danke, nein. Ich möchte nur nach Hause. Wenn Sie mich... natürlich nur, wenn es Ihnen nichts ausmacht ...«

»Ist doch klar«, sagte Bruno.

»Kennen Sie sich aus in Saarbrücken?«

»Nicht sehr.« Über die Schulter blickte Bruno hinter sich in die Kabine.

»Es ist nicht weit. Ich werde Sie lotsen.« Der Jackett-Träger, der sich auf die Polsterbank im Fond gesetzt hatte, kam nach vorne und blieb am Küchenblock stehen.

Seltsame Augen hat der Mann, dachte Bruno, heller noch als hellgrau, fast farblos. Irgendwie passten sie nicht in das Durchschnittsgesicht. Sie waren zu auffällig. Vielleicht hätten sie sogar etwas Anziehendes, wenn nicht gar etwas Magisches gehabt, wären nicht die Lider rundum gerötet und leicht entzündet gewesen. Wenn man von mir erwarten würde, diesen Menschen irgendwo einzuordnen, dachte Bruno, müsste ich nachdenken. Alles an ihm war weich und bleich, das Gesicht, die Hände und gewiss auch alle übrigen Körperteile, deren textile Bedeckung auf angepasste, langweilige Bürgerlichkeit schließen ließ. Zu dem hellgrauen Jackett mit dem zerfetzten Ärmel trug er eine helle Bundfaltenhose und cremefarbene Flechtschuhe. Auch der leichte Bauchansatz und der Seitenscheitel, der sogar das Tohuwabohu überstanden hatte, ohne seine gerade Grundform in dem schütteren Fahlblond einzubüßen, gaben einen Fingerzeig, dass der Mann kein aufgeregtes, geschweige denn ein abenteuerliches Leben führte.

Das Mädchen kam über die Gangway balanciert, in der einen Hand eine Sporttasche, in der anderen einen kleinen Rucksack. Ein junger Bursche mit HipHop-Hängehosen und der Stehfrisur eines Ceylon-Hutaffen war ihr gestikulierend auf den Fersen. Als er das Wohnmobil erblickte, ließ er die Arme sinken und kehrte um.

»Das ging aber schnell«, sagte Bruno.

»Wir können«, sagte sie und schob ihr Gepäck unter den Klapptisch.

Bruno wendete.

»Ich bräuchte ein Hemd«, sagte er, »sonst komm ich mir vor wie Tarzan in den Wechseljahren.«

»Wo sind welche?«, fragte das Mädchen.

»Guck mal in den Schrank neben der Küche. Ach ja ... und nimm bitte die Ratte vom Tisch!«

Sie kam nach vorne und reichte ihm ein weißes T-Shirt. Bruno blickte in ihr hübsches Gesicht mit dem Schmollmund.

»War nicht böse gemeint«, sagte er, »aber ich esse manchmal an diesem Tisch.«

»Ist schon okay«, sagte sie und zog die Nase hoch. »Sie haben Rasierschaum am Ohrläppchen.«

»Hinter den Gleisen links abbiegen«, rief der Jackett-Träger, »und dann weiter bis zur Straße des 13. Januar.«

Es regnete noch stark, aber nicht mehr so stürmisch. Bruno fädelte das behäbige Wohnmobil in den City-Verkehr ein. In einem ruhigen Wohnviertel mit mehrstöckigen Häusern stieg der Jackett-Träger aus. Noch immer hielt er seinen rechten Ellbogen umklammert.

»Das war sehr nett von Ihnen«, rief er, schon im Regen stehend, durch die offene Kabinentür, »vielen Dank, Herr, ähm ...«

»Schmidt«, rief Bruno, »mit deetee.«

»Engelbert Bloch.« Der Mann verneigte sich leicht.

Bruno hob die Hand zum Gruß. Bloch schlug die Tür zu. Das Mädchen kam nach vorne und nahm auf dem Beifahrersitz Platz, die tote Ratte auf dem Schoß.

»Und nun?«, fragte Bruno.

»Ich möchte ihn gern beerdigen.«

»Na gut.« In seinem Tonfall lag wenig Begeisterung. »Und wo?«

»Ich bin nicht von hier.« Das Mädchen zuckte die Achseln. »Haben Sie kein Navigationsgerät?«

»Doch. Einen Autoatlas aus dem vorigen Jahrtausend. Er liegt auf der Rückbank.«

Bruno fuhr los, geriet in immer dichter werdenden Verkehr, wurde ein paar Mal angehupt, brummelte etwas von einer Schnapsidee, in einer lückenlos überbauten Gegend eine Ratte bestatten zu wollen, und lächelte um Verzeihung heischend, als er die zärtliche Trauer seiner jungen Beifahrerin bemerkte. Unentwegt streichelte sie mit den Fingerkuppen über den kleinen Körper, wodurch sich die langen Schnurrhaare bewegten, als wäre noch Leben in dem Tier.

Wenigstens war das Gewitter vorbei. Auch der Regen ließ langsam nach. Ohne dass er es gewollt hätte, geriet Bruno auf die Autobahn. Nach kurzer Fahrt sah er das Richtungsschild Sarreguemines vor sich.

»Was soll's«, sagte er, »dann werden wir die Maus halt in Frankreich unter die Erde bringen. Ich wollte sowieso dorthin.«

Vor Grosbliederstroff, am Saarufer, grub er mit einem Campingspaten ein kleines Loch in eine Sumpfwiese. Das Mädchen opferte einen lila Schal, um die Ratte einzuwickeln. Bruno sah, wie sie gegen die Tränen ankämpfte, und ging zurück zum Wohnmobil, da er die Funeralien nicht durch einen Mangel an Ergriffenheit stören wollte.

»Nun komm schon, lass die Mundwinkel nicht so hängen«, sagte er, als sie wiederkam.

»Sie verstehen das nicht.« Sie wischte sich verstohlen eine Träne weg. »Ich hab Bruno echt lieb gehabt.«

»Wir verlieren immer das, was wir lieben – früher oder später.«

Bruno startete den Motor. Er hatte keinen Plan, wohin er fahren sollte. Eine Rückkehr zum Saarbrücker Osthafen machte im Moment keinen Sinn. Im Kreisel von Grosbliederstroff entschied er sich, vorläufig die Richtung nach Sarreguemines beizubehalten. Irgendwann – das hatte seine Abhöraktion ergeben – würde auch das Hausboot, das er im Auftrag belauerte und belauschte, hier entlangschippern. Aber wohin mit dem Mädchen? Sie äußerte sich nicht.

»Hat die junge Dame auch einen Namen?«, fragte er nach einer Weile des Schweigens.

Sie zögerte und schaute auf ihre Hände. Es war Bruno nicht entgangen, dass sie einen Ring trug, der nicht unbedingt zu einem Teenager passte, und schon gar nicht zu einer heimatlosen Streunerin in Cowboystiefeln, die um eine Ratte trauerte. Was Schmuck anging, war Bruno zwar kein Fachmann, aber er hätte den Inhalt seiner chronisch schlaffen Brieftasche darauf verwettet, dass der Stein, der je nach Lichteinfall farbige kleine Blitze warf, ein lupenreiner Brillant war.

»Ich heiße ... Sophie.«

»Na dann, Sophie«, sagte Bruno und hielt ihr die Hand hin, »wenn du mich beim Namen nennst, brauchst du dich nicht groß umzugewöhnen. Ich heiße Bruno.«

»Bruno? Ehrlich?«

»Muss ich dir meinen Ausweis zeigen?«

»Nein.« Sie schüttelte den Kopf, dann lächelte sie zaghaft und legte ihre Hand in seine. »Okay, Bruno! Sie oder du?«

»Ich duze dich doch auch. Also machen wir's nicht so kompliziert!« Bruno ließ ihre Hand los, die ihm klein und zerbrechlich vorkam.

»Ich hab mich noch gar nicht bei dir bedankt«, sagte sie.

»Brauchst du auch nicht.«

»Na hör mal! Ohne dich hätten die Typen mich weggeschleppt. Echt cool, wie du jedem von denen eine zentriert hast!«

»Was hab ich getan? Zentriert?«

»So nennt man das unter Jugendlichen. Nie gehört?«

»Ich bin kein Jugendlicher«, sagte Bruno. »Was wollten die Männer von dir?«

»Keine Ahnung. Ich hab sie noch nie gesehen.«

»Nein?«

»Nein, wirklich nicht! Vor allem der Große ... ich meine, so einen siehst du ein einziges Mal und vergisst ihn nie wieder.«

»Da dürftest du recht haben. Einen solchen Lulatsch hab ich zuletzt in einem James-Bond-Film gesehen. Er hatte eine Stahlfresse.«

Jetzt lächelte sie freimütiger. Sie hatte schimmernd weiße Zähne.

»Kannst du dir vorstellen, Sophie, dass mir noch weitere Fragen auf der Zunge liegen?« Er sah sie von der Seite an. »Wie alt bist du?«

»Fünfzehneinhalb. Eigentlich schon mehr fünfzehndreiviertel. Und du?«

Bruno schmunzelte.

»Mitte vierzig.«

Kaum gesagt, ging er mit sich selbst ins Gericht: Die kleine Göre addiert jeden Monat dazu, um ein wenig älter zu erscheinen, und du alter Ochse versuchst die Jahresringe mit ungenauen Angaben zu vertuschen! Was soll das? Spinnst du? So was tust du doch sonst nicht, Bruno!

»Genauer gesagt: sechsundvierzig. Gefühlte fünfundvierzig.« Er räusperte sich. »Ein Spanner, wie du vermutest, bin ich übrigens nicht. Die Frau auf dem Boot habe ich beobachtet, weil ich den Auftrag dazu habe.«

»Wenn du kein Glubschi bist...« Sie neigte den Kopf. »Was machst du da für einen hinterhältigen Job? Bist du Bulle?«

»Ich bin Privatdetektiv. Und du...«, Bruno kniff ein Auge zu, »du scheinst mir ein ganz cleveres Mädchen zu sein. Hältst dir weitere Fragen vom Leib, indem du einfach den Spieß umdrehst.«

»Dein Ohr ist geschwollen«, sagte sie ungerührt.

»Das wird schon wieder abschwellen.«

»Hast du Eis im Kühlschrank?«

»Der hat kein Gefrierfach. Diese alte Kutsche ist kein Luxusmobil.«

»Hat aber 'ne Satellitenschüssel. Und die totale Elektronik an Bord.«

»Ich hasse den ganzen Elektronik-Tinnef. Und mit diesem Schneckenhaus bin ich nicht zum Vergnügen unterwegs. Es ist sozusagen mein Arbeitsplatz. Zurzeit jedenfalls.«

»Die Frau auf dem Boot... lässt sie sich von dem Falschen durchkneten?«

»Sagt man das so?« Bruno schmunzelte. »Da gebe ich keine Auskünfte, weißt du. Ich bin nämlich von Berufs wegen so diskret wie ein Frauenarzt.«

»Vielleicht könnte ich dir ein bisschen zur Hand gehen ... Bruno.« Sie beugte sich vor, um ihm ins Gesicht blicken zu können. »Ich kann in fast jede Rolle schlüpfen.«

»Danke für das Angebot!« Er lachte kurz auf. »Aber bei diesem Auftrag lohnt der Aufwand nicht mehr. Ich hab fast alles im Kasten.«

»Das heißt ... du kannst mich absolut nicht brauchen?«

»Na, hör mal! Wie du dir das vorstellst! Ich hab dich gerade erst aufgelesen. Und das unter Begleitumständen, die normalerweise nicht ohne massenhaft Blaulicht ablaufen. Sag mir bitte, wo ich dich absetzen soll.«

Sie ließ sich in den Sitz zurückfallen.

»Sophie!« Bruno sprach langsam und eindringlich. »Du hast doch sicher ein Zuhause. Und mit fünfzehn geht man, glaube ich, auch in die Schule, in irgendeine. Also nochmal: Wo soll ich dich absetzen?«

Sie zog die Beine an den Körper und machte sich klein.

»Bist du etwa ausgerissen?« Bruno lenkte das Wohnmobil in die Ausbuchtung einer Bushaltestelle und stellte den Motor ab. »Jetzt wollen wir doch mal sehen, was los ist!«

Sie presste sich an die Tür, den Kopf zwischen den hochgezogenen Schultern, als hätte sie Angst, geschlagen zu werden.

Die Kleine ist früh aus dem Nest gefallen, dachte Bruno. Oder sie hatte nie eins.

Er war ein ziemlich harter Brocken, ein Haudegen mit Milieuerfahrung und ein desillusionierter Fahrensmann durch menschliche Untiefen, ausgestattet mit einer ganz eigenen Moral, und er hatte es sich abgewöhnt, so mir nichts, dir nichts vor Mitleid zu zerfließen, es sei denn, es handelte sich um Tiere.

»Ich warte auf eine Antwort«, sagte er unnachgiebig.

»Bruno ...« Ihre Stimme war winzig und sie kreuzte die Arme über ihrer Brust. »Mir ist ganz flau.«

»Dann solltest du einen Happen essen!« Es klang rauer, als er beabsichtigt hatte.

Aus ihrer zusammengekauerten Körperhaltung sah Sophie ihn mit großen Mädchenaugen an. Es war diese entwaffnende Mixtur aus Verletzlichkeit und der unausgesprochenen Bitte um Schutz, der Männer wie Bruno sich zu keiner Zeit völlig entziehen konnten – mitunter gegen jede Vernunft.

»Ach, Kind!«, brummelte er.

Er war drauf und dran, nach ihrer Hand zu greifen und sie festzuhalten, warm und beruhigend, doch er unterließ es.

»Nimm mich mit, Bruno, bitte!«

»Wohin denn?«

»Das ist egal. Ich mach dir auch keinen Ärger, ich versprech's!«

»Das sagst du so leicht.« Bruno kratzte sich übers stoppelige Kinn. »Du bist noch minderjährig. Das allein reicht schon, um mich in Schwierigkeiten zu bringen.«

»Nur zwei Tage!«, bettelte sie.

»Wir werden sehen.« Er drehte den Zündschlüssel und blickte in den Rückspiegel. »Jetzt bleib erst mal da. An der nächsten Tankstelle lass ich mir eine Plakette ans Heck kleben: Baby an Bord.«

Engelbert Bloch, alleinstehend, 5. Stock

Es war bereits halb zehn, als Bloch die Beine aus dem Bett streckte, mit den Füßen die Pantoffeln herbeischarrte, um dann doch auf der Bettkante sitzen zu bleiben. Durch die Luftschlitze des Rollladens fiel spärliches Licht.

Bloch hatte schlecht geschlafen. Sein Pyjama aus graublauem Glanz-Satin war durchgeschwitzt und klebte stellenweise am Körper, sein Ellbogen war geschwollen und schmerzte, und auch mit der rechten Hüfte war etwas nicht in Ordnung. Vor einem Jahr noch wäre Bloch, ohne lange abzuwägen, zum Arzt gegangen, denn als Besserverdienender hatte er die Privilegien eines Privatversicherten genossen. Das war nun anders. Er war arbeitslos und infolgedessen Kassenpatient. Den Schock des sozialen Abstiegs hatte er noch immer nicht verwunden. Dabei ging es ihm, finanziell gesehen, nicht schlecht. Die Vier-Zimmer-Wohnung war sein Eigentum, zudem hatte er – dank jahrzehntelanger Sparsamkeit – ein beruhigendes Kapital angelegt. Kam noch hinzu, dass der Übergang vom Erwerbsleben in die Arbeitslosigkeit mit einer Hunderttausend-Euro-Abfindung abgefedert worden war. Extrem auf Sicherheit bedacht, rechnete er mit jedem Cent, denn die Aussichten, vor Rentenbeginn jemals wieder Geld zu verdienen, waren nicht rosig.

Bloch war Fachmann für Minustemperaturen, ein Ingenieur, der sich auf Kältetheken verstand, auf Klimaanlagen, Tiefkühlzellen, Schockfroster, eben auf alles, was kalt macht. Leider waren seine Spezialkenntnisse zurzeit nirgendwo gefragt. Das Desinteresse an seinen Fähigkeiten hatte möglicherweise auch etwas mit seinem Alter zu tun. Bloch hatte – in aller Stille – vor einer Woche sein 53. Lebensjahr vollendet.

Seine Arbeit in einer mittelständischen Firma für gewerbliche und industrielle Kälteanlagen hatte ihm viel bedeutet, eigentlich alles. Auch dann noch, nachdem die Mobbing-Kampagne der Kollegen gegen ihn eingesetzt hatte – für Bloch völlig unerwartet, grundlos und unverständlich. Es war bitter, zu erfahren, wie tief die Psyche durch vergiftete Worte verletzt werden konnte. Nach unerträglichen Wochen ohne Appetit und fast ohne Schlaf hatte er sich ein Herz gefasst und war zum Chef gegangen. »Mein lieber Herr Bloch«, hatte der Chef gesagt, »wie gut, dass Sie von sich aus gekommen sind – ich wollte sowieso mit Ihnen reden.« Nach einem umständlichen Prolog über die Wirtschaftslage im Allgemeinen und die Absatzschwierigkeiten der Firma im Besonderen war er dann zur Sache gekommen: Blochs Mitarbeit war nicht mehr erwünscht. Wie durch eine Trennwand aus Eis hatte Bloch die Anschuldigungen, die der eilig hinzugezogene Personalchef gegen ihn vorbrachte, zur Kenntnis genommen. Er war zu geschockt, um Gegenargumente aufzubringen. Wie hätte er auch den Vorwurf mangelnder Integrationsbereitschaft entkräften sollen? Nein, gesellig war Bloch nie gewesen. Seine Kontakte zu Kollegen waren all die Jahre hindurch unterkühlt geblieben. Bloch hatte nie das Bedürfnis gehabt, private Erlebnisse oder auch nur persönliche Ansichten mit ihnen auszutauschen. Für den Technokraten Bloch war die Firma ein Ort temporären Miteinanders von Menschen, die man sich nicht aussuchen konnte. Allein das Ergebnis zählte, die Qualität des Produkts. Hier ging es nicht um Sympathie, sondern um Anerkennung durch Arbeit und Leistung – dachte er. Blochs Tugenden hießen Pünktlichkeit, Sorgfalt und stete Einsatzbereitschaft. In der Teilnahme an Betriebsfeiern und Ausflügen sah er keinen Sinn.

Dass die Kollegen ihn für das, was er unter Individualität verstand, so büßen lassen würden, ging Bloch nicht in den Kopf. Was hatte er ihnen getan? Dass sie ihn hinter seinem Rücken hämisch einen Autisten nannten, hätte er hingenommen. Aber wer gab ihnen das Recht, ihm, dem Gründlichen, dem Gewissenhaften, ausgerechnet ihm technische Pannen in die Schuhe zu schieben? Und wer gab ihnen das Recht, Unwahrheiten über ihn zu verbreiten? Weder war Bloch schwul, wie kolportiert wurde, noch war er jener angebliche Päderast, der sich zu Strichjungen hingezogen fühlte. Mit Frauen tat er sich schwer, nun gut, und er wollte auch nicht bestreiten, dass er dem weiblichen Geschlecht, sofern es fordernd daherkam, nicht ohne Beklemmung begegnete. Aber das war ja wohl seine ganz und gar persönliche Angelegenheit, die keiner Rechtfertigung bedurfte.

Durch die Mobbing-Attacken war Bloch in noch stärkerem Maß das geworden, was er in Ansätzen schon immer gewesen war: ein scheuer, problembehafteter Außenseiter, der neuerdings mehr und mehr zum Nachtgespenst mutierte. Wie es mit ihm weitergehen sollte, entzog sich seiner Phantasie. Beruflich war er in eine Sackgasse geraten. Ein Jobvermittler der Arbeitsagentur hatte ihn unlängst ganz unverfroren gefragt, ob er sich eine Tätigkeit als Verkäufer von Auto-Shampoo auf einem Supermarkt-Parkplatz vorstellen könne. Nein, das konnte Bloch sich nicht vorstellen, auf gar keinen Fall! Damit wäre die Tür aufgestoßen gewesen zu einem Abweg, der ins Aberwitzige führte. Er war gebildet, zu gebildet, wie er fand, um Menschen auf Parkplätzen zu belästigen. Als Nächstes würde man womöglich von ihm verlangen, im Cheeseburger-Kostüm vor einem Schnellrestaurant auf und ab zu laufen oder vor einem Zoogeschäft als Hase verkleidet für Tierfutter zu werben. Nein, irgendwo war die Grenze!

Seit einem Jahr führte er ein einsames, verkrochenes Leben. Er hatte sich in seiner Wohnung verpuppt und zelebrierte die Stille. Es vergingen Tage, an denen er mit niemandem ein Wort sprach – so als lebte er in einem Schweigeorden. Trotzdem fühlte Bloch sich gestresst. Die andauernde Unterforderung tat seinem Gehirn nicht gut. Ein Stimmungstief löste das andere ab.

Auf verwandtschaftliche Verbindungen legte Bloch keinen Wert. Geschwister hatte er nicht, nur einen Cousin in Völklingen und einen in Homburg, und beide konnten ihm gestohlen bleiben. Der Völklinger war ein unerträglich wichtiger Kommunalpolitiker und der Homburger ein Vollidiot mit unbezwingbarem Hang zu Bier und strohdummen Frauen, die er in Imponiergesprächen am Stammtisch als Schlitzmatratzen verhöhnte. Dann gab es noch eine greise Tante in Kaiserslautern, von der Bloch nicht sicher wusste, ob sie noch am Leben war. Vor ein paar Wochen hatte der Völklinger angerufen, um Bloch zu einem Krankenbesuch zu motivieren. Tante Magda sei schlecht dran, hatte er gesagt. Das sei bedauerlich, hatte Bloch ihn abgewimmelt, aber er habe mit sich selbst zu tun.

Neuerdings gab es eine weitere Figur in Blochs kümmerlichem Leben – aber das war eine Heimlichkeit, die niemanden etwas anging. Was Bloch mit Brunhild verband, war die pure, nackte Sexualität. Brunhild war nicht zuständig für Blochs psychische Probleme. Mit ihr hatte er nur zu tun, wenn es ihn zur ungehemmten, zügellosen Entladung trieb. Aber wie gesagt, das ging niemanden etwas an.

Das Haus, in dem Bloch wohnte, hatte sechs Stockwerke. Dass er die meisten Bewohner kannte, mehr oder weniger gut, lag daran, dass er schon seit fünfzehn Jahren hier lebte und gelegentliche Begegnungen im Aufzug unausweichlich waren. Jedes Mal, wenn er vom fünften Stock hinunter ins Erdgeschoss fuhr, hoffte er inständig, dass es keinen Zwischenstopp geben möge. Wie Bloch sie verabscheute, diese erzwungenen, gekünstelten Verlegenheitsgespräche über das Wetter, den Urlaub oder die Gestaltung von Feiertagen. Bloch verdächtigte jeden, darüber

Bescheid zu wissen, dass er keiner geregelten Arbeit mehr nachging.

Der Einzige, der ihm keine Unterhaltung aufdrückte, war Herr Mohr, der sich erst vor knapp einem Jahr im Dachgeschoss eingemietet hatte. Samuel Mohr, ein massiger, ungepflegter Mensch, lebte ebenso zurückgezogen wie Bloch, wurde von den Hausbewohnern jedoch völlig in Ruhe gelassen, um nicht zu sagen: Er wurde gemieden. Die tief liegenden, schattigen Augen in seinem pastösen Gesicht legten die Vermutung nahe, dass er entweder krank war oder einen Schicksalsschlag zu verdauen hatte. Weder das eine noch das andere hätte Bloch interessiert, geschweige denn berührt. Er hatte genug eigene Probleme.

Am unangenehmsten war ihm die Konfrontation mit Frau Kniesbeck. Die unerhört früh in Rente geschickte Verwaltungsangestellte aus dem zweiten Stock stellte ihm nach, als sei er der einzige Mann auf dem Planeten. Bloch jedoch konnte nichts anfangen mit Ilse Kniesbecks mängelbehafteter Weiblichkeit, denn vieles an ihr erinnerte ihn an seine Mutter. Rein äußerlich hielt die Ähnlichkeit sich in Grenzen. Vielmehr war es die Art, wie sie mit ihm umging, die Bloch so irritierte. Frau Kniesbeck verfolgte ihn mit strenger Fürsorge.

Vor ein paar Monaten war er ihr zufällig in dem Supermarkt, in dem er sich zweimal die Woche mit allem eindeckte, was er so brauchte, über den Weg gelaufen. Hartnäckig war sie ihm auf den Fersen geblieben, hatte ihn quer durch den Markt begleitet und dabei herausgefunden, dass er Camembert und Marzipan schätzte. Den Camembert bevorzugte er im Zustand voller Reife, durch und durch cremig, so wie ihn die Franzosen am liebsten mochten, und bei Marzipan griff er stets nach den erlesenen Sorten, die innen buttergelb waren und einen höheren Mandelanteil hatten als die billigen Barren, deren spröde, bleiche Masse beim Auseinanderbrechen den hohen Zuckerzusatz verriet. Es war ein Fehler gewesen, der Kniesbeck einen Einblick in derlei Intimität zu gewähren. Sie nutzte es schamlos aus, indem sie Bloch immer wieder mit kleinen, in Glitzerpapier verpackte Überraschungen traktierte, abwechselnd Käse oder Marzipan, die sie vor seine Wohnungstür legte. Manchmal lauerte sie ihm auf, wenn er sich spätabends aus dem Haus stahl, um ihn in ein Gespräch zu verwickeln oder ihn mit ungebetenen Ratschlägen zu Gesundheit und Ernährung zu behelligen. Darüber wusste sie so gut Bescheid, als wolle sie ewig leben. Und dann diese schreckliche Begeisterung, die sie mit hysterisch aufgerissenen Augen versprühte! Sie schwor auf tibetische Heilbewegungen im Lu Jong-Stil, auf Reiki, auf Yoga mit Klangschalen und rannte bei der Volkshochschule im Kreis anderer Begeisterter über glühende Kohlen gegen Kleinmut und Verzagtheit an.

Im Stockwerk unter ihm kläffte – wahrscheinlich wieder völlig grundlos – der Köter von Frau Meier-Sonntag, ein unförmiger kleiner Keksfresser mit Hüftgelenkschaden, der ihn im Fahrstuhl manchmal anknurrte. Bloch war der Ansicht, dass Hunde grundsätzlich nicht in eine Stadt gehörten. Sie verbreiteten nur Unruhe. Ihr Wohnungsgebell nervte und ihre öffentlichen Hinterlassenschaften waren eklig. Jawohl, Bloch bekannte sich ganz offen zu seiner kompromisslosen Haltung in dieser Frage, auch gegenüber Hundefreunden. Etwas zurückhaltender äußerte er sich über das Kindergeschrei, das an sonnigen Tagen stundenlang vom Spielplatz zu ihm hochdrang. Seit die fortschreitende Vergreisung der deutschen Gesellschaft von den Medien so beängstigend thematisiert wurde, konnte man es sich kaum noch erlauben, etwas gegen die kurzen Tyrannen zu sagen. Was machte sie eigentlich so unantastbar, diese kleinen Egozentriker? Sie waren unerträglich laut, ohne jeden Respekt und maßlos verwöhnt.

Kinder von null bis zehn waren in Blochs Augen eine Plage – er hatte weder für saugende Speichelmonster noch für kreischende Grundschulhorden etwas übrig. Wenn jedes Kind tatsächlich so wertvoll wäre, wie immer wieder propagiert wurde, wo zum Henker kamen dann all die unerträglichen Erwachsenen her? Bloch stützte den Kopf auf die Hand. Wer Hunde und kleine Kinder nicht mag, kann kein ganz schlechter Mensch sein! Wer hatte das gesagt? Tucholsky? Es müsste Tucholsky gewesen sein, überlegte Bloch. Es quälte ihn, wenn er etwas nicht genau wusste. Präzision war für ihn ein Muss! Er stand auf, um nachzublättern. Die meisten seiner Bücher befanden sich im Wohnzimmer, wo sie in raumhohen Regalen zwei Wandseiten komplett ausfüllten. Ein weiteres Regal, übervoll, stand in der Diele.

Bloch schlurfte ins Wohnzimmer, zog die Rollläden hoch, kniff die Augen zusammen vor dem gleißenden Licht und zog sofort die weißen Stores zu. Seine Ersatzbrille lag im Dielenschrank. Sie hatte stark getönte Gläser, fast wie eine Sonnenbrille. Tagsüber setzte Bloch ohne Brille keinen Fuß vor die Tür. Es lag nicht an mangelnder Sehkraft, die mit gerade mal einer Dioptrie im Minusbereich eine kaum merkliche Behinderung darstellte, sondern an der Lichtempfindlichkeit seiner Augen. Deshalb, aber auch aus anderen Gründen, ging er meistens nachts aus. Dass er gestern am helllichten Tag spazieren gegangen war, war eher eine Ausnahme gewesen – und prompt hatte er bitter dafür bezahlen müssen. War es wirklich nötig gewesen, das Mädchen mit der Ratte anzusprechen? Schon am Abend vorher hatte er sie bei den Frachtkähnen gesehen. Sie hatte ihm freundlich zugenickt. Welches junge Mädchen tut das schon gegenüber einem angewelkten Herrn im Bypassalter?

In der Diele läutete das Telefon. Bloch zuckte zusammen. Es kam nicht oft vor, dass jemand bei ihm anrief. Wer konnte das sein? Vielleicht die Arbeitsagentur? Hätte er doch bloß den Anrufbeantworter eingeschaltet! Angespannt griff er zum Hörer.

»Bloch.«

»Herzlichen Glückwunsch, Sie haben gewonnen«, flötete

eine Frauenstimme vom Band. »Ihre Telefonnummer wurde von unserer Datenbank unter hunderttausenden Personen ausgewählt. Garantierter Hauptpreis ist ein Geldbetrag von fünftausend Euro in bar. Sie brauchen nur . . .«

»Bauernfänger!«, sagte Bloch, auch wenn es niemand hören konnte, und legte auf.

Und schon war er in der Spirale seiner Zwangshandlungen. Um sicherzugehen, dass die Verbindung tatsächlich gekappt war, hob er den Hörer nochmals von der Basisstation und drückte die Taste mit dem Telefonsymbol. Als er das Freizeichen hörte, legte er wieder auf. Den Vorgang wiederholte er noch drei Mal.

Bloch hatte Angst, eines Tages verrückt zu werden – wie seine Mutter. Sein eintöniges Leben wurde zunehmend von Ticks und Zwangsgedanken bestimmt. Wenn er ausging und die Wohnungstür mit zweifacher Schlüsselumdrehung abschloss, genügte es ihm nicht, das Schließgeräusch zu hören. Obgleich er wusste, dass die Tür zu war wie eine Behörde nach fünf Uhr, drückte er dagegen. Oft war auch das nicht genug. Dann schloss er auf, öffnete die Tür einen Spalt und verriegelte sie erneut.

Mulmig wurde es Bloch mitunter, wenn er einen Gegenstand in der Hand hielt, mit dem man theoretisch die Wohnungseinrichtung hätte zertrümmern können. Das konnte ein Schnitzelklopfer sein, ein Wetzstahl oder ein Besenstiel. Dann stellte er sich vor, wie es wäre, wenn er zerstörerische Streiche führte gegen die Glasregale, das Fernsehgerät, das Geschirr, die Fenster, den PC-Monitor, gegen alles, was sich in Scherben legen ließ, und eine innere Stimme stachelte ihn an: »Tu's doch, los, tu's doch! Niemand hindert dich!« Derart bedrängt, traute Bloch sich selbst nicht mehr und suchte sein Heil in der Flucht. Nichts wie weg! Raus aus der Wohnung! Abstand gewinnen!

Sogar auf der Straße überfiel ihn in letzter Zeit häufig eine Obsession: Dann musste er bei jedem vierten Schritt mit der Außenkante seiner linken Ferse fest auftreten. Sosehr er sich dagegen sträubte – seine Vernunft war machtlos. Schon als Kind hatte er unter diesem zerebralen Webfehler zu leiden gehabt. Es hatte Phasen gegeben, in denen er zwanghaft mit dem Kopf ruckte und Grimassen schnitt oder alle paar Minuten mit dem linken Fuß scharrte wie ein Huhn auf Nahrungssuche. Ein überforderter Hausarzt hatte die mütterliche Besorgnis mit der Diagnose beruhigt, es handele sich um vorübergehende Entwicklungsstörungen. Tatsächlich hatten die Ticks sich irgendwann verflüchtigt. Doch Jahrzehnte später, zeitgleich mit dem Beginn der Arbeitslosigkeit, waren sie wieder da – in ungeahnter Vielfalt. Selbst Blochs Gedanken waren nicht mehr frei. Bestimmte Verrichtungen des Alltags waren unweigerlich mit bestimmten Gedanken verknüpft. So musste er jedes Mal, wenn er den Mülleimer leerte, an Onkel Reimund denken. Warum an ihn? Es gab nicht den geringsten Grund. Der längst verblichene Onkel war in keiner Hinsicht auffällig gewesen, allenfalls durch seine besondere Ergebenheit gegenüber Gott und der römisch-katholischen Kirche, welcher er sein gesamtes Vermögen vermacht hatte. Kaum jemand dürfte sich an ihn erinnern – außer Bloch, gezwungenermaßen. Sobald er den vollen Müllbeutel aus dem Treteimer zog und zuschnürte, trat das Unweigerliche ein: Er sah das glaubenstrunkene Antlitz von Onkel Reimund vor sich, schwarz verkokelt wie das von Lehrer Lämpel aus Wilhelm Buschs Böse-Buben-Geschichten, denn bei einer Wallfahrt nach Altötting war der Reisebus umgekippt und hatte Feuer gefangen, sodass der fromme Reimund ohne Chance auf eine letzte Ölung auf dem Rücksitz verbrutzelt war.

Obwohl seit dreißig Jahren physisch nicht mehr vorhanden, schaffte es der Onkel, sich immer wieder in Blochs Gedanken festzuzecken und sich – es ließ sich nicht einmal ansatzweise erklären – untrennbar mit der Müllentleerung zu verknüpfen. Und damit nicht genug! Eine unbezwingbare Macht brachte Bloch dazu, auf den wenigen Metern vom Treteimer bis zum

Lift die sieben Todsünden aufzusagen: »Habgier – Hochmut – Zorn – Geiz – Neid – Völlerei – Wollust.« Mit Flüstern war es nicht getan. Er musste die Abgründe des Menschengeschlechts laut aufsagen. Würde er es sich verkneifen oder sich durchzumogeln versuchen, indem er die Hälfte wegließ, hätte das – davon war Bloch zwanghaft überzeugt – schicksalhafte Konsequenzen gehabt.

Das Widersprüchliche daran war, dass Bloch überhaupt nicht an höhere Mächte glaubte. Obwohl radikalkatholisch erzogen, wie die meisten Saarländer seiner Generation, erwartete er keine himmlische Erlösung. Sein mangelndes Gottvertrauen war das Ergebnis eines an Niederlagen reichen Lebens, aber auch langen Nachdenkens. Er war ein durch und durch säkularer Geist, der die poetischen Schöpfungsmythen belächelte und jeden Glauben jenseits der Vernunft als Aberglauben abtat. Und sollte es dennoch eine überirdische Macht geben, eine höhere Intelligenz – warum sollte sie post mortem ein Aufheben machen um jeden einzelnen Menschen, egal wie bedeutungslos, dumm, faul, brutal oder hinterlistig er gewesen sein mochte? Engelbert Bloch, der schon zu Lebzeiten kaum wahrgenommen wurde, erkannte darin keinen Sinn und fürchtete daher auch kein Jüngstes Gericht.

Trotzdem musste er, den prallen Müllbeutel in Händen, zwischen Wohnungstür und Lift die sieben Todsünden herunterleiern und hatte einen Wahnsinnsbammel davor, bei dieser abartigen Zeremonie zufällig von einem Hausbewohner ertappt zu werden. Deshalb brachte er seinen Müll nachts zum Container.

Im Schwarzwald hatte er einmal eine Dunkeltherapie gemacht. Im Vergleich mit den anderen Angereisten, die ihre Macken durch Einzelhaft loszuwerden versuchten, war er ein geradezu leichter Fall gewesen. War die dürre Werbetexterin aus Norddeutschland, die an Logorrhöe litt, so etwas wie verbalem Durchfall, nicht viel schlimmer dran als er? Sie sprudelte Worte heraus, wasserfallartig, und konnte gar nicht mehr aufhören. Bloch atmete auf, als sie vom Therapeuten endlich weggeschlossen wurde.

Sieben Tage und Nächte verbrachte Bloch bei vollkommener Stille in einer stockdunklen Zelle. Schon Wochen zuvor hatte er sich auszumalen versucht, wie es sein würde, ohne Außenwelt zu leben. Es war ihm nicht gelungen. Der Therapeut hatte vorbeugend von möglichen Panikattacken gesprochen, die in den ersten Minuten oder Stunden auftreten könnten. Bloch verspürte nichts dergleichen. Die acht Quadratmeter, deren Begrenzung er nur ertasten konnte, wurden im Lauf der Zeit immer größer und weiter. Das Verschwinden der Vielfalt war eine gänzlich neue Erfahrung, in die Blochs Seele eintauchte wie in ein warmes Bad. Er war in den Mutterleib zurückgekehrt. Alles wurde einfacher. Seine Gedanken entwirrten sich. Bald verlor er jede Orientierung für Raum und Zeit.

Als nach sieben unmessbaren Tagen und Nächten die Tür aufging, war es für Bloch keine Befreiung. Der Therapeut musste ihn regelrecht überreden, den dunklen Zufluchtsort zu verlassen. Bloch wollte kein zweites Mal auf die Welt kommen. Er fühlte nur das, was Sophokles vor zweieinhalbtausend Jahren ausgesprochen hatte: Nicht geboren zu werden ist weitaus das Beste.

Wer ist dieses Mädchen?

Sophie lag zusammengerollt und noch tief schlummernd im Alkovenbett, als Bruno, der im Heck geschlafen hatte, auf Zehenspitzen das Wohnmobil verließ. Er hatte es am Abend zuvor bei einem Gehöft am Rand eines kleinen lothringischen Dorfes abgestellt. Der Bauer, ein alter Witwer mit nur noch zwei Zähnen, hatte nichts dagegen einzuwenden gehabt.

Es war ein unordentlicher Hof, ein sterbender Betrieb, den Bruno nach dem Zufallsprinzip angesteuert hatte, weil der Wassertank des Wohnmobils trockengefallen war. Der Bauer schien froh zu sein über die Abwechslung. Er war sehr freundlich und hatte darauf bestanden, noch am Abend Kanister für Kanister in der ärmlichen Küche zu füllen. Zu dritt hatten sie dann bei Lampenlicht zusammengesessen. Bruno und der zahnlose Jean-Jacques hatten zwei Flaschen Rotwein geleert, während Sophie ausdauernd den fuchsroten Hauskater gestreichelt hatte, der schier nicht mehr von ihr lassen wollte.

Der Geräteschuppen, neben dem Bruno das Wohnmobil geparkt hatte, erwies sich im Morgenlicht als Ruine. Überhaupt wirkte der Hof im Sonnenschein noch viel schäbiger als in der Abenddämmerung. Das Hauptgebäude, vom Typ her ein lothringisches Bauernhaus, das Stall, Scheune und Wohnraum unter einem Dach vereinte, hatte die Farbe eines alten Kuhfladens. Alles sah verbraucht aus und müde, ein Bild von Vergänglichkeit und Verfall, vom buckligen Dach mit den mürben Ziegeln bis zum morschen Scheunentor. Auch die Haustür, über deren Sturz eine unleserliche Zahl mit einer 18 voran eingemeißelt war, hatte Macken bekommen. Die bunten Glaseinsätze waren stellenweise gerissen und mit breiten, packpapierfarbenen Klebestreifen über Kreuz verpflastert.

Beim Überqueren des Hofs blieb Bruno vor einem angerosteten Hanomag-Traktor stehen, jenem Klassiker der Scholle, der schon vor gut einem halben Jahrhundert über die Äcker getuckert war. Der schlappe Kettenhund vor dem Scheunentor hob kurz den Kopf, blinzelte Bruno an und döste platt auf der Erde weiter. Neben dem Misthaufen betrampelte ein schillernder Hahn theatralisch eine geduckte Henne, und über den Gatterzaun, der den Hof zur Wiese hin abgrenzte, schaute ein Eselchen unbeeindruckt dem Geschehen zu. Hinter der zweiteiligen Stalltür, die oben offen stand, grunzte ein Schwein.

Jean-Jacques kam krummbeinig aus dem Hühnerstall hinter dem Haus. In seiner Baskenmütze transportierte er ein paar Eier.

»Salut Bruno! Ça va?« Er lachte mit hohlem Mund und hielt Bruno die Eier hin. »Pour le petit déjeuner!«

»Merci, Jean-Jacques, c'est gentil!«

Bruno pflückte vorsichtig die Eier aus der Mütze. Sie waren noch warm.

»À tout à l'heure!« Er lächelte dem Alten zu. »Bis später!«

Armer alter Mann, dachte er beim Weggehen. Sein Sohn, so hatte er Bruno gestern Abend erzählt, sei Elektroingenieur in Nancy. Aber er sei schon lange nicht mehr daheim gewesen. Wie lange schon nicht mehr? Über zwei Jahre, hatte Jean-Jacques traurig gesagt, und das läge wohl daran, dass ihm das alles hier nicht mehr gut genug sei und er sich vor seiner neuen Lebensgefährtin schäme.

Verschlafen lugte Sophie unter ihrer Decke hervor, als Bruno eine Gasflamme entzündete und Wasser aufsetzte.

»Bonjour, Mademoiselle«, sagte er mit der schranzenhaften Beflissenheit eines VIP-Kellners, »vous prenez un café?«

»Un café au lait, s'il vous plaît«, antwortete sie geziert, »merci bien, garçon!«

»Wenn du noch einmal *garçon* zu mir sagst, gibt's nur heißes Wasser.« Bruno drohte ihr mit dem Zeigefinger. »Und die Spiegeleier esse ich dann auch allein.«

»Verzeihung, Boss, bleib cremig! Ich wollte dich nicht dissen!«

»Was heißt das denn nun schon wieder?«

»Dass du locker bleiben sollst.«

»Nein, ich meine dieses andere Wort. Dissen. Ich bitte um Übersetzung.«

»Das kommt von *to disrespect*. Du kannst doch Englisch, oder?«

»Es reicht, um mir einen Whiskey zu bestellen«, sagte Bruno, »und in dreißig, vierzig Jahren wird man das in Deutschland wohl auch auf Englisch tun müssen, wenn's so weitergeht.«

»Das wird dann dein Pfleger für dich erledigen.« Sophie schälte sich aus der Decke. »Bitte umdrehen! Ich hab nichts an.«

Bruno wandte sich ab und konzentrierte sich auf sein Küchengeschäft. Hinter ihm kletterte Sophie aus dem Alkoven.

»Kann ich duschen?«

»Sei aber nicht zu verschwenderisch mit dem Wasser!«, sagte Bruno.

In dem engen Gang zwischen Küchenblock und Nasszelle war es unvermeidlich, dass sie ihn mit ihrer Hüfte berührte.

»Pardon, Monsieur!«

Bruno schlug ein Ei in die Pfanne und tat so, als habe er nichts gespürt. Was ist das für eine ungewohnte Situation, dachte er. Den guten Jean-Jacques hatte er doch glatt angelogen, indem er einfach nur genickt hatte, als der alte Mann wie selbstverständlich davon ausgegangen war, dass es sich bei Sophie um Brunos Tochter handelte.

Hinter der dünnen Wand ertönte ein Schrei.

»Zut! Il n'y a pas d'eau chaude!«

»Dann musst du halt kalt duschen!«, rief Bruno. »Ist doch kein Problem bei dem Klima!«

In der heißen Pfanne zischten vier Eier.

»Übrigens, Sophie, was ich dich gestern Abend schon fragen wollte ... wie kommt's, dass du ein so akzentfreies Französisch sprichst?«

Sie antwortete erst, als sie wieder aus der Dusche herauskam.

»Es gibt Schulen, die Fremdsprachen im Programm haben«, sagte sie schelmisch über den Rand des Handtuchs hinweg, das sie vor sich hielt.

Während sie sich ankleidete, deckte Bruno den Tisch.

»Weißt du, warum Frauen beim An- oder Ausziehen langsamer sind als Männer?«, fragte er beiläufig.

»Ist das so?«

»Natürlich«, sagte Bruno, »sie müssen ja vor jeder Kurve mit der Geschwindigkeit runter.«

»Ha-ha-ha! Selten so gelacht!« Sophie schnitt eine Grimasse.

»Du hast damit ja noch kein Problem«, stichelte Bruno.

Sophie warf sich in die Brust. Sie hatte ein knappes, maisgelbes Top übergestreift.

»Ich bin fast sechzehn, Alter! Und ich hab 'ne Schulfreundin, die hat sich schon vor über einem Jahr ein geiles Nippel-Piercing machen lassen. Voll phat!«

»Phat?« Bruno legte die Stirn in Falten. »Ich bitte um Übersetzung.«

»Och, Mann, muss man dir denn alles erklären? Phat ... das ist gut, sehr gut!«

»Wie auch immer«, Bruno neigte den Kopf zur Seite und kniff ein Auge zu, »wer so junge Mäusefäustchen perforiert, macht sich strafbar. Schon mal was von Jugendschutz gehört?«

»Du redest wie mein Vater.« Sie schüttelte ihre feuchten Locken. »Da krieg ich Pickel, wenn ich so was höre!«

Bruno sagte nichts mehr, weil er hoffte, dass sie, nachdem sie ihren Vater erwähnt hatte, noch mehr über ihren familiären Hintergrund preisgeben würde. Aber es folgte nichts. Nach ihrem frechen Grinsen zu urteilen, hatte sie Brunos heimliche Erwartung durchschaut.

»Ich hab ein Tattoo«, sagte sie, zog den Spaghettiträger ihres Tops herunter und entblößte die linke Schulter. »Willst du's mal sehen?«

»Die Spiegeleier sind fast fertig«, sagte Bruno, den Salzstreuer in der Hand.

Da stellte sie sich dicht vor ihn und drehte ihm die Schulter zu.

»Das muss ja winzig sein«, sagte er, »ich seh nix.«

»Dann zieh das Top weiter runter!«, forderte sie ihn auf. »Das Tattoo ist auf dem Schulterblatt. Oder bist du zu prüde?«

»Prüde? Ich?« Bruno stellte den Salzstreuer auf den Tisch. »Du wirst einem alten Fuhrmann doch das Peitschenknallen nicht beibringen wollen, oder?«

Er drehte sie ganz um, ergriff das Top mit beiden Händen am unteren Saum und schob es hoch bis zu ihrem Nacken. Bereitwillig hielt sie die Arme über den Kopf. Bruno blickte auf ihren nahtlos gebräunten Rücken. Auf dem linken Schulterblatt prangte eine rote Rose, um deren dornigen Stängel sich eine Schlange wand.

»Naja«, sagte Bruno, »das Tattoo ist schön gearbeitet. Ich war auf Schlimmeres gefasst.«

»Auf dem Schiff in Saarbrücken hat's mir einer gestochen. Ist erst zwei Wochen her.«

»Musste das unbedingt sein?« Bruno zog ihr das Top wieder herunter. »Dieses Röschen wirst du noch als Runzeloma auf dem Buckel haben. Und die Schlange auch, wenn sie sich bis dahin nicht in einer Hautfalte verkrochen hat.«

»Du musst grad was sagen! Als du die Kerle am Hafen vermöbelt hast, hab ich gesehen, dass du eine Raubkatze auf dem Arm hast, einen Tiger oder so.«

»Es ist ein Leopard«, sagte Bruno, »und der sitzt mir schon verdammt lange unter der Haut. Heute wär ich froh, wenn ich ihn los wäre.«

»Ich finde, er passt zu dir.«

Vom Dorf her ertönte ein Hupsignal, ein heller Dreiklang.

»Wenn mich nicht alles täuscht«, sagte Bruno und hob seine vernarbten Brauenbögen, »ist das ein Lebensmittelhändler. Sophie, wärst du so lieb?«

»Avec plaisir, Monsieur.« Sie griff nach den Cowboystiefeln, überlegte kurz, stellte sie wieder weg und entnahm ihrer Reisetasche ein Paar lederne Zehensteg-Sandalen. Aus einem Seitenfach kramte sie drei silberne Ringe hervor.

»So viel Zeit muss sein!« Während sie die Ringe – zwei links, einen rechts – an ihre Zehen steckte, erläuterte sie dem ungeduldig zuschauenden Bruno die verschiedenen Formen: »Das ist ein keltischer Knoten. Das hier ist ein griechisches Mäander-Muster. Und das ...«

»... ist eine Schlange«, sagte Bruno. »Und wenn du dich jetzt nicht beeilst, können wir von einem frischen Baguette nur träumen. Frag auch bitte nach Croissants! Und nach Speck für die Spiegeleier!«

Er wollte ihr Geld geben.

»Lass mal«, sagte sie, Brunos Hand mit dem Zehn-Euro-Schein zurückschiebend, »Geld hab ich selber. Und den Speck kannst du dir abschminken. Ich bin eine Biotonne.«

»Was heißt das?«

»Dass ich keine Tiere esse.«

Das Signalhorn ertönte wieder, diesmal ganz in der Nähe. Sophie schlüpfte in ihre Sandalen und spurtete los. Verdutzt sah Bruno ihr nach, wie sie leichtfüßig durchs Gras hüpfte, und steckte den Schein wieder ein.

»Du kleines Biest hast nicht nur einen Hintern wie ein Brötchen, sondern auch eine undurchsichtige Vita«, murmelte er nachdenklich, »aber ich werd schon noch dahinterkommen.«

Die brutzelnden Spiegeleier zwangen ihn zurück zum praktischen Handeln.

Das Frühstück zog sich über eine Stunde hin. Sophie hatte den Konsumtransporter halb leer gekauft. Es gab duftig-frisches Weißbrot, Pains au chocolat, Käse jeder französischen Provenienz, Joghurt, Honig und Marmelade.

»Was du da alles angeschleppt hast . . .«, sagte Bruno.

»Das reicht uns bis übermorgen.« Sie zwinkerte listig. »Oder noch länger.«

»Wie beruhigend!«, brummelte Bruno. »Und was ist, wenn ich heute mit meiner Arbeit fertig werde?«

»Weiß nicht.« Sie lächelte ihn entwaffnend an.

»Und noch was!«, sagte er. »Das ganze Zeug hier hat eine Stange Geld gekostet. Und das wird aus meinem Beutel gezahlt – und nicht aus deinem. Was anderes kommt überhaupt nicht in die Tüte! Klar?«

»Und wenn ich das nicht akzeptiere?«

»Dann gibt's was auf den Musculus gluteus maximus.« Er setzte eine finstere Miene auf.

»Das heißt, du willst mir den Hintern verhauen, du Brutalo?«

»Nun mal Spaß beiseite«, versuchte es Bruno auf eine andere Methode, »es gehört sich einfach nicht, dass ein alter Mann sich von einem Girlie aushalten lässt.«

Sophie arbeitete sich vorsichtig aus der Enge hinter dem überladenen Klapptisch heraus und kam ganz nah zu ihm.

»Hey, Alter«, brüllte sie ihm ins Ohr, »ich hab so viel Kohle, dass ich mir einen Privatdetektiv leisten könnte!«

»Sophie!« Bruno presste eine Hand aufs Ohr und umfasste

mit der anderen ihr Handgelenk. »Hast du was mit Drogen zu tun?«

»Pff! Seh ich so aus?«

»Eigentlich nicht.«

»Na also!« Sie versuchte ihr Handgelenk aus dem Griff zu winden.

»Hast du jemandem Stoff geklaut? Oder etwas anderes, weswegen ein Greiftrupp hinter dir her ist?«

»Eins musst du dir merken, Bruno Schmidt!« Ihre Augen glitzerten. »Ich habe noch nie jemandem etwas geklaut! Noch nie, hörst du?«

»Tut mir leid.« Bruno ließ sie los. »Entschuldige bitte! Komm, wir packen zusammen. Es ist Zeit.«

Ein Handy legte los. Es war ein Techno-Sound und er kam aus dem Alkoven, wo Sophies Rucksack lag.

»Du wirst verlangt, Teenie.«

Sie öffnete fix den Rucksack und stellte das Handy ab.

»Schon erledigt.« Sie lächelte.

»Das wäre nicht nötig gewesen«, sagte Bruno. »Ich war schon fast draußen.«

»Hat nichts mit dir zu tun«, sagte sie. »Ich bin nicht mehr erreichbar. Das ist alles.«

Nach einem herzlichen Abschied von Jean-Jacques gondelten sie auf schmaler Straße durch eine dünn besiedelte Gegend. Wiesen und abgeerntete Felder wellten sich bis zum Horizont.

»Landleben würde mir gefallen«, sagte Bruno, während er einen Traktor überholte, auf dessen Anhänger ein Schwein schaukelte, »so ein eigenes kleines Reich. Weg vom Lärm und vom Feinstaub der Ballungszentren.«

»Tu's doch! Was hindert dich daran?«

»Und wie soll ich mein Geld verdienen? Als Detektiv kriegst du nur Jobs, wo viele Menschen sind – also in der Stadt.«

»Machst du eigentlich nur solchen Mist, ich meine, Paare zu bespitzeln, die Fun miteinander haben?«

»Derart unverblümt hat mir das noch keiner vorgehalten.« Bruno grinste. »Ob du's glaubst oder nicht: Ich mache das nicht oft und überhaupt nicht gern. Aber es ist nun mal leichter verdientes Geld als die Aufträge, bei denen man Kopf und Kragen riskiert.«

»Erzähl mir davon!«

»Später«, sagte Bruno, »wenn du groß bist.«

Sie warf ihm einen genervten Blick zu.

»Mein längster Zungenkuss hat zwanzig Minuten gedauert«, sagte sie.

»Oh là là! Dann musst du dich ja direkt zusammenreißen, wenn du eines Tages auf die große Liebe triffst und dein Zukünftiger dich für eine Anfängerin halten soll.«

Sophie blickte schmollend aus dem Seitenfenster. Bruno pustete gegen ihre Haare.

»Bist du jetzt eingeschnappt?«

»Das ist gar kein Ausdruck! Ich bin sauer wie zwei Wochen alte Milch!«

»Ach, komm«, schürte Bruno das Feuer, »das liegt an der Pubertät. Da ist man manchmal sauer und weiß nicht warum. In dieser Lebensphase ist das Gehirn eine Baustelle.«

»Deins vielleicht! Ich bin klar im Kopf. Und damit du's weißt: In der Pubertät bin ich längst nicht mehr!«

Bruno musste bremsen, weil vor dem Wohnmobil ein älterer Mofafahrer in Schlangenlinien herumkariolte. Der Veteran der Landstraße, dessen schartiger Helm auf häufige Bodenberührung schließen ließ, hatte deutlich über den Durst getrunken.

»Madonna!« Bruno hieb mit der Hand aufs Lenkrad.

»Ja?« Sophie drehte den Kopf.

»Fühlst du dich angesprochen? Ich habe Madonna gesagt.«

»Eben darum! Auf dem Schiff haben sie mich so genannt.«

»Im Ernst?« Bruno lachte. »Wie kommt das?«

»Vielleicht ... weil ich so unschuldig bin.«

»Tatsächlich? Wie man sich doch täuschen kann!« Bruno grinste und überholte den beschwipsten Zweiradfahrer mit größtmöglichem Abstand.

»Darf ich ein bisschen Musik machen?«, fragte sie.

»Hinten links im Staufach liegen ein paar CDs. Ich glaube aber nicht, dass etwas dabei ist, was dir gefällt.«

Sie schnallte sich los und machte sich auf die Suche.

»Cool!«, rief sie. »Ziemlich viel Klassik!«

Bald ertönte Tschaikowskys Violinkonzert, gespielt von Anne-Sophie Mutter und den Wiener Philharmonikern. Eine ganze Weile wurde nicht mehr gesprochen. »Ich erstarre ja nicht so leicht vor Ehrfurcht«, sagte sie beim zweiten Satz, »aber bei dieser Musik tu ich's.«

Bruno sah sie von der Seite an.

»Was ist?«, fragte sie.

»Nichts.«

»Tschaikowsky hat diese Musik geschrieben, als er sehr unglücklich war«, sagte sie.

»Du bringst mich immer mehr zum Staunen, Sophie.« Bruno schüttelte den Kopf, als könne er's nicht glauben. »Bis heute war ich überzeugt, Teenies würden nur idiotisches Zeug cool finden.«

»Begrab deine Vorurteile!« Sie zog die Sandalen aus und legte ihre Füße auf die Front-Ablage. »Guten Geschmack zu haben, ist keine Altersfrage.«

»Hört, hört!« Bruno pfiff durch die Zähne. »Hast du noch mehr Überraschungen auf Lager, Teenie? Dir würde ich sogar zutrauen, dass du Klavier spielen kannst.«

»Nicht so besonders«, sagte sie, »obwohl es mich schon viel Mühe gekostet hat. Sollten wir zufällig an ein Klavier ranlaufen, darf ich dir was vorspielen, ja?«

»Wahrscheinlich kannst du auch noch reiten, segeln und golfen – und was sonst noch so zum Höhere-Töchter-Programm gehört.« Bruno schlug sich mit der flachen Hand vor die Stirn. »Dass ich da nicht gleich draufgekommen bin, ich Esel! Du drückst dich auch nicht ganz so belämmert aus wie die Youngsters deiner Arschgeweih-Generation.«

»Ich vermute mal, dass du in letzter Zeit nicht oft mit jungen Frauen zu tun hattest.«

»Mit jungen was?« Bruno grinste ironisch.

Sophie ging nicht darauf ein.

»Hast du Kinder?«, fragte sie.

»Nicht dass ich wüsste.«

»Eine Frau?«

»Hin und wieder.«

»Ach, Bruno, sei doch bitte mal ernst! Ich möchte wissen, ob du mit einer Frau fest zusammen bist.«

»Du verschweigst mir ja auch, ob du einen Freund hast oder nicht.« Er zwinkerte sie an. »So einen hippen Milchbart. Jung, dumm und voller Sperma.«

»Hab ich nicht und will ich auch nicht!« Sie spielte mit einer Haarsträhne. »Ich finde eine tiefe Stimme sehr anziehend. Jungs haben noch nicht so einen Klang in der Stimme.«

»Da kenne ich ein Rezept.« Bruno lachte. »Täglich zwei Päckchen tiefschwarze Gauloises inhalieren und das Ganze mit fünf doppelten Calvados ablöschen.«

»Ich hab dich was gefragt, Bruno.« Sie war hartnäckig.

»Was?«

»Ob du ...«, sie pustete genervt, »ach, du weißt schon!«

»Ich führe ein einsames, ungesichertes Leben«, sagte Bruno mit dem gespielten Pathos eines Westernhelden, »und von Fall zu Fall gibt es Frauen, die sich berufen fühlen, mich da rauszuholen.«

»Ich verstehe, dass du das nicht willst.«

»Du verstehst das?«

»Ketten sind Ketten«, sagte sie altklug, »ob sie aus Eisen sind oder aus Gold.«

»Hört, hört!« Bruno grinste. »Sprichst du aus Erfahrung?«

»Wir reden über dich!«, beharrte sie.

»Da ist fast alles gesagt. Ich könnte dir höchstens noch ein paar Boxkämpfe aus dem vorigen Jahrhundert schildern.«

»Du bist so ein cooler Loner...« Es hörte sich nicht wie ein Kompliment an.

»Warum sagst du's nicht auf Deutsch? Zum Beispiel so: ›Bruno, du bist liebenswürdig, aber beziehungsunfähig!‹ Das würde mir gefallen.«

»Okay, okay! Du bist ein starker Mann mit menschlichen Zügen.« Sie beugte sich herüber und tätschelte seinen Oberarm. »Warst du denn noch nie richtig verliebt?«

»Doch, schon«, sagte er, »mit einer hab ich's sogar ernst gemeint.«

»Und... was ist daraus geworden?«

»Ich bin über Nacht geblieben.« Er schauspielerte einen verhangenen Blick.

»Bruno Schmidt, du hast einen grauenhaften Humor!« Sie drehte die Musik lauter.

»Ein Tag ohne Liebe«, sagte sie nach dem Finale des Violinkonzerts, »ist wie ein Jahr ohne Frühling. So sagt man in China.«

»Tja, den Peking-Menschen fällt zu jedem Thema etwas Tiefschürfendes ein.« Bruno ließ das Wohnmobil auf der Bankette ausrollen und suchte nach einer Straßenkarte. »Sogar dazu, dass man mit einem wie mir nicht über die Liebe sprechen sollte.«

»Das möchte ich hören!«

»Der Chinese sagt«, Bruno straffte seine Augenlider per Fingerzug zu schrägen Schlitzen, »man kann mit einem Flosch nicht übel das Meel leden und mit einem Schmettelling nicht übel den Wintel.«

Sie betastete ihre Zehen.

»Theoretisch bist du ein toller Kerl, Bruno. Du weißt unheimlich viel, dein Mut ist massiv vierlagig, aber dein Herz ist irgendwie runtergekühlt.«

»Das ist das Herz eines Boxers«, sagte Bruno und stimmte mit parodistischem Schmelz den legendären Sprechgesang Max Schmelings an.

»Das Herz eines Boxer kennt nur eine Liebe, den Kampf um den Sieg ganz allein.«

Sophie steckte sich die Zeigefinger in die Ohren.

»Dann eben nicht!« Bruno spielte den Beleidigten. »Ich verschwende meine Kunst nicht an Banausen.«

»Hast du noch Eltern?«

»Schon lange nicht mehr.«

»Geschwister?«

»Ich hatte einen Bruder. Er ist früh gestorben.«

»Wie?«

»Unterm Zwillingsreifen eines Lastautos. Der Pfarrer sagte, Gott hätte im Himmel einen Engel gebraucht.«

»Schrecklich. Tut mir leid. Entschuldige bitte, Bruno!«

»Warum entschuldigst du dich?«

»Ich weiß nicht – es war taktlos, dich so auszufragen.«

»Das ist aber die einzige Möglichkeit, wenn wir etwas voneinander erfahren wollen.«

Sie bogen ab auf eine stärker befahrene Straße.

»Wir sind gleich da«, sagte Bruno.

Sarralbe stand auf dem Ortsschild.

»Was wollen wir hier?«

»Durch dieses Städtchen verläuft der Saar-Kohlen-Kanal«, erklärte Bruno. »Von hier kann man weiterschippern in den Rhein-Marne-Kanal und dann in den Canal de l'Est.«

Sie gelangten an einen Kreisel mit Blumen und Europafahnen.

»Dort drüben ist der Kanalhafen«, sagte Bruno, »da werden wir uns auf die Lauer legen und auf die Turteltäubchen warten.«

Die Vorfreude des Liebhabers

Aus diesem Tag konnte nichts werden! Die Sonne brannte vom wolkenlosen Himmel. Schon um zehn Uhr zeigte das Thermometer auf dem Balkon 28 Grad an. Seufzend zog Bloch sich in die Wohnung zurück und schloss alle Fenster. Das hielt die Hitze draußen und dämpfte das Kindergeschrei, das vom Spielplatz hochdrang. In drei Tagen würden endlich die Sommerferien zu Ende sein.

Im Dudelfunk blödelte ein Moderatorenpaar zum Thema *Trinktipps für heiße Tage* und forderte die Hörer zum Mitmachen auf. Bloch war genervt. Als sich nach einem lispelnden Zitronenteetrinker aus Bliesransbach ein unterdurchschnittlich wortgewandter Schluckspecht aus Eppelborn meldete, der vorgab, sich mit einem Strohhalm anderthalb Liter Bierschorle in zwanzig Sekunden einverleiben zu können, wählte Bloch einen anderen Sender.

Es liege nicht mehr im Trend, vom Leben große Momente und Abenteuer zu erwarten, behauptete ein Moderator und bezog sich auf die Umfrage eines Forschungsinstituts. Den meisten Bundesbürgern genüge zum Glücklichsein schon ein Fernsehgerät, ein gutes Essen zu Hause und eine Zeitung. Bloch fühlte sich bestätigt.

Noch im Pyjama, schlurfte er in die Küche, um zu frühstücken. Mit einem Schluck Wasser spülte er ein Johanniskraut-Dragee herunter. Zu dieser Pille gegen die Traurigkeit griff er dreimal täglich – vorbeugend. Vorbeugend schnallte er sich auch zweimal täglich die Klettverschluss-Manschette eines Blutdruckmessgeräts um den Arm. Das digitale Ding speicherte hundert

Messungen und ermittelte auf Tastendruck die Durchschnittswerte. Bloch war ein ausgemachter Hypochonder.

Die Hüfte tat ihm weh. Wenigstens war der Ellbogen wieder einigermaßen beweglich. Früher hätte er es als unschicklich abgetan, sich im Pyjama an den Frühstückstisch zu pflanzen, auch nicht mutterseelenallein, denn Stil und Kultur waren für ihn nie eine Frage der Fremdbetrachtung gewesen. Seit ein paar Wochen nahm er es nicht mehr so genau. Er war nachlässiger geworden. Seiner kühl und schnörkellos durchgestylten Wohnung, in der Metall und Glas vorherrschten, war die Nonchalance bereits anzumerken. Eine feine Staubschicht mattierte die gläsernen Oberflächen und da und dort fluste eine Wollmaus über das helle Ahornparkett. Auch der Granitfußboden in der Küche war nicht mehr ganz so spiegelblank wie ehedem.

Bei sich selbst allerdings duldete Bloch keine Kompromisse. Er war reinlich bis ins Detail. Seine Finger- und Zehennägel waren stets vorzeigbar, er duschte und rasierte sich täglich, benutzte ein Bidet oder wahlweise feuchtes Toilettenpapier und wusch sich mindestens zwanzig Mal am Tag die Hände. Sein Badezimmer glich einer Lagerstätte für Deodorants, Cremes und Duftwässerchen. Auch am Ende eines schwülen Sommertages wäre Blochs Körpergeruch allenfalls von einer Hundenase zu erschnüffeln gewesen. Darüber hinaus besaß er ein batteriebetriebenes Gerät zum Stutzen der Nasenhaare und ein anderes zum Absaugen von Ohrenschmalz. Pingelig war er auch in puncto Mundhygiene. Nicht genug damit, dass er sich nach jeder Mahlzeit die Zähne putzte; er benutzte auch eine Zungenbürste und beseitigte vor dem Zubettgehen eventuelle Speisereste in den Zahnzwischenräumen mit dem Düsenstrahl einer Munddusche. Plaque – allein das Wort verursachte bei Bloch ein Ekelgefühl, vergleichbar mit dem Anblick einer verunreinigten Toilette.

Bloch liebte Kaffee. Das schwarze Elixier lieferte ihm ein alufarbener Vollautomat mit Aromawahltaste und Tassenvorwärmer, ein Gerät, das seinen Preis gehabt hatte und noch wesentlich mehr konnte, als Bloch von ihm verlangte. Einem Besucher hätte er – rein theoretisch, denn er ließ ja niemanden vor – Kaffee und Artverwandtes in jeder Variation anbieten können.

Ein Ei genehmigte sich Bloch aus Sorge um seinen Cholesterinspiegel nur jeden dritten Tag. Heute war es wieder so weit. Er deckte den kleinen Tisch, an dem zwei Stahlrohrstühle standen. Auf dem zweiten Stuhl hatte noch nie jemand gesessen.

Die Orangenmarmelade ging zur Neige. Drei, vier Gläser davon hatte Bloch immer im Schrank. Mit allem, was sich auf Vorrat halten ließ, war er auf Wochen hinaus versorgt – von eingeschweißten Aufbackbrötchen bis zu Stapeln von Toilettenpapier. Es ist wieder ein Einkauf fällig, überlegte Bloch, denn vom Käse, den er stets frisch kaufte, war nicht mehr viel da. Heute jedoch stand ihm der Sinn nicht nach Einkauf, nein, heute nicht. Da war etwas, das ihn umtrieb, heimlich, schleichend, zunächst nur eine diffuse Unruhe des Nervensystems, die langsam stärker wurde. Bloch fühlte das Herannahen einer sexuellen Erregung.

Ob Vor- oder Nachmittag – er konnte es sich leisten, den Druck phantasievoll wachsen zu lassen, um ihm dann spontan nachzugeben. Denn seit nunmehr einem Jahr hatte er keinen strukturierten Alltag mehr. In seinem Job als Ingenieur für Tiefkühltechnik wären solcherlei Gelüste morgens um halb elf undenkbar gewesen.

Bloch betupfte sich den Mund mit einer Papierserviette. Mit Brunhild hatte er eine erfüllte Sexualität von zuverlässiger Regelmäßigkeit. Und das Wichtigste: Er brauchte sich nicht zu sorgen, sie zu verlieren. Brunhild gehörte zu ihm. Ganz allein zu ihm. Es war nicht anzunehmen, dass sie sich jemals von ihm abwenden würde. Auch zeigte sie keinerlei Ambition, ihn zu beherrschen oder verändern zu wollen, auch nicht die leisesten

Anzeichen, sich gegen ihn aufzulehnen. Bei ihr fühlte er sich frei und stark. Und sie war schön. Erregend schön.

Sollte es dennoch eines Tages zu einer Trennung kommen – es war ja alles möglich im Leben –, dann würde die Initiative von Bloch ausgehen. Er würde es sein, er, der sich ihrer entledigte – und nicht umgekehrt!

Die Angst, verlassen zu werden, kalt abserviert, diese schreckliche Angst war für Bloch wie eine offene Wunde, die nicht heilen wollte. In Kindertagen war sie ihm geschlagen worden. Es war die grausamste Strafe, die seine geliebte Mutter gegen ihn verhängen konnte, wenn sie, ohne ihn eines Blickes zu würdigen, sagte: »Geh weg! Ich will dich nicht mehr.« Oder wenn sie sich an unvertrautem Ort entfernte und ihn ganz allein irgendwo zurückließ.

Was war bloß geschehen mit seiner lieben Mutter? Warum hatte sie sich so verändert? Sie liebte ihn doch abgöttisch, das wusste er. Erst viel später begriff er, was psychisch krank bedeutete. Da war er schon vierzehn und alt genug, um zu verstehen, um was es ging, wenn die Mutter dem Vater mit unterdrücktem Schrecken in der Stimme zuzischelte, wie schmutzig der Inhaber des Geschäfts, in dem sie soeben eingekauft hatte, sich schon wieder benommen habe. Sie habe es gesehen, ganz deutlich, obwohl er es halb verdeckt hinter dem Keksstand gemacht habe. Vielleicht sei ihm ja nur etwas zu Boden gefallen, hatte der Vater herunterzuspielen versucht, es könne natürlich auch sein, dass der Mann krankhaft veranlagt sei, so oder so, am besten vergesse sie den Vorfall und kaufe künftig woanders ein. Da hatte sie zu schreien und zu toben begonnen, er sei ein Feigling, der sich nicht schützend vor seine Frau stelle, der es zulasse, dass man sie mit Schmutz bewerfe, sie entehre und in aller Öffentlichkeit demütige.

Angefangen hatte das seltsame Verhalten seiner Mutter nach einem Besuch beim Frauenarzt. Der Doktor habe, während er sie untersuchte, eine Erektion gehabt. Jawohl, eine Erektion! Unübersehbar! Da müsse unverzüglich etwas unternommen werden, dass der Saukerl seine Approbation verliere. Unverzüglich!

Von Woche zu Woche war es dann schlimmer geworden: Der Metzger griff sich, während er mit der einen Hand Fleischlappen auf die Waage warf, mit der anderen ans Gemächt, der Bäcker klemmte sich mit luziferischem Grinsen ein Baguette zwischen die Beine, der Fahrer eines Stadtbusses begann zu onanieren, nachdem Frau Bloch auf einem der vorderen Sitze Platz genommen hatte, und ein katholischer Priester, dem die bedrängte Moralistin sich im Pfarrhaus anvertraute, trieb sie gänzlich in den Wahn, indem er während des Gesprächs unvermittelt über seinen Schreibtisch ejakulierte.

Fälle von Schizophrenie gäbe es hunderttausendfach in Deutschland, fast so häufig wie Diabetes, hatte der Arzt, der die Mutter in die Anstalt einwies, dem Vater erklärt.

Bloch durfte seine Mutter nicht besuchen. Er sah sie nie wieder. Sie starb in der Heilanstalt. Seitdem hatte Bloch große Angst davor, selber verrückt zu werden.

Brunhild! Bloch erhob sich, Vorfreude in den Mundwinkeln. Da tönte die Türglocke. *Dingdongdingdong.* Bloch zuckte zusammen wie ein auf frischer Tat ertappter Dieb. Auf Zehenspitzen schlich er durch die Diele und spähte durch den Spion. Natürlich, die Kniesbeck!

»Hallooo, Herr Blo-hoch! Hallöchen! Ich weiß, dass Sie da sind!«

Dingdongdingdong.

Bloch stöhnte. Mürrisch schlurfte er ins Schlafzimmer und zog seinen Hausmantel aus nachtschwarzem Glanz-Satin über den Pyjama. Dann öffnete er die Tür, blieb aber so stehen, dass er Frau Kniesbeck den Eintritt verwehrte.

»Was gibt's?« Gnadenlos starrte er auf die Hautlappen, die von ihrem Kinn hingen wie bei einem Hühnerhals.

»Ich fahr rüber nach Frankreich, Herr Bloch.« Ihre Stimme war laut und gickerig. »Und da hab ich mir gedacht, ich sag Ihnen Bescheid. Bestimmt will er einen speziellen Käse mitgebracht bekommen, der Herr Bloch.«

Sie legte den Kopf schief und kokettierte wie ein junges Mädchen.

»Danke. Ich habe alles, was ich brauche«, sagte Bloch mit unbewegtem Gesicht.

»Sind Sie sicher? Ach, was haben Sie denn da an der Stirn? Das sieht ja böse aus.«

»Ich hab mir den Kopf gestoßen.« Bloch verschluckte sich und musste husten.

»Herrje, kommen Sie, kommen Sie!« Frau Kniesbeck machte Anstalten, ihm auf den Rücken zu klopfen.

»Lassen Sie«, presste Bloch zwischen Hustenschüben hervor, »es geht schon weg.«

Immer noch hustend, drängte er die Begehrende aus dem Türrahmen.

»Ich hab zu tun, Frau Kniesbeck.«

»Tja dann ...« Ihr ringsum fein gefältelter Mund nahm einen säuerlichen Ausdruck an. »Dann bis ein andermal, Herr Bloch.«

Bloch schloss die Tür und atmete durch. Mit der Kniesbeck war auch der Hustenanfall verschwunden. Zum Teufel mit dieser aufdringlichen Henne! Blochs Gedanken befassten sich wieder mit Brunhild. Ein Lächeln der Vorfreude umspielte seine Lippen. Er sehnte sich nach ihrem glatten, makellosen Körper.

Verpfuschter Auftrag

Am *Port du canal* stand nicht nur das Wasser still, sondern auch die Zeit. Ein Lastkahn namens Bertha lag am Kai. Nirgendwo war ein Mensch zu sehen. Stellenweise kräuselte ein matter Sommerwind die grünbraune Oberfläche, auf der vereinzelte Grashalme dümpelten. Im Ufergestrüpp hing eine tote Ratte.

Trotz des Verbotsschilds *Sauf Service* hatte Bruno das Wohnmobil auf dem Kiesweg abgestellt, der in sanftem Bogen über den Damm verlief.

»Was macht dich denn so sicher, Sherlock, dass das Hausboot hier vorbeikommen wird?«

Sophie saß am Tisch und schälte Orangen, die sie auf dem Markt des nahen Städtchens besorgt hatte.

»Weil ich die Gespräche der beiden abgehört habe«, antwortete Bruno. »Und wenn du mich noch ein einziges Mal Sherlock nennst, lass ich dich 'ne Runde schwimmen in dieser Brühe, du minderjähriges Würstchen!«

Er saß auf den Treppenstufen in der offenen Tür mit Blick auf den Kanal und nahm mit ausgestrecktem Arm die Orangenstückchen in Empfang, die Sophie ihm reichte.

»Wie wird man eigentlich Privatdetektiv?«, fragte Sophie unbeeindruckt.

»Indem man zum Gewerbeamt dackelt und eine Gebühr entrichtet.«

»Das ist alles?« Sie schaute in ungläubig an. »Das kann doch jeder!«

»Im Prinzip schon«, sagte Bruno. »Man kann natürlich auch

ein zweijähriges Praktikum machen und einen Schein mit Stempel erwerben. Aber wie gesagt, man kann's auch lassen.«

»Ich dachte immer, Detektive wären was Besonderes. Total coole Typen, die Verbrechen aufklären, bei denen die Polizei nicht mehr weiterweiß.«

»Im Krimi mag das so sein«, winkte Bruno ab, »aber nicht in Wirklichkeit. Achtzig Prozent der Detektive arbeiten für Wirtschaftsunternehmen. Da geht's um Schwarzarbeit, Datenklau, Diebstähle aus Lagerhallen, stundenlanges Recherchieren im Handelsregister, Sabotageakte und was sonst noch alles – bis hin zum Aufspüren von Wanzen in Konferenzräumen.«

»Lass mal ein Beispiel hören, Sherlock!«

Bruno hob seine vernarbten Augenbrauen.

»Du hast es nicht anders gewollt«, sagte er und stand auf.

»Ich nehm's zurück«, beeilte Sophie sich zu sagen.

»Trop tard, mon amour!«

»Neiiin!« Kreischend stieg sie auf die Sitzbank. »Ich warne dich, du Unhold! Im Internat war ich als gewalttätig bekannt!«

Brunos Hände legten sich um ihre Fesseln. Schon wieder ein Steinchen mehr im Mosaik, dachte er, im Internat ist sie also gewesen.

»Ich lasse nochmal Gnade vor Recht ergehen«, sagte er richterlich, »und gebe dir eine Bewährungschance. Aber nicht umsonst!«

»Was muss ich tun?«

»Ich werd mich nachher ein bisschen im Städtchen umsehen. Und du – du wirst unser mobiles Wohnzimmer derweil besenrein machen. Hier sieht's nämlich aus wie bei Hempels unterm Sofa.«

»Das stört doch keinen.«

»Doch«, widersprach er. »Ich habe die Kiste geliehen. Wenn ich sie zurückgebe, muss sie sauber sein, aber picobello.«

»Mehr willst du nicht?«

»Das reicht fürs Erste. Wenn du das ordentlich machst, hast du genug zu tun.«

Bruno ließ sie los und setzte sich wieder auf die Stufen. Zu seiner Überraschung zündete Sophie sich eine Zigarette an. Sie lässt aber auch kein Mittel aus, dachte er, um erwachsen zu wirken.

»Wo hast du den Sargnagel her, Teenie?«

Sie antwortete nicht. Bruno schaute genauer hin. Was da vor ihrem Mund glühte, war keine gewöhnliche Zigarette, sondern ein fingerdicker Joint.

»Mensch, Teenie«, sagte Bruno, »das ist eine Einstiegsdroge. Später nimmst du Crack und so weiter.«

»Ach, Quatsch!« Sie musste husten. »Dass gerade du so was sagst! Gestern Abend hattest du zwei Flaschen Rotwein im System.«

»Versuch nicht schon wieder den Spieß umzudrehen. Es war nur eine. Die andere hat Jean-Jacques getrunken.«

»Und was ist mit der leeren Calvados-Flasche da hinten?« Sie blies ihm eine süßliche Rauchwolke entgegen. »Mir gibst du gute Ratschläge und selber säufst du dich ins Nirwana.«

»Jetzt ist der Drops aber gelutscht, Baby. Mach sofort das Ding aus!«

»Warum?«

»Weil ich es sage!«

»Autoritäres Arschloch!«

»Wir sind hier in Frankreich.« Bruno legte die Stirn in Falten. »Ich kann im Moment keinen Ärger mit den Flics gebrauchen. Und den kriegen wir beide, wenn wir öffentlich im Marihuana-Nebel sitzen. Geht das in dein Lockenköpfchen, ma belle?«

Sie tupfte den Joint auf einem Stück Stanniolpapier aus, wickelte ihn sorgfältig ein und bettete ihn in ihre Reisetasche, die mit Aufrufen wie *Stoppt Tierversuche!* und *Zirkus ist kein Spaß für Elefanten!* beklebt war.

»Dein Referat ist noch nicht zu Ende«, sagte sie übergangslos. »Stichwort Sabotageakt. Stichwort Datenklau.«

»Wer behauptet, das Leben sei langweilig, ist dir noch nicht begegnet«, sagte Bruno kopfschüttelnd. »Also gut«, fuhr er fort, »reden wir über was Harmloses! Es gibt Leute, die nachts nicht schlafen können, weil sie Ärger mit ihrem Chef haben. Andere gehen einen Schritt weiter und zünden den Betrieb an. Tatsache! Alles schon vorgekommen. So ein Brandsatz mit Verzögerung ist schnell gebastelt. Drei Streichhölzer mit Gummi an einer filterlosen Zigarette befestigt, Papier drumgewickelt – fertig. Es bleiben keine Spuren. Oder ein anderes Beispiel: Da wird ein Büromensch gefeuert und kopiert aus Rache die ganze Kundenkartei am Computer, um sie der Konkurrenz zuzuspielen. Dann muss ein Detektiv ran, um Beweise zu beschaffen – gerichtsverwertbare Beweise, wie es heißt.«

»Klingt kompliziert.«

»Dafür gibt's Geräte. Und die werden von Jahr zu Jahr kleiner und gemeiner.« Bruno zeigte auf eine Ablage neben dem Küchenblock. »Siehst du das Brillenetui dort drüben? Es ist ein Loch an der Seite und da ist eine Kamera drin. Solche Kleinstkameras haben Objektive wie Stecknadelköpfe. Man kann sie samt Akku überall versteckt anbringen. Am besten mit Kitt, denn die Dinger sind ziemlich empfindlich.«

»Ist das erlaubt?«

»Ja, wenn ein dringender Tatverdacht besteht. Da gibt's ein Musterurteil. Aber die meisten Detektive stellen sich diese Frage erst gar nicht. Sie arbeiten in einer rechtlichen Grauzone.«

»Du auch?«

»Ich?« Bruno lachte. »Ich bin einer von den Schlimmsten.«

»Ist nicht wahr – oder?«

»Meine Methoden sind nicht immer ganz legal.«

»Nicht immer ganz?« Sie warf ihm ein Stückchen Orangenschale an den Kopf. »Das ist eine verharmlosende Umschreibung für illegal.«

»Illegal ist, wenn man erwischt wird.« Bruno grinste und warf die Orangenschale zurück. »Ich komme und gehe durch verschlossene Türen wie ein Gespenst.« Er streckte sich, zog eine unscheinbare Blechkiste zu sich heran, wühlte scheppernd zwischen Werkzeug und hielt ein schwarz lackiertes Gerät hoch, das nicht viel größer war als ein Kugelschreiber. »Es gibt Türknacker, vor denen jeder Hochsicherheits-Zylinder kapituliert. Das ist Hightech für Einbrecher. Wird aber auch gern von Geheimdienstlern benutzt.«

»Wirklich? Darf ich's mal anfassen?« Sophie war noch skeptisch.

»Es gibt verschiedene Fabrikate«, erklärte Bruno, weiter in der Kiste stöbernd, »das hier zum Beispiel ist von einem jugoslawischen Berufsganoven erfunden worden. Da vorn sind feine Metalldrähte, die den Schließzylinder abtasten und ausmessen. Die Drähte werden dann mit Schiebestücken arretiert – und fertig. Du kannst jede Tür damit öffnen und wieder schließen.«

»Das ist ja direkt unheimlich. Wenn ich mir vorstelle ...«

»Keine Sorge, diese Zauberschlüssel gibt's ja nicht im Kaugummiautomaten. Immerhin sind sie verboten.«

»Wahnsinnig beruhigend! Und was ist damit?« Sophie deutete auf das Richtfunkgerät. »Ist das auch verboten?«

»Das nicht öffentlich gesprochene Wort darf weder abgehört noch aufgezeichnet werden«, sagte Bruno achselzuckend. »So steht's im Gesetzbuch.«

»Warum tust du's dann? Es ist doch nicht fair! Die Leute auf dem Hausboot sind doch keine Verbrecher!«

»Warum, warum, warum ... Menschenskind, Sophie! Warum tun die meisten Menschen das, was sie tun? Weil sie dafür bezahlt werden! Punktum! Ich stelle mir die Frage, *wie* ich einen Auftrag erledige, nicht *warum* ich es tue.«

»Das kann doch keinen Spaß machen, jedenfalls nicht einem wie dir, Bruno.«

»Wer spricht von Spaß? Jeder Beruf, den man nicht als Berufung empfindet, stört einen beim Leben.«

»Rück bitte mal ein wenig rüber!« Sophie zwängte sich neben ihn. Ihr Knie drückte gegen seinen Oberschenkel. »Hast du eine Ahnung, warum die Frau fremdgeht?«

»Die Antwort, die mir auf der Zunge liegt, kann ich dir nicht geben, Teenie.«

»Pff. Für wie dämlich hältst du mich?«

»Also gut, Euer Erfahrenheit! Der Nebenbuhler meines Auftraggebers ist wohl ein … wie soll ich sagen … feuriger Liebhaber. Wenigstens nach der Akustik zu urteilen. Gesehen habe ich ihn noch nicht.«

»Und der betrogene Ehemann – was ist der für ein Typ?«

»Der?« Bruno bog die Mundwinkel nach unten. »Ein alter, ehrpusseliger Sack. Sehr vermögend. Very wichtig. Auf du und du mit den Größen der Politik. Und voller Angst, bald in einer Edelholzkiste zu verfaulen.«

»Das ist ja hart an der Kotzgrenze!«

»Ich weiß nicht, wie der verschrumpelte Knilch an diese Frau geraten ist«, sagte Bruno achselzuckend. »Mit Sexappeal hat das sicher nichts zu tun. Aber Macht und Geld haben ja auch ihre Erotik.«

»Mann, Bruno, du stehst auf der falschen Seite!«

»Meistens.« Bruno stand auf. »Das ist das Schicksal eines Privatschnüfflers.« In seinem Lächeln lag etwas Bedauerndes. »Weißt du was, Teenie? Bevor ich dir noch mehr Illusionen kaputtquatsche, geh ich ins Städtchen und lass mir ein Bier zapfen. Du weißt ja, was du zu tun hast. À bientôt, ma petite!«

»Hey, wie lange bleibst du weg?«, rief sie ihm nach.

»Weiß ich noch nicht«, rief er zurück. »Etwa so lange, wie man braucht, um eine Badewanne mit dem Löffel zu leeren.«

In Sarralbe herrschte Mittagsruhe. An einem Brunnen mit Bronzefiguren und einem steinernen Heiligen hockten zwei Kids und quasselten in ihre Handys. Bruno schlenderte an ihnen vorbei auf das alles überragende Bauwerk zu, eine mächtige, graubraune Kirche mit drei Eingängen und einer Rosette über dem mittleren Portal. In ihrem Schatten hatte auch ein weltliches Relikt aus dem Mittelalter, ein Tor mit einem Zwiebelturm, die Stürme der Zeit überdauert.

Das verschlafene Nest präsentierte sich mit jener Mischung aus Idylle und Nonchalance, die für Lothringen typisch ist – kein Vergleich mit dem schmuck herausgeputzten Elsass, wo es die Touristen scharenweise hinzog. Nein, in Lothringen war alles um ein paar Nuancen ärmer und nachlässiger. Bruno, von Haus aus mit einem Sinn für Brüche, Unvollkommenes und den morbiden Charme des Untergangs ausgestattet, hatte damit keine Schwierigkeiten.

Vorbei an der *Église Saint Martin* ging er weiter bis zu einer Brücke mit roten und lila Blumen in den Geländerkästen. Hier war die Saar noch jung, ein unschuldiges Flüsschen, noch nicht besudelt mit dem Auswurf der Zivilisation. Da die Kleinstadt an dieser Stelle bereits an die Grenzen ihrer Ausdehnung stieß, kehrte er um und suchte sich ein Wirtshaus, wo *bière pression* ausgeschenkt wurde. In der dämmrigen Kaschemme war er der einzige Gast. Der Inhaber, ein zerfurchter alter Kettenraucher mit Grauschleiergesicht, verharrte gekrümmt hinter der Theke. Bruno kam die Stille, in der das Ticken der Wanduhr zu hören war, ganz gelegen. Er wollte nachdenken.

Seit 24 Stunden war Sophie in seinem Leben, und er hatte das Gefühl, dass sie ihm von Stunde zu Stunde mehr bedeutete. Das machte ihm Kopfzerbrechen. Würde ihr etwas zustoßen, wäre er unglücklich. In welche Machenschaften konnte ein so junges Mädchen verstrickt sein? Wenn sie rein gar nichts auf dem Kerbholz hätte, dachte Bruno, würde sie sich, was ihre Herkunft und ihre Identität anging, doch nicht dermaßen verschließen – es sei denn, sie tat es aus Angst.

Gegenüber einer erwachsenen Frau wäre Bruno bei der Ursachenforschung gewiss unnachgiebiger gewesen. In diesem Fall aber tat er sich schwer, denn bei noch nicht ausgereiften Menschen war der Pfad der Logik nicht immer der richtige. Erschwerend kam hinzu, dass er im Umgang mit Teenagern über wenig bis gar keine Erfahrung verfügte.

Warum, fragte er sich, muss ich Idiot mich immer wieder in Schwierigkeiten hineinziehen lassen? Es konnte passieren, dass einem ein entkräfteter Sittich auf den Balkon flatterte oder eine heimatlose Katze um eine Mahlzeit anstand. Aber dass einem ein Mädchen zulief? Es war schon das zweite Mal, dass Bruno als Schutzpatron wider Willen auserkoren wurde. Vor mehr als einem Dutzend Jahren, als er seinen Lebensunterhalt noch mit Boxen verdiente, hatte sich nach einem Kampf eine junge Nutte zu ihm in die Umkleidekabine geflüchtet. Sein Trainer wollte sie abwimmeln. Aber sie klammerte sich an Brunos Hände, die noch in den schweißnassen Bandagen steckten, bettelte und jammerte, sie wisse nicht mehr ein noch aus, ihr Zuhälter sei ein brutales Schwein, ebenso seine Kumpane, allesamt brutale Schweine, die die Mädchen versklavten und tyrannisierten. Zum anschaulichen Beweis zog sie den kurzen Rock über die Pobacken und zeigte ihm ein paar bleistiftdicke Striemen. Dass Bruno die flüchtige Stundenbraut mitnahm, blieb natürlich nicht unbeobachtet. Zwei Tage ließ der Zuhälter sich Zeit, bis er sich meldete. »Hör mal, Champ«, sagte er am Telefon, »ich will keinen Streit mit dir. Aber du musst mir eine Ablöse zahlen für die Henne. Die ist schließlich eingearbeitet. Leg zwanzig Riesen auf den Tisch und der Deal ist perfekt!« Bruno lehnte ab. Er brach die wichtigste Regel der Milieu-Diplomatie, indem er dem Luden barsch in Aussicht stellte, ihn gegebenenfalls mit Backpfeifen auszuzahlen. Noch in derselben Nacht brannte sein Auto. Anderntags setzte Bruno die ausgebüxte Liebesdienerin in einen Zug nach Hannover, wo sie untertauchte. Die Bilanz seiner Ritterlichkeit war ernüchternd: ein verbrannter Mitsubishi, ein Rudel rachsüchtiger Rotlichtganoven, die ihn noch lange zu erhöhter Vorsicht zwangen, und ein schändlicher Tripper, den ihm – außer zwei exakt gebügelten Hemden – die dankbare junge Hure hinterlassen hatte.

Es ist schon seltsam, dachte Bruno, dass das Schicksal mich nie auserwählt, wenn's um den Lotto-Jackpot geht, sondern immer nur dann, wenn Probleme anstehen.

Was wäre, wenn Sophie in einer ähnlichen Misere steckte wie damals die desertierte Venusmagd? Nein, das war unmöglich, dazu war sie zu jung! Als Bruno die Kneipe verließ, hatte er fünf Glas Bier intus, aber keinen klaren Gedanken. Gefestigt war er nur in der Absicht, Sophie nicht mehr – wie noch tags zuvor – so unverbindlich wie möglich loswerden zu wollen. Irgendeine Lösung würde sich schon finden lassen, irgendeine.

Auf der Straße begegneten Bruno ein paar Leute, die es nicht sonderlich eilig hatten. In Sarralbe grüßte man sich gegenseitig. Ein Kopfnicken war das Mindeste. Ist doch ganz nett hier, dachte Bruno, eingelullt von der wohligen Wirkung des Alkohols und der Nachmittagssonne. In Höhe des Stadtbrunnens nickte er einer Frau zu, die charmant zurücklächelte – und wurde schlagartig so nüchtern, als hätte er Leitungswasser getrunken. Es war die Schöne vom Hausboot. Sie trug ein modisches rotes Stretchkleid, sehr figurbetont und mit tiefem Ausschnitt, stöckelte auf Riemchen-Pumps und hatte die blonde Mähne zu einem Pferdeschwanz gebunden. Neben ihr schlenderte ein athletischer junger Mann mit kurzen dunklen Haaren.

Verdammt, verdammt, verdammt! Bruno hätte sich ohrfeigen können. Er vermied jeden weiteren Blickkontakt. Das Einzige, was ich noch brauche, dachte er beim Weitergehen, ist eine Serie

Knutschbilder. Möglichst freizügig! Das müsste machbar sein! Und dann war Schluss! Himmelherrgott, wie ihm dieser Auftrag zum Hals heraushing!

Fünfzig Meter vom Wohnmobil entfernt lag das Hausboot am Kai. Sein Bug zeigte zur Schleuse. Die Gelegenheit, in der Schlafkajüte eine Minikamera zu installieren, schien günstig. Bruno beschleunigte den Schritt. Die Tür des Wohnmobils stand offen.

»Sophie?«

Sie lag im Heck, ausgestreckt auf der Decke von Brunos Bett, und stellte sich schlafend.

»Was ist das hier für eine Wirtschaft?« Bruno zwickte sie in den großen Zeh. »Da ist ja kein bisschen gearbeitet worden!«

Sie schlug die Augen auf und räkelte sich.

»Nein, geputzt hab ich nicht, Liebling«, sagte sie im gekünstelten Tonfall einer Diva, »aber schau mal, wie toll ich daliege.«

»Das sehe ich.« Bruno griff nach ihren Füßen und zog sie halb vom Bett herunter. »Aber bei mir haben Luxusweibchen keine Chance.«

»Iiiihh!« Sie stemmte sich gegen ihn. »Ich schrei gleich los!«

»Tu's doch, du Quietschmaus!«

»Du ... du Frauenmissversteher«, keuchte sie und suchte vergeblich nach Halt.

Überraschend ließ er sie los, allerdings nur, um sie schnell und energisch in die Bettdecke einzuwickeln.

»Hab ich dich nun, du kleine Mumie?« Mit den Knien auf dem Bett, presste er ihren Körper in die Polster. »So geht man mit Leistungsverweigerern um!«

»Ausbeuter!« Sie konnte nur noch den Kopf bewegen. »Ich sag dir gleich Dinge aus dem Pfui-Wörterbuch!«

»Mädchen unter sechzehn dürfen das nicht!« Er gab ihr einen Kuss auf die Stirn.

Sie hörte auf zu zappeln und schaute ihn an. Bruno blickte auf ihren Mund, hielt abrupt inne und ließ sie los.

»Ich brauche deine Hilfe«, sagte er. »Zück mal schleunigst dein Handy und bezieh Position am Brunnen. Die Leute vom Hausboot sind in der Stadt. Wenn du sie siehst, rufst du mich an. Ich hab was zu erledigen auf dem Liebesdampfer.«

»Die Mühe kannst du dir sparen.« Sophie befreite sich von der Decke. »Die beiden waren schon hier.«

»Du machst Witze!«

»Kein bisschen! Die waren hier und haben mich gefragt, wo man einkaufen kann. Ich hab's ihnen erklärt. Und wenn sie zurück sind, sind wir zum Sundowner aufs Sonnendeck eingeladen, du und ich.«

»Wie ... du und ich? Die kennen mich doch gar nicht.«

»Ich hab den beiden gesagt, dass ich mit meinem Freund on tour bin.«

»Halleluja!« Bruno verdrehte die Augen. »Wie kannst du denn so was machen?«

»Was war daran so schlimm?«

»Punkt eins: Mein Job ist es, zu dokumentieren, was diese beiden Ausflügler miteinander treiben. Ich werde nicht dafür bezahlt, mit den Zielpersonen Belustigungswasser zu trinken. Punkt zwei: Du bringst mich in den Verdacht, mit einer Minderjährigen zu unzüchteln, ist dir das klar?«

Er ließ sich müde am Küchentisch nieder.

»Vergiss endlich diesen blöden Job! Die beiden sind total nett.« Sophie verschränkte die Beine zum Schneidersitz. »Und er ... er sieht prickelnd aus.«

»Prickelnd«, wiederholte Bruno mit unbewegtem Gesicht.

»Bei denen ist es umgekehrt wie bei uns. Die Frau ist bestimmt doppelt so alt wie er. Aber die stehen dazu.«

»Sophie! Ich bin dreimal so alt wie du. Und stell nicht solche albernen Vergleiche an!«

»Wie du meinst.« Sie drehte den Kopf zur Seite. »Es gibt noch einen weiteren Grund, weswegen du deinen Spannerjob aufstecken kannst.«

»Der wäre?«

»Der Mann, also der Freund von der Blonden, hat ins Wohnmobil reingeguckt. Die Tür war ja offen. Und da hat er das ganze Spionagematerial gesehen. Wenn der nicht total plemplem ist, weiß er, was gespielt wird.«

»Leck mich doch einer ...« Bruno schlug die rechte Faust in die offene linke Hand, dass es knallte.

»Und jetzt hast du ein Problem?«, fragte Sophie mit Unschuldsmiene.

»Ein Problem? Wer sagt denn so was?« Bruno lachte kurz auf. »Eine Katastrophe ist das!«

»Oh, quelle catastrophe!«, flötete sie.

»Mach dich nicht auch noch lustig! Ich stehe am Rand eines Nervenzusammenbruchs!«

»Das kann ich mir bei dir gar nicht vorstellen.« Sie lächelte süß.

»Ich hab schon einiges hinter mir, das kannst du mir glauben!« Bruno stützte sich mit den Ellbogen ab und legte sein Kinn auf die Fäuste. »Zweimal sitzen geblieben wegen Mathe und Physik! Zweimal im Ring das Nasenbein gebrochen, einmal Sehnenabriss an der rechten Schulter! Zweimal verknackt wegen Widerstandes gegen die Staatsgewalt und ein weiteres Mal wegen Beamtenbeleidigung! Einmal den Führerschein weg wegen Trunkenheit. Vor ein paar Jahren hatten die Ärzte geglaubt, ich hätte einen Hirnschaden, weil ich plötzlich kein Gefühl mehr im rechten Ohr hatte. Und das ist noch längst nicht alles.« Bruno ließ den Kopf auf die Tischplatte sinken. »Auf dem Höhepunkt meiner Manneskraft hat mir eine der schönsten Frauen Süddeutschlands wegen angeblicher Untreue die Bewilligung zum Beischlaf entzogen und ist seitdem nicht mehr von der Überzeugung abzubringen, dass der Mann fürs Leben eine schlappe Nudel haben sollte. Und jetzt kommst du und vermurkst mir den letzten Rest an Motivation, auf relativ ehrliche Art eine Handvoll Euro zu verdienen!«

Sophie kam zu ihm und legte eine Hand auf seinen Nacken.

»Ach, Bruno, du hast ja noch mich.«

»Wie beruhigend! Nun kann ich mich auch noch auf ein Verfahren als Kinderschänder gefasst machen.«

»Wenn es dir sooo wichtig ist, werd ich das nachher klarstellen.«

»Na wunderbar! Und wie?«

»Ich werd mich da rauslügen.« Sie kraulte ihm sanft den Nacken. »Ich lüge nämlich spitzenmäßig. Das gehört zu meinen gestalterischen Fähigkeiten.«

»Du mit deinen blauen Augen...« Bruno drehte den Kopf und blickte sie verständnislos an.

»Hast selber welche!«

»Aber ich treibe damit keinen Missbrauch.«

»Ich etwa?«, schnurrte sie und stützte sich mit den Unterarmen auf seine Schultern. »Wir können's auch anders machen. Was hältst du denn davon, wenn ich mich ein bisschen aufbitche?«

»Ich bitte um Übersetzung!«

»Ach, Alter, tu doch nicht so dusselig! Möchtest du, dass ich mich auf 19 tune?«

»Grandiose Idee«, sagte Bruno, »und ich auf 25.«

»Bitte nicht«, hauchte sie ihm ins Ohr. »Bleib, wie du bist. So find ich dich gigantisch gut!«

»Was bist du bloß für ein kleines Luder!« Gegen ihren Widerstand erhob sich Bruno und gab ihr einen Klaps auf den Po. »Mach, was du willst. Für mich ist die Sache hier gelaufen.«

Er verließ das Wohnmobil und schlenderte, die Hände in den

Hosentaschen, auf die Schleuse zu. Zu seinem Erstaunen war er eher erleichtert als verärgert. Der Auftrag war geplatzt, da gab es kein Vertun. Zugegeben, das Honorar hätte er verdammt gut gebrauchen können. Aber um welchen Preis? Es musste doch auch anders gehen, als dem gefräßigen Götzen namens Mammon sein Selbstwertgefühl zu opfern. Aufträge der würdelosen Art wie das Ausspähen von Liebespaaren und das Aufzeichnen von Orgasmusschreien, das beschloss Bruno an diesem warmen Spätnachmittag am Saar-Kohlen-Kanal, würde er künftig nicht mehr annehmen. Schluss, aus, basta! Sicher gab es noch andere Möglichkeiten, das bisschen Zaster zu verdienen, das er zu seinem Lebensunterhalt benötigte. »Geld ist ein guter Diener, aber ein schlechter Herr«, das hatte sein Vater immer gesagt. Weit gekommen war er mit dieser Einstellung allerdings nicht. Sein Ende war schäbig gewesen. In einer kalten Nacht war er hackedicht auf dem Abdeckgitter des Heizungsschachts einer Bahnhofskneipe gestorben.

Diesbezüglich hatte Bruno durchaus noch Illusionen. Sein Traum war es, irgendwann als alter Knabe in der hellen Sonne der Provence einzuschlafen. Vorher aber wollte er die Landschaft des Lavendels und des Lichts noch eine Weile genießen, am liebsten in einem stillen Dorf oder ganz abseits in einem einsamen Häuschen mit allerlei Getier um sich herum.

Dass auf dieser Welt freilich nichts umsonst war, schon gar nicht das Altwerden an einem selbst gewählten Ort, war eine Tatsache, die Bruno allzu gern hintanstellte. Er war Optimist. So beherzt, wie er schon so manchen Kampf bestanden und manch brenzlige Situation gemeistert hatte, blickte er auch in die Zukunft. Eine Fabel aus seiner Schulzeit war ihm in Erinnerung geblieben: Zwei Frösche waren versehentlich in einen drei viertel vollen Melkeimer gehüpft. Am glatten Blech gab es kein Entkommen. Der eine, ein Pessimist, verlor bald jede Hoffnung, hörte auf zu schwimmen und ertrank in der Milch. Der andere kämpfte weiter. Er strampelte die ganze Nacht hindurch, und als es Morgen wurde, saß er auf einem Berg Butter.

Als Bruno zum Wohnmobil zurückschlenderte, hatte er in Gedanken reinen Tisch gemacht. Er wollte sich einen neuen Job suchen. Eine große Auswahl würde es wohl nicht geben. Vielleicht könnte er als Boxtrainer irgendwo eine Chance bekommen.

»Hey, Sherlock!« Sophie saß auf dem Bett im Heck und lackierte sich die Zehennägel. »Bist du wieder streichfähig?«

Sie trug ein blau-weißes Ringelshirt mit schulterfreiem Carmen-Ausschnitt, hatte sich die Haare hochgesteckt und sah tatsächlich ziemlich erwachsen aus. Bruno betrachtete sie schweigend.

»Was Schickeres hab ich zurzeit nicht«, sagte sie ohne aufzublicken.

»Blaue Zehennägel?«, fragte Bruno. »Ist das en vogue?«

»Das ist shiggisch«, antwortete sie, »und bevor du wieder nach Übersetzung rufst: In meiner Generation heißt das so viel wie schick. Alles klar?«

»Dachte ich's mir doch!«

»Ich hab übrigens deinen Rasierapparat benutzt. Was dagegen?«

»Erst nehmen und dann fragen, das ist die richtige Reihenfolge«, sagte Bruno, kniete sich neben sie aufs Bett und schaltete den kleinen Fernseher ein, der auf eine Konsole geschraubt war. »An dir gibt's ja so wahnsinnig viel zu rasieren.«

Sie streckte ihm ein Bein entgegen.

»Schau mal, schön glatt!«

»Ich seh's«, sagte Bruno nach flüchtigem Seitenblick.

Sie stupste ihn mit der Ferse am unteren Rippenbogen.

»Hör auf, das kitzelt!« Bruno hielt ihren Fuß fest.

»Vorsicht, frisch lackiert!«, rief sie.

»Aus dir wird mal eine Femme fatale«, sagte Bruno, »wenn

du's nicht schon bist. Und jetzt lässt du mich bitte in aller Ruhe angucken, was heute los war in der Welt, ja?«

»Mach nur. Ich geh nochmal ins Städtchen und kauf mir ein paar Schuhe.« Sie spreizte Daumen und Zeigefinger weit auseinander. »Mit solchen Absätzen!«

Bruno ging nicht weiter darauf ein. Auf dem Bildschirm liefen Szenen ab, die jeder Tierfilm-Fan augenblicklich einordnen konnte, weil sie zum hunderteinsten Mal gezeigt wurden: Eine Gnu-Herde auf der Wanderung zu neuen Weidegründen überquerte den Mara-Fluss, in dem meterlange Krokodile auf der Lauer lagen und ihren Wegezoll forderten. Soeben war es einer Panzerechse gelungen, ein Gnu am Hinterlauf zu packen, und sie versuchte, es unter Wasser zu ziehen.

»Das will ich nicht sehen!«, protestierte Sophie.

»Schade«, sagte Bruno. »Tierfilme sehe ich gern.«

»Aber nicht so was!«

»Aufgepasst, Teenie«, sagte er schulmeisterlich, »gleich macht das süße Schnappi die Todesrolle.«

»Mann, Bruno, sogar vor der Glotze bist du brutal!«

»Nur dort.« Er beugte sich über ihre Füße und pustete auf die frisch gelackten, indigoblauen Zehennägel. »Ich war noch nie in Afrika. Dabei hab ich schon als Kind davon geträumt.«

»Ich war schon dreimal dort«, sagte sie.

»Ist nicht wahr!«

»Doch! Einmal in Kenia und zweimal in der Republik Südafrika.«

»Mit deinen Eltern?«

»Meine Familienverhältnisse lassen dir wohl keine Ruhe, was?« Ihre Augen blitzten kurz auf, dann streckte sie sich nach der Fernbedienung, die Bruno neben sich aufs Bett gelegt hatte, und zappte durchs Programm.

Auf dem Bildschirm erschienen nacheinander die Fotografien dreier Mädchen. »Ihre Gesichter sind uns vertraut«, sagte eine Frauenstimme. »Über ihr Schicksal wird gerätselt. Niemand weiß, wo sie sind.«

»Moment mal . . .« Bruno war wie elektrisiert. »Nicht wegzappen! Hol das bitte wieder zurück!«

Sophie erschrak über Brunos heftige Reaktion. Sie schaltete zurück ins saarländische Regionalprogramm.

»Innerhalb von sieben Monaten verschwanden im Saarland drei junge Mädchen. Sina W., 14 Jahre alt, aus Saarlouis-Beaumarais. Julia K., 14 Jahre alt, aus Neunkirchen. Cindy H., 15 Jahre alt, aus Saarbrücken-Burbach. In allen drei Fällen geht die Polizei mittlerweile von einem Verbrechen aus.«

Cindys letzter Weg wurde im Film nachgestellt.

»Um 20 Uhr 45 verließ sie an diesem Frühsommerabend die elterliche Wohnung, um eine Freundin zu besuchen. Gegen 22 Uhr wollte sie wieder zu Hause sein. Es war ein Weg von nur vierhundert Metern, den sie zurückzulegen hatte. Vierhundert Meter, die ihr zum Schicksal wurden. Um die Wegstrecke abzukürzen, durchquerte sie allem Anschein nach eine Industriebrache. Eine Augenzeugin will sie dabei beobachtet haben. In dem unübersichtlichen Gelände jedoch verliert sich ihre Spur – bis heute.«

Die Eltern von Cindy rückten ins Bild. Die Mutter sah mitgenommen aus und verheult, der Vater hielt sich immer wieder die Hand vors Gesicht. »Da verschwindet jemand und es gibt keine Erklärung«, sagte er mit flacher Stimme, »es gibt einfach keine Erklärung!« Und die Mutter beteuerte zwischen Schluchzschüben: »Sie hat doch jedes Mal gesagt, wo sie hingehen wollte. Und mit wem.«

Zwei Schulfreundinnen Cindys, die auf der Straße interviewt wurden, sprachen über ihre Angst und dass sie nur noch zu zweit von der Schule nach Hause gingen. Hauptkommissar Klaus Corbeau vom Landeskriminalamt berichtete über umfangreiche Fahndungsmaßnahmen und ein Psychologe verkündete mit seelsorgerischem Unterton, dass die Hoffnung erst dann schwinde, wenn Kleidungsstücke der Vermissten gefunden würden. »Indes«, sagte die Reporterin in die Kamera, »wollen im Saarland die Gerüchte nicht verstummen, dass die verschwundenen Mädchen in die Hände professioneller Menschenhändler gefallen sind. Konkrete Anhaltspunkte dafür liegen allerdings nicht vor.«

Bruno beobachtete Sophie aus den Augenwinkeln. Sie saß starr auf dem Bett, den Mund leicht geöffnet.

»Hast du etwas dazu zu sagen?«, fragte er.

»Ich? Wieso?«

»Du bist ungefähr im Alter dieser Mädchen. Ich habe dich kennengelernt, als zwei Männer dich kidnappen wollten. Weswegen waren sie hinter dir her?«

Sophie wurde nervös. Ihr Blick flackerte.

»Ich . . .« Sie brach ab, krümmte sich in eine embryonale Haltung und hielt sich ein Kissen vors Gesicht.

»Wenn du nicht auspackst, werden wir zur Polizei gehen, wir beide. Zu diesem Corbeau. Den kenne ich nämlich.« Bruno räusperte sich. »So leid es mir tut. Aber ich fürchte, hier steht das Leben von drei jungen Mädchen auf dem Spiel.«

»Ich weiß doch nichts.« Die Stimme unter dem Kissen war dünn und hoch.

»Warum bist du nicht bei deinen Eltern?«

»Sie sind . . . tot.«

»Soll ich das glauben?«

Bruno versuchte ihr das Kissen vom Gesicht zu ziehen, ließ es jedoch bleiben, da sie es krampfhaft festhielt.

»Uns ist in alten Mären wunders vil geseit«, bediente Bruno sich des Nibelungenlieds, um seine Zweifel auszudrücken.

Sophie reagierte nicht.

»Ich weiß kaum etwas über dich«, sagte er bedächtig, »eigentlich nur, dass du eine weit gereiste Vegetarierin bist, die im Internat Französisch gelernt hat und Tschaikowskys Violinkonzert kennt.« Er machte eine Pause. »Ach ja, und dass du Klavier spielen kannst, wie du behauptest.«

»Du tust so, als hätte ich damit angegeben«, piepste es unter dem Kissen hervor.

»Nein, bestimmt nicht!«, sagte Bruno. »Aber da wäre noch etwas. Du hast mich heute Morgen mit deinem Vater verglichen. Ich würde reden wie er, hast du gesagt. Erinnerst du dich?«

»Ja. So hat er geredet, als er noch lebte.«

»Du armes Kind hast also niemanden mehr auf der Welt«, sagte Bruno mit einem Hauch von Ironie in der Stimme, weil er ihr nicht glaubte, »du bist ganz allein.«

Ein Heulton zeigte an, dass ihr mühsam gehaltenes Bollwerk einstürzte. Ihre Schultern bebten und sie presste sich das Kissen noch fester aufs Gesicht. Bruno wartete ein paar Atemzüge, ließ sie weinen, dann streichelte er ihr über die Unterarme.

»Sorry, Schätzchen, ich wollte dich nicht quälen«, murmelte er.

Und dann, plötzlich, hatte er sie im Arm. Er spürte ihr tränennasses Gesicht an seinem Hals. Ohne nachzudenken legte er eine Hand auf ihren Rücken, mit der anderen fasste er ihr zärtlich in die Locken und streichelte ihr linkes Ohr frei. Sie schmiegte sich an ihn, erst zaghaft, dann drängend. Er hörte sie atmen. Ein Zittern durchlief ihren Körper. Und auf einmal war ihr Mund so nah und er fühlte ihre Lippen, die sich scheu und weich über seine Wange vortasteten, fühlte, wie ihre und seine Lippen einander berührten, noch unschlüssig, verharrend in einer Schwindel erregenden Sekunde.

Bruno erschrak zweimal. Zuerst über den Sog der verbotenen Begierde, dann über das Klopfen am Wohnmobil.

»Hallo, störe ich?«, rief jemand.

Es war eine Frauenstimme.

»Moment, bitte!« Brunos Hände zuckten von Sophies Körper zurück wie von einer heißen Herdplatte und er stieg vom Bett herunter.

Die Frau im roten Kleid stand vor der Tür. Beim Anblick Brunos stutzte sie.

»Entschuldigung…«, stammelte sie, »ich hatte mit Ihrer Freundin verabredet, dass wir … Es ist doch Ihre Freundin?«

»Aber sicher doch«, sagte Bruno und dachte: Tu nicht so verwundert, du kannst dich an der eigenen Nase fassen, meine Gnädige!

»Sind wir uns nicht heute Nachmittag schon über den Weg gelaufen?« Sie bemühte sich um ein lockeres Lächeln.

»Ja, richtig«, sagte er, »Sie waren in Begleitung eines jungen Mannes.«

Ihr Lächeln wurde intensiver.

»Tja, dann«, sie zeigte zwei Reihen strahlend weißer Zähne, »sehen wir uns gleich zum Sundowner auf dem Boot? Ich freue mich.«

»Ich auch«, sagte Bruno, »danke für die Einladung.«

Er wandte sich Sophie zu, die mit untergeschlagenen Beinen auf dem Bett saß und ihn fragend anschaute.

»Vite, Mademoiselle, wir müssen los.« Er gab sich so unbefangen, als sei nichts geschehen.

»Sieht man mir an, dass ich geheult hab?«

»Pinsel dir halt ein bisschen Mascara an die Wimpern. Hast du so etwas?«

»Nein. Auch keine High Heels. Dafür ist's jetzt wohl zu spät, oder?«

»Gott sei Dank«, sagte Bruno, »wir wollen's ja nicht übertreiben.«

Die Wohnyacht bot mehr Platz, als Bruno vermutet hätte. Der dunkelhaarige Adonis, der sich als Alexander vorstellte, war angenehm unkompliziert. Diesen superstarken Händedruck sollte er sich besser abgewöhnen, dachte Bruno. Irrigerweise hielten die meisten Menschen einen festen Händedruck für ein Zeichen von Dominanz. Dabei war es nach neuerer Definition das krasse Gegenteil, nämlich nichts anderes als die Schwäche, selbstbewusster zu wirken, als man tatsächlich war.

Dass die blonde Mittvierzigerin mit Vornamen Ulrike hieß, hätte Bruno nicht gesagt zu werden brauchen, denn das wusste er längst. Sie hatte das rote Sommerkleid gegen ein pfirsichfarbenes Sarong-Tuch ausgetauscht, das von einer runden Schnalle aus Edelholz an der linken Schulter gehalten wurde. Je nachdem, wie sie sich bewegte, war eins ihrer formvollendeten Beine bis hoch hinauf zum Oberschenkel zu sehen.

Das Gespräch, mit dem man sich aneinander herantastete, kreiste zunächst um die Vorzüge des Nomadisierens mit eigenen vier Wänden, ob zu Wasser oder auf dem Land, um die Unabhängigkeit von Buchungen und Voranmeldungen in Hotels und um die fast grenzenlose Ungezwungenheit, die eine mobile Klause bot. Alexander hatte das Hausboot in Frankreich gechartert – so erklärte sich die Trikolore am Heck.

Sophie hielt sich zurück, sprach kaum und nippte an ihrem Cocktail, den Alexander, der Beau mit dem Grübchenkinn und den ausgeprägten Brustmuskeln unterm schwarzen Polohemd, gemixt hatte. Sie saßen auf Rattansesseln im großzügig geschnittenen Aufenthaltsraum, dessen Schiebedach geöffnet war und den Blick auf den roséfarbenen Abendhimmel freigab. Der Cocktail in den hohen Gläsern mit Crustarand und aufgesteckter Zitronenscheibe hieß *Sunset* und war aus weißem Tequila, Grenadine und Orangensaft zusammengeschüttelt.

Ulrike kokettierte mit den Männern. Sie war eine Frau, die es gewöhnt war, Wirkung zu erzielen, und sie genoss es sichtlich. Die Augensprache beherrschte sie in allen Facetten. Sophie beobachtete das Spiel mit der schüchternen Ehrfurcht einer Elevin. Nur einmal zeigte sie Flagge, als Ulrikes Blick etwas zu lange und eindringlich auf Bruno verweilte, indem sie ihren Daumen befeuchtete, sich zu ihm herüberreckte und – »Du hast da was.« – ein paar Zuckerkristalle vom Glasrand aus Brunos Mundwinkel entfernte.

Die Gastgeberin beobachtete den Vorgang äußerst wachsam. Es entging ihr nicht, dass diese kleine Demonstration großer Vertrautheit bei Bruno eine Verlegenheitsreaktion auslöste, indem er den Kopf ein wenig in die entgegengesetzte Richtung drehte.

»Genieren Sie sich nicht«, sagte sie und tauschte einen Blick mit Alexander. »Wir sind sehr tolerant.«

Oha, dachte Bruno, sind wir hier zusammengekommen, um einen Swinger-Club zu gründen? Das plötzliche Schweigen, die schwüle Luft und die fragenden Blicke erzeugten eine knisternde Atmosphäre. Ich muss zur Sache kommen, überlegte Bruno, sonst läuft mir die Situation aus dem Ruder.

»Also gut«, sagte er, »hören wir auf mit dem Geplänkel! Wir können die Karten jetzt gleich auf den Tisch legen.«

»Wer fängt an?« Alexanders Grinsen hatte etwas Lausbubenhaftes.

»Machen wir's reihum«, sagte Bruno. »Ich habe den Kuchen angeschnitten, also bin ich der Erste.« Er strich sich mit dem Zeigefinger übers Kinn. »Mein Auftrag ist es, das Liebesleben von Ihnen beiden in Ton und Bild festzuhalten. Aber«, er räusperte sich, »durch die Umstände bin ich zu einer anderen Einsicht gekommen. Ich werde das Mandat zurückgeben.«

»Mein Mann ist ein solches Schwein!«, platzte es aus Ulrike heraus. »Dieser gehässige, impotente Tyrann! Was er nicht genießen kann, darf auch sonst niemand haben!«

»Ist ja gut!« Alexander legte ihr die Hand auf den Oberschenkel.

»Damit wir uns richtig verstehen«, sagte Bruno, »ich bin in dieser Angelegenheit ab sofort völlig neutral. Ehebruch ist für meinen Detektivkonzern kein Thema mehr, ein für alle Mal.«

»Da opfern Sie ja den wichtigsten Geschäftszweig.« Alexander lehnte sich entspannt zurück und schlug die Beine übereinander. »Unlängst hat ein Kondomhersteller eine Umfrage übers Fremdgehen gemacht. Dreißig Prozent der Männer tun es – und sechsunddreißig Prozent der Frauen.« Er hob die Hände. »Und ich möchte nicht wissen, wie viele Ehefrauen, die sich dazu nicht trauen, einen Vibrator im Wäscheschrank verstecken, den sie Harald oder Herbert nennen.«

»Bei uns ist es Liebe«, sagte Ulrike.

»Natürlich, Schatz.« Alexander legte ihr wieder die Hand auf den Oberschenkel. »Du bist mir aufgefallen wie ein Juwel in einem Haufen Steine.«

Dann stand er auf und sammelte die Gläser ein. Er hatte schlanke, gepflegte Hände und bewegte sich mit der Geschmeidigkeit eines schwarzen Panters. Der Bursche ist ein Naturtalent, dachte Bruno, der hat vermutlich alles drauf, was eine Frau auf Touren bringt.

»Als ich an Ihrem Wohnmobil war, hab ich nur drei und drei zusammenzuzählen brauchen«, sagte Alexander zu Bruno. »Mir war sofort klar, dass Sie uns observieren.«

»Im Allgemeinen bin ich vorsichtiger.« Bruno empfand einen Anflug von Unmut.

»Ich kenne Sie übrigens«, sagte Alexander, während er vier neue Drinks mixte, »da staunen Sie, was?« Er drückte sich mit dem Daumen die Nase platt. »Als Junge hab ich Sie ein paar Mal in der Glotze gesehen, auch in der Zeitung. Mein Vater war ein absoluter Fan von Ihnen. Sie hatten so einen Kampfnamen ... ähm ... ich komm gleich drauf!«

»Hammer.«

»Hammer! Ja, genau! Halbschwergewicht, glaub ich.«

»Mittelgewicht«, sagte Bruno, »später Supermittel.«

»Mein alter Herr weiß das besser als ich. Wie der von Ihren blitzschnellen Jabs geschwärmt hat! Ich bin mir sicher, der wäre selber gern Boxer geworden. Aber er hat sich nicht getraut, weil damals noch der Geruch von Milieu und Halbwelt dranhing. Heute ist das ja nicht mehr so.«

»Stimmt. Seit die Kämpfe im Fernsehen übertragen werden, sitzen nicht mehr die Kiez-Größen am Ring in der ersten Reihe, sondern die Show-Tunten.«

»Wir sind halt eine Mediengesellschaft.« Alexander schmunzelte, dann pendelte er nach Boxermanier mit dem Oberkörper. »Sieht so aus, als seien Sie noch gut in Form, Hammer. Ihr Seitwärtshaken, der linke, Mann, der war ja mal echt klasse!«

»Nur eine Frage des Schlagwinkels.« Bruno winkte ab. »Man lernt das mit der Zeit.«

»Leicht gesagt.« Alexander wackelte mit dem Kopf. »So ein Ding möchte ich jedenfalls nicht von Ihnen verpasst bekommen, nein, besser nicht!«

»Verblichener Glanz vergangener Zeiten«, sagte Bruno. »Sie sind doch selbst Sportler, wenn ich Sie so anschaue.«

»Als Jugendlicher war ich Sprinter.« Alexander schüttelte den Shaker profimäßig waagerecht mit beiden Händen auf Schulterhöhe. »Und jetzt trainiere ich ein bisschen Kickboxen mit den Kollegen. Aber daraus wird nicht mehr viel. Ich hab leider zu spät damit angefangen.«

»Mit welchen Kollegen?«

»Sie werden lachen – ich bin Polizist.«

»Zum Lachen ist das ja nicht gerade«, sagte Bruno. »Bullen und Privatschnüffler begegnen sich meistens wie Hund und Katze.«

»Tatsächlich?« Alexander erwiderte Brunos breites Grinsen. »Mit einem Privaten hab ich's noch nie zu tun gehabt. Ich trage im Dienst eine weiße Mütze und ziehe Besoffene aus dem Verkehr. Ab und zu muss ich auch einen Ehekrach schlichten.«

»Was? Sie sind eine Kalkmütze?« Bruno schüttelte den Kopf, als könne er's nicht recht glauben. »Wissen Sie«, fragte er, an Ulrike gewandt, »warum man im Saarland nie drei Polizisten nebeneinander sieht?«

»Ach ja? Sie werden es mir gleich sagen!«

»Man könnte ja meinen, der Mittlere würde abgeführt.«

Ulrike lachte mit weit offenem Mund, Alexander kassierte die Spöttelei gegen seine Zunft mit artiger Heiterkeit.

»Ich könnte Sie mir eher als so 'ne Art James Bond vorstellen«, sagte Sophie.

»Das ist aber schmeichelhaft!« Alexander lächelte sie an. »Wenn ich Glück habe, geht's ein klein wenig in diese Richtung. Ich hab nämlich den Test für die Kommissarlaufbahn gemacht.«

»Und bestanden«, ergänzte Ulrike. »Alex wird an der Verwaltungshochschule studieren. Und dann seine Karriere bei der Kripo machen – nicht wahr, Liebling?«

Sieh einer an, dachte Bruno, die drängt ihn nach vorn wie eine ehrgeizige Ehefrau. Alexander war anzumerken, dass es ihm peinlich war.

»Ich grüble die ganze Zeit schon«, sagte er, während er die Gläser füllte, »woher ich Sie kenne, Sophie. Sind Sie aus Saarbrücken?«

»Eigentlich nicht«, antwortete sie unsicher, »ich war da nur mal ... zu Besuch.«

»Kann sein, dass ich mich täusche«, Alexander blickte sie nachdenklich an, »andererseits ... ein so hübsches Gesicht verwechselt man nicht so leicht.«

Sophie wurde rot.

»Ich mag nichts mehr trinken«, sagte sie, »mir ist nicht gut.«

»Möchten Sie lieber ein Glas Wasser?«, fragte Ulrike.

»Nein ...« Sophie stand auf. »Ich werd mich mal kurz hinlegen. Entschuldigt bitte! Bis später!«

Bruno folgte ihr bis zum Uferweg.

»Was hast du denn, Teenie? Soll ich mitkommen?«

»Nein, ich werd bald wieder okay sein.« Sie lächelte leidend und lehnte kurz ihren Kopf an seine Schulter. »Es ist bloß der Alkohol. Ich vertrage doch nichts.«

Bevor sie sich umwandte, um zum Wohnmobil zu gehen, bedachte sie ihn mit einem langen, ernsten, rätselhaften Blick.

»Der Alkohol«, murmelte Bruno und zog die Brauen zusammen, »wenn's weiter nichts ist...«

Er ging zurück aufs Hausboot. Den fragenden Blicken begegnete er mit einem Schulterzucken.

»Es ist anders, als Sie wahrscheinlich annehmen«, sagte er. »Ich kenne das Mädchen erst seit gestern. In Saarbrücken hab ich sie aufgelesen, während ich«, er lächelte entschuldigend, »Sie beide observiert habe.«

»So ein junges Ding...« Ulrike zupfte an ihrem Sarong-Tuch. »Ich hab gleich zu Alex gesagt: Da stimmt was nicht! Ein normales Pärchen sind die nicht, die zwei!«

»Sie sucht Schutz«, sagte Bruno. »Aber ich weiß fast nichts über sie. Haben Sie irgendwelche Anhaltspunkte, Alexander?«

»Ich krieg's nicht gepeilt.« Alexander rieb an seinem Ohrläppchen. »Ich kenne ihr Gesicht – aber ich weiß beim besten Willen nicht woher! Vielleicht fällt's mir noch ein.«

»Das wäre hilfreich.« Bruno griff zum neuen *Sunset*. »Wenn ich die Kleine irgendwo abliefere, sollte es auch die richtige Stelle sein.«

Er blieb noch für die Dauer von zwei weiteren Drinks.

Als er ging, wusste er, wie Ulrike sich die Zukunft vorstellte, dass sie sich scheiden lassen und Alexander heiraten wollte, dass sie wunderbarerweise überhaupt keine Krisensitzungen vorm Kosmetikspiegel kannte und noch keinem Schönheitsoperateur auch nur einen Cent bezahlt hatte, dass sie sich vor Spinnen ekelte, Mäuse aber süß fand und dass ihr derzeitiger Mann erst mit fragwürdigen Geschäften reich und danach so bedeutend geworden war, dass die ehrenwertesten Mandatsträger ihm aus der Hand fraßen.

In seiner Hosentasche trug Bruno einen Zettel mit Alexanders Handynummer – für den Fall, dass es einmal nützlich sein könnte. Die Sonne war längst untergegangen. Ein Rest von Rosenrot glühte noch am Horizont.

Sophie lag weder in Brunos Bett noch oben im Alkoven. Auch ihr Gepäck war nicht mehr da. Bruno machte Licht. Auf dem Tisch lag ein Stück Papier, obenauf Sophies Brillantring. Er schob ihn zur Seite und las den mit runder, weicher Schrift verfassten Abschiedsgruß: *Vielen, vielen Dank für alles! Der Ring ist für dich, Chéri! Weil ich dir den Job versaut habe – und als Erinnerung an mich.*

Bruno schwang sich hinters Steuer. Er fuhr erst die Rue Ernest Solvay auf und ab, dann weiter bis nach Sarre-Union, doch er konnte Sophie nirgends finden.

Blochs geheime Geliebte

Mit zwei prallvollen Stofftaschen stand Bloch auf der Rolltreppe. Im Souterrain des Kaufhauses hatte er sich mit Lebensmitteln eingedeckt. Er war wütend auf sich selbst, weil er es nicht fertiggebracht hatte, kalorienbewusst einzukaufen. Heute Morgen noch war er fest entschlossen gewesen, auf die Ess-Bremse zu treten. Die Waage im Badezimmer hatte ihm dazu geraten. Bei einer Körpergröße von einsachtundsiebzig waren 84 Kilo einfach zu viel. Die Arbeitslosigkeit hatte ihm innerhalb Jahresfrist einen Ballast von fünf Kilogramm beschert. Und das waren gewiss keine Muskeln, denn von Sport hielt Bloch nicht mehr als einstmals Winston Churchill. Um die Hüften herum war er weich wie Pudding und sein Bauch wölbte sich immer sichtbarer – eine nur sehr mühsam umkehrbare Entwicklung in seinem Alter. Von seinen Hosen passten ihm nur noch die mit Dehnbund.

Ein letztes Mal wollte er sich die Disziplinlosigkeit noch durchgehen lassen. Der Einkauf von Fertigpizza, fettem Käse, feinem Marzipan im Schokoladenmantel und sahniger Bergbauernbutter war sowieso nicht mehr rückgängig zu machen. Aber nächstes Mal, das schwor er sich noch auf der Rolltreppe, nächstes Mal würde sein Augenmerk verstärkt den Light-Produkten gelten. Darüber hinaus wollte er künftig vor jeder Mahlzeit einen halben Liter kaltes Wasser trinken. Der dadurch erhöhte Energieumsatz würde das Abnehmen beschleunigen, hatte er in einem Gesundheitsmagazin gelesen.

Die Rolltreppe trug ihn in die Damenabteilung. Unsicher wie ein Goldhamster, der in einen fremden Käfig gesetzt wurde, tat er zunächst so, als hätte er sich im Stockwerk geirrt und wechselte die Treppe, um wieder nach unten zu fahren. Verdrossen brachte er seine Einkaufstaschen zum Auto, dann gab er sich einen Ruck und steuerte erneut die Damenabteilung an. Den Dessous-Sektor durchquerte er mit gesenktem Kopf. Er hatte das Gefühl, sämtliche Blicke seien auf ihn gerichtet. Verstohlen umkreiste er einen alabasterweißen Frauentorso aus Kunststoff, der mit BH und Slip bekleidet war. Um ihn herum waren all die halb oder ganz durchsichtigen Petitessen ausgelegt, auch solche, die fast nur aus Schnüren bestanden, dazwischen ein ideales Plastikbein, über das ein halterloser, seidig schimmernder Strumpf gestreift war.

»Kann isch Ihne helfe?«

Eine Wuchtbrumme von Verkäuferin kam plattfüßig herbeigelatscht. Unwillkürlich zog Bloch den Kopf ein.

»Nein ... äh ... geht schon.« Er wurde rot bis über die Ohren und zog an seiner Unterlippe – eine Geste, die auch den Nobelpreisträger für Physik nicht sehr klug aussehen ließe.

»Ei duun Sie do was für Ihr Frau suche?«

Von der Statur her musste sich diese Verkäuferin hauchzarter Pikanterien in ihrer Freizeit mit Diskuswerfen oder Kugelstoßen beschäftigen, auch Gewichtheben war nicht auszuschließen.

»Ja ... äh ... irgendwie schon.« Bloch sah sich nach einem Mauseloch um, in dem er hätte verschwinden können.

»Was fier e Größ denn?«

»Wie? Ach ... äh ... keine Ahnung.«

Bloch wagte einen Blick in ihr Gesicht. Über ihrer Oberlippe flaumte es schwarzbraun. Grinste sie etwa?

»Ei jo, die Männer«, sagte sie nachsichtig. »Isses dann e kräftische Frau?«

»Normal«, sagte Bloch, »so ... normal halt.«

Dass er, während er das sagte, einen weiblichen Torso mit den

Händen beschrieb, wurde ihm erst bewusst, als er es bereits getan hatte. Vor Scham begann er zu schwitzen. Tröpfchen perlten auf seiner bleichen Stirn. In seine Unbeholfenheit mischte sich Wut gegen diesen Kerl von einem Weib.

»Ich komme schon allein zurecht«, sagte er patzig.

Als er schließlich mit feuchten Händen an der Kasse stand, war sein Blutdruck im roten Bereich. Nie mehr, dachte er, tue ich mir so etwas an. Wozu gab es Versandhäuser? Während er die sündhaft kleinen und sündhaft teuren Textilien bezahlte, ging sein Blick angestrengt ins Nichts.

Er hatte es eilig, nach Hause zu kommen. Schon auf der Fahrt packte ihn die Erregung, und um Haaresbreite hätte er einen Unfall verursacht. Was er vorhatte, war neu für ihn, ein unerhörtes Novum, dem er wollüstig entgegenzitterte.

Den Aufzug betrat er zusammen mit Samuel Mohr, der nach zersetztem Achselschweiß stank. Bloch ekelte sich so, dass er die Luft anhielt, bis er grußlos im fünften Stock ausstieg.

In der Küche stellte er die Einkaufstaschen ab, nahm sich nicht einmal die Zeit, das schnell Verderbliche in den Kühlschrank zu stellen, und eilte mit seiner frivolen Ausbeute ins Wohnzimmer, um sie genüsslich und in aller Ruhe in Augenschein zu nehmen. Er breitete sie auf dem Glastisch aus. Dann nahm er jedes Teil – seine Wahl war auf verruchtes Schwarz gefallen – einzeln in die Hand und staunte über die Nichtigkeit von Material und Gewicht, über die erotisierende Durchsichtigkeit der Strümpfe, der Stringtangas und der Camisole mit der Strumpfhaltervorrichtung und der Paisley-Stickerei. Er roch daran. In Gedanken schalt er sich einen Einfaltspinsel. Nach was konnte fabrikneue Ware schon riechen? Bloch wusste, dass es auch anders ging. Im Internet war er auf die Angebote eines Metzgers aus Wien gestoßen, der getragene Schlüpfer duftkonservierend in Plastik einschweißte und gegen entsprechende Gebühr in alle Welt verschickte. Irgendwann würde

Bloch von dem Angebot Gebrauch machen. Irgendwann, aber nicht heute.

»Alles zu seiner Zeit«, sagte er mit feinem Lächeln und packte die Dessous bis auf ein paar schwarze Nylons und die Camisole mit den Strumpfhaltern wieder ein. »Die wirst du zuerst tragen, Brunhild. Für mich! Nur für mich!«

Händereibend ging er in die Küche und dachte, während er den Kühlschrank einräumte, darüber nach, was er wohl selbst am besten anzöge für diesen wahnsinnig intimen Akt, bei dem er Brunhild die schwarze Reizwäsche auf den Leib applizierte. Er tänzelte Richtung Schlafzimmer, verzog das Gesicht, als seine Hüfte rebellierte, und fiel wieder in seinen schlurfenden Pantoffelschritt zurück. Vor dem offenen Kleiderschrank stehend, entschied er sich für eine helle Hose und einen marineblauen Zweireiher.

»Brunhild, heute werden wir etwas Besonderes erleben. Du wirst schon sehen ...«

Bloch vibrierte vor Erregung. Das Hinauszögern trieb die Spannung auf den Gipfel. Wie lange war Brunhild nun schon seine Geliebte? Er rechnete nach. Sechseinhalb Wochen. Bevor das Schicksal ihn mit ihr zusammengeführt hatte, hatte er herumexperimentiert. Gewiss, da war einiges gewesen, was ihm Befriedigung verschafft hatte – aber nur vorübergehend. Bloch sehnte sich nach Kontinuität. Und er wollte keinen Stress mehr. Zeitweise hatte er sogar von einer dicken, von einer wahnsinnig dicken Frau geträumt, die – nackt, fett und unbeweglich wie eine Termitenkönigin auf dem Bett liegend – völlig auf ihn angewiesen wäre. Bilder aus dem Fernsehen hatten ihn zu diesen Phantasien angeregt. Aber wo sollte er eine dermaßen fette Frau herkriegen? Die Filmberichte kamen aus den USA, und die Männer, die solche durch Überernährung hilflos gewordenen Frauen bevorzugten, hatten sie meist selbst gemästet. Viele Monate, sogar Jahre vergingen, bis der gewünschte Zustand erreicht war.

So viel Geduld hatte Bloch nicht. Sein Sexualtrieb war auch mit Anfang fünfzig um kein Jota schwächer als vor zehn oder zwanzig Jahren. Nahezu täglich drängte es ihn nach Entladung.

Er wählte ein hellblaues Hemd aus, dazu eine silberblaue Krawatte. Als er fertig angekleidet war, verließ er auf Socken das Schlafzimmer. Seine Schuhe standen auf einem Gestell in der Abstellkammer. Dort hing auch, an einem Wandhaken, ein Zimmerschlüssel. Einer der vier Räume, aus denen Blochs Eigentumswohnung bestand, war stets abgeschlossen. Das wäre zwar nicht unbedingt erforderlich gewesen, doch Bloch wollte auf Nummer sicher gehen. Der Teufel sei ein Eichhörnchen, sagte der Volksmund, und Bloch war sehr auf der Hut, dass kein unangemeldeter Besucher wie beispielsweise ein Heizungsableser das besagte Zimmer betreten könnte, ohne dass Bloch vorher entsprechende Maßnahmen ergriffen hätte.

Nachdem er seine schwarzen Halbschuhe zugeschnürt hatte, holte er die Dessous und die Nylons vom Wohnzimmertisch und schloss die Tür zu dem geheimnisvollen Zimmer auf, das ans Bad angrenzte.

Die Rollläden waren geschlossen, der Raum völlig dunkel. Bloch drückte den Lichtschalter. Eine Neonröhre flammte auf. Ihr kaltes Licht erhellte ein kahles, weißes Zimmer, das so karg wie eigentümlich möbliert war, nämlich mit einer Arztliege und einem ungewöhnlichen Gebilde von einem Stuhl oder Sessel, der mit einem weißen Laken verhängt war. Es hätte durchaus mit einem Behandlungsraum verwechselt werden können, wäre da nicht die braune Schaumstoffmatratze gewesen, die zwischen der Liege und dem verdeckten Stuhl auf dem Boden lag. Vorhänge aus weißem Stoff, die links und rechts von Deckenschienen herabhingen, verengten den Raum zu einem Korridor.

Hinter der Arztliege zog Bloch den Vorhang ein wenig zur Seite.

»Hast du auf mich gewartet?«, fragte er sanft. »Komm, Brunhild! Liebe deinen Meister! Mit allen Sinnen!«

Brunhild trug ein knöchellanges, einfach geschnittenes Kleid. Der Mille-Fleurs-Druck – kleine, gelbe Blüten auf schwarzem Grund – stand ihr gut. Dunkelblonde Locken umspielten ihr vollwangiges Gesicht. Bloch küsste die lebensgroße Puppe auf die Lippen und legte sie behutsam auf die Arztliege.

»Ich habe dir etwas mitgebracht. Es wird dir gut stehen, glaub mir! Es wird deine Weiblichkeit unterstreichen, gewiss, gewiss. Doch zuerst müssen wir dich ausziehen.«

Er löste die Bänder, die das Kleid am Rücken zusammenhielten. Die nackte Puppe hatte die Farbe von Elfenbein. Sie war aus Silikon, eine *Real Doll,* die Bloch sich aus New York hatte schicken lassen. Sechstausend Euro hatte sie ihn gekostet. In Blochs Augen war sie das Geld wert, da sie absolut seinen Vorstellungen entsprach. Im Internet hatte er sie ausgesucht. Freilich hätte er eine mit größeren Brüsten haben können. Oder eine Schwarze. Oder eine mandeläugige Asiatin. Nein, keine hatte ihn spontan so angesprochen wie Brunhild. Sie war so durchschnittlich. Eine durchschnittliche weiße Frau. Das brachte die Illusion näher an die Wirklichkeit. Und darauf kam es Bloch an. In keiner Weise war Brunhild vergleichbar mit einer dieser billigen Aufblaspuppen, die ihre fragwürdigen Reize erst bei zwei atü offenbarten, sich anfühlten wie ein Schlauchboot und dumm dalagen wie eine fleischfarbene Gummiwurst mit klaffendem Fickmaul. Für etwas so Erbärmliches, Proletenhaftes hätte Bloch keinen Cent ausgegeben.

Brunhild fühlte sich glatt an. Sie hatte graublaue Schlafaugen. Ihre Lippen ließen sich dehnen. Untenherum war sie beidseitig benutzbar, sowohl genital als auch anal. Das Kleid und den Namen hatte Bloch ihr gegeben. An Letzterem hatte er lange herumüberlegt. Er sollte für Stärke stehen, für Unbeugsamkeit und Herrschsucht. Bloch wollte, dass ihm eine hohe Frau untertan war. Brunhild, die stolze Königin von Island, erfüllte diesen Anspruch. Schon der Name – *brunna* hieß im Althochdeutschen der Brustharnisch, *hiltja* bedeutete Kampf – war Programm. Nach der Sage hatte Brunhild ihren Gemahl, den Burgunderkönig Gunther, in der Hochzeitsnacht gedemütigt.

Bloch zog der Puppe das Oberteil an. Die Durchsichtigkeit des schwarzen Gespinsts war atemberaubend. Mit den Nylonstrümpfen tat er sich schon schwerer, doch mit einigen Verrenkungen schaffte er es. Die nächste Hürde war der Strumpfhalter, dessen dreifach verstellbarer Häkchenverschluss sich seinen nervösen Händen widersetzte. Je fahriger und ungeduldiger Bloch wurde, desto weniger klappte es. Er musste an die mächtige Verkäuferin denken und an das herablassende Grinsen in ihrem Damenbartgesicht – und da überkam es ihn. Er schlug zu. Zuerst mit der Hand. Dann rannte er ins Bad, hielt ein Handtuch unter den Wasserhahn, wrang es kurz aus, rannte zurück und drosch mit klatschenden Schlägen auf Brunhild ein.

»Was habe ich gehört? Du willst dir die Schamlippen piercen lassen? Habe ich dir das erlaubt? Ja? Habe ich?«

Das Handtuch versprühte Feuchtigkeit, die auf Brunhilds hellem Körper schimmerte und die Dessous befleckte. Bloch steigerte sich in einen sadistischen Rausch. Er raste. Der nasse Lappen genügte ihm nicht mehr als Züchtigungsinstrument. Eine wilde Rücksichtslosigkeit ergriff von ihm Besitz. Er warf den Zweireiher von sich, öffnete den Gürtelverschluss und zog den Lederriemen aus den Schlaufen.

»Da! Da! Da! Da, du verdammtes Luder!« Die Peitschenhiebe waren hart und scharf und hinterließen Spuren. Brunhild sah aus wie geschändet. Die Nylons bestanden nur noch aus Laufmaschen. Die Camisole hing in Fetzen.

»Fickfotze!«

Bloch riss Brunhild von der Arztliege herunter und warf sie bäuchlings auf die Matratze.

»Ich werd's dir geben, du Pissdüse, du ... du ...«

Er ließ seine Hose fallen und drang in die Puppe ein. Nach ein paar Stößen hielt er inne, seine Lippen formten einen Schnullermund und er pumpte mit weinerlichem Gewimmer sein Ejakulat in die Frauenattrappe. Dann sackte er erschöpft über der zerzausten Brunhild zusammen, schwer atmend und mit wirren Haaren.

Dingdong. Dingdong.

Die Türglocke!

Verstört hob Bloch den Kopf. Sollte er sich verhört haben? Er war verschwitzt. Schnodder hing ihm aus der Nase.

Dingdong. Dingdong.

Bloch löste sich von Brunhild und rappelte sich auf. Mit Trippelschrittchen, weil ihm die Hose auf den Schuhen hing, hastete er zum Türspion. Draußen stand ein Mädchen, das er kannte.

»Nein danke, Herr Meydorn!«

Bruno durchquerte das Saarland von Süd nach Nord. Das wäre in einer knappen Stunde zu schaffen gewesen, wenn er etwas motivierter aufs Gaspedal gedrückt hätte. Doch Bruno fuhr zweimal von der Autobahn herunter, zunächst um auf einem Feldweg bei Eppelborn spazieren zu gehen, und ein zweites Mal, um in Nonnweiler einen Wurstsalat zu essen.

Sophies Ring lag wie ein Stein in seiner Hosentasche – so empfand er es jedenfalls. Bei Hermeskeil griff er zum Handy und kündigte sich bei seinem Auftraggeber an. Ein Hausangestellter nahm den Anruf entgegen.

Nach Trier war es nicht mehr weit. Was Bruno mitzuteilen hatte, hätte er durchaus auch am Telefon loswerden können, doch dabei wäre er sich feige vorgekommen. Lieber wollte er seine Entscheidung Auge in Auge mit seinem Mandanten vertreten, auch wenn er auf eine unangenehme Begegnung gefasst sein musste.

Die weiße Millionen-Villa am Hang über dem Moseltal war ein Wahrzeichen moderner Baukunst mit offensichtlichen Ideenanleihen beim Kanzleramt in Berlin. Schon von Weitem bezeugte die architektonische Großmäuligkeit, dass es zwischen ihrem Besitzer und dem lieben Gott nur ein paar Millimeter Abstand gab.

Dr. h. c. Hermann C. Meydorn war nicht nur reich, sondern auch einflussreich, einst in seiner Partei ein Königsmacher, heute eine graue Eminenz, die mit Orden und Huldigungen überhäuft wurde. Bruno verabscheute sie ausnahmslos, diese Archetypen der Macht, diese führungssüchtigen Egomanen, die lebenslang Pfründe und Privilegien kassierten und sich dafür auch noch in aller Öffentlichkeit Dank aussprechen ließen. Sogar in halb verwestem Zustand konnten sie nicht genug kriegen an Ehre und Bezeigungen und Lobpreisungen ihrer vorgeblichen Verdienste um Volk und Vaterland.

Vom kameraüberwachten Tor bis zum Haus waren Respekt gebietende hundert Meter durch eine schnurgerade Allee aus Scheinzypressen zurückzulegen. Im mediterranen Flair der Gartenlandschaft mit ihren Lavendel- und Rosmarinbäumchen, den Wasserspielen, Putten und den der antiken Klassik nachempfundenen Steinfiguren hätte ein Patrizier aus dem alten Rom den Zeitsprung ins Hier und Jetzt schockfrei überwunden. Obwohl Bruno schon einmal hier gewesen war, bestaunte er erneut das Herrenmenschen-Arrangement aus Größe, Weite und Geld bedingendem Geschmack.

Ein steifnackiger Seltenfröhlich mit versnobten Butler-Allüren geleitete Bruno, der sein helles, nicht mehr ganz neues Sommerjackett angezogen hatte, in die Halle. Der riesige Raum, drei Stockwerke hoch und von einer Glaskuppel gekrönt, war offen wie ein Atrium. Tropische und mediterrane Pflanzen, die ringsum rankten und wucherten, schufen ein ungewöhnliches Wohlfühlklima. Aus einer Wand im zweiten Stock trat ein Wasserfall, fiel mehrere Meter tief und rauschte in ein fast zimmergroßes Becken aus hellgrünem Marmor.

Vor einer Woche, bei seinem Antrittsbesuch in diesem modernen Palast, war Bruno von der verschwenderischen Atmosphäre so gefangen gewesen, dass ihm die meisten Details verborgen geblieben waren, auch weil der Hausangestellte mit den eingefrorenen Gesichtszügen ihm keine Zeit zu Betrachtungen gelassen, sondern ihn schnurstracks ins Arbeitszimmer des Hausherrn dirigiert hatte. Hier waren ihm gerahmte Farbflächen aufgefallen, von denen er nur deshalb annahm, dass es Bilder waren, weil sie an den Wänden hingen. Es konnte sich nur um eine gewisse Stilrichtung der gegenstandslosen Malerei handeln, die man Tachismus nannte – ein rauschhafter Malvorgang, bei dem ein außer Rand und Band geratener Künstler die Farben auf die Leinwand warf, schoss oder spritzte, um so spontan seine seelischen Befindlichkeiten auszudrücken. Dass auf diese Weise hoch gehandelte Werke entstanden, ging über Brunos Horizont.

Nun, in der Halle wartend, stellte er fest, dass er auf einem steinernen Teppich aus abertausend Stückchen von der Größe eines Daumennagels stand – es war eine exakte Kopie des berühmten Mosaikfußbodens von Nennig. Das antike Kunstwerk, auf das im Herbst 1852 ein Bauer in dem Moseldorf gestoßen war, als er eine Rübengrube aushob, war eines der bedeutendsten römischen Kulturdenkmäler nördlich der Alpen. Über diesen Boden zu gehen, empfand Bruno fast als Sakrileg und er musste sich ins Bewusstsein rufen, dass es sich um eine Kopie handelte, bevor er einen Schritt wagte. Zwischen den geometrisch gelegten Ornamenten prangten acht farbige Bildmedaillons, die von den erregenden und grausamen Spielen im römischen Amphitheater erzählten. Langsam schritt Bruno von Szene zu Szene. Das größte Bild, als Viereck angelegt, zeigte zwei halb nackte Gladiatoren im tödlichen Duell. Ein gebräunter, durchtrainierter Retiarier, wie man die Netzkämpfer nannte, rammte seinen Dreizack gegen einen mit Schild, Schwert und bronzenem Visierhelm gewappneten Secutor. Kein Detail des Muskelspiels der schweißglänzenden Körper blieb ausgespart. Aufmerksam beobachtet wurde das dramatische Geschehen von einem Kampfrichter in heller Tunika, der eine Gerte in der Hand hielt.

»Heil dir, Kaiser, die zum Sterben gehen, grüßen dich!«, murmelte Bruno.

Er begab sich zum nächsten Bild, einem Oktogon, auf dem ein Kampf Mensch gegen Tier dargestellt war. Ein Venator, wie die Tierkämpfer hießen, hatte einen Leoparden gespeert. Blut spritzte aus der Wunde. Ein letztes Mal bäumte sich die gefleckte Katze auf gegen den Schmerz und den Tod und zerbrach die Waffe mit Zähnen und Pranken. Der Venator triumphierte. Er reckte den Arm mit dem Reservespeer und präsentierte sich stolz einem unsichtbaren Publikum, um den Beifall entgegenzunehmen.

Bruno missfiel die Szene. Der Leopard tat ihm leid. In römischen Arenen, so hatte er gelesen, waren an manchen Tagen Hunderte von Tieren zur Belustigung des Pöbels massakriert worden.

Jedes Mal, wenn Tiere in einer Arena gegen menschliche Hinterlist anrennen mussten, um in 99,9 Prozent der Fälle den Kürzeren zu ziehen, waren Brunos Sympathien auf der unpopulären Seite. So sah er auch den Stierkampf, diesen Pas de deux des Todes, bei dem abgehetzte Toros gegen prächtig gekleidete Metzger antreten mussten, die dann in Macho-Pose einen erschütternden Sieg zelebrierten.

Versunken in die Betrachtung der knapp zweitausend Jahre alten Darstellung, machten seine Gefühle schließlich eine Ausnahme hinsichtlich des siegreichen Menschen, der höchstwahrscheinlich auch nur ein armer Teufel war, ein Sklave oder Kriegsgefangener, den ein anmaßender Patrizier in die Kampfbahn gezwungen hatte.

Da hat sich bis auf den heutigen Tag nicht viel geändert, dachte Bruno, die Platzanweiser der Gesellschaft sitzen auf weichen Kissen und überlassen anderen das Risiko.

Auf dem Weg zum nächsten Mosaikbild, auf dem drei Männer mit einem Bären rangen, blickte er kurz auf und sah, dass der gläserne Lift in Bewegung war. Der Herr des Hauses schwebte aus der Höhe herab.

Hermann C. Meydorn saß im Rollstuhl. Dass der blasierte Butler, der ihn schob, das Lächeln verlernt hatte, war irgendwie begreiflich. Es konnte natürlich auch sein, dass er wegen ebendieser Griesgram-Visage für den Job ausgewählt worden war, jedenfalls gaben er und sein Chef ein dermaßen homogenes Bild ab, dass man sie ohne Weiteres auf Litfaßsäulen als Galionsfiguren einer Kampagne gegen die Lebensfreude hätte plakatieren können.

»Haben Sie Ihren Auftrag erfüllt?«, fragte Meydorn streng, ohne ein Wort der Begrüßung vorwegzuschicken.

»Ja und nein«, sagte Bruno.

»Wie bitte?« Aus fünf Meter Abstand, sodass er nicht zu Bruno aufschauen musste, blickte Meydorn ihn überrascht an.

»Ich werde diesen Auftrag nicht erfüllen«, Bruno lächelte kaum wahrnehmbar, »bedaure, aber dazu habe ich mich entschieden.«

Er zog seinen Geldbeutel aus der Hose und entnahm ihm zwei Zweihundert-Euro-Scheine.

»Den Vorschuss erstatte ich Ihnen natürlich zurück«, sagte er, die Banknoten in die Luft haltend. »Hundert Euro sind bereits verbraucht, aber die werde ich Ihnen überweisen, wenn's recht ist.«

Meydorns Gesichtszüge wurden glashart. Auf sein Handzeichen hin schob ihn der Butler ein Stück über den Mosaikfußboden, ohne jedoch den Abstand zu Bruno zu verringern.

»Was ist in Sie gefahren?«, fragte er nach kurzer Pause im Gutsherrenton. »Sie haben einen klaren Auftrag erhalten! Und den führen Sie aus, ohne Wenn und Aber! Haben wir uns verstanden?«

»Offenbar nicht«, sagte Bruno ungerührt. »Aber ich will Ihnen gern erklären, warum ich mich aus der Geschäftsverbindung mit Ihnen zurückziehe, Herr Meydorn.«

»Ja? Ich höre!«, sagte Meydorn scharf.

»Ich bin Ihrer Frau auftragsgemäß gefolgt. Ihr Verdacht, dass sie einen Liebhaber hat, hat sich dabei bestätigt. Allerdings ist mir ...«

»Abscheulich!« Meydorn fiel ihm heftig ins Wort. »Diese Hure! Ich habe sie aus dem Dreck geholt. Jeden Wunsch habe ich ihr erfüllt! Sie hat Schmuck wie eine Fürstin.«

Er starrte auf die karierte Wolldecke, die seine Knie bedeckte, und sah alt und erschöpft aus. Bruno ließ die Hand mit den Banknoten sinken und schaute ihn schweigend an. Das ist das Waterloo eines Sieggewohnten, dachte er ohne Mitleid. Er wusste, dass Ulrike die dritte Frau des angejahrten Multimillionärs war, der sie geheiratet hatte, nachdem seine besten Jahre längst dahin waren.

Meydorns Betroffenheit war nicht von langer Dauer. Ruckartig hob er den Kopf. Zorn und Rachegelüste gaben seinen gelblich-trüben Augen einen unerwarteten Glanz.

»Als ich noch laufen konnte, hatte ich neben meiner Frau eine Geliebte«, sagte er laut und trotzig, »und eine Geliebte neben der Geliebten.«

Mag ja sein, Herr Monopoly, dachte Bruno hämisch, aber das dürfte schon ein Weilchen her sein. Jetzt ist Ihnen Ihr Nebenbuhler leider um eine Penislänge voraus.

»Haben Sie Fotos? Filmmaterial? Los, zeigen Sie her!« Meydorns Stimme wurde heiser vor Wut.

»Nein«, sagte Bruno, »das wollte ich Ihnen eben schon erklären, aber Sie haben mich ja nicht ausreden lassen.

»Soll das heißen ... Sie haben nichts?«

»So ist es. Ich habe die beiden getroffen. Und ich möchte Ihnen empfehlen, die Tatsachen so zu akzeptieren, wie sie sind.«

Der Mann im Rollstuhl blickte ihn fassungslos an.

»Was sind Sie? Privatdetektiv?« Er wurde zynisch. »Wenn Sie nicht zu professioneller Leistung in der Lage sind, sollten Sie einen anderen Weg finden, sich in den deutschen Arbeitsmarkt einzufädeln. Werden Sie Schnittchenschmierer! Oder Müllsortierer!«

»Ich werde darüber nachdenken.« Bruno blieb gelassen. »Wo eine Gabe ist, ist die Aufgabe.«

Ein Arschloch ist ein Arschloch, dachte er bei sich, und wenn ein solches gebrechlich im Rollstuhl sitzt, bleibt es trotzdem ein Arschloch.

Als Meydorn merkte, dass Bruno durch nichts zu beeindrucken war, vollzog er einen Schwenk um 180 Grad.

»Herr Schmidt«, sagte er so einschmeichelnd, als spräche er zu einem störrischen Kind, »so kommen wir kein Mikron weiter. Besinnen wir uns bitte sehr wieder auf einen gemeinsamen Nenner: Sie bekommen Geld von mir – und ich erwerbe damit Anspruch auf einen gewissen Service. Vergessen wir die Fotos! Ich will gar keine! Jetzt gibt es Wichtigeres.« Er ballte seine rechte Hand zu einer knöchernen Greisenfaust. »Sie waren Profiboxer. Ist das korrekt?«

Brunos Augen verengten sich. Er blieb stumm.

»Sie staunen, wie gut ich informiert bin, nicht wahr?« Meydorns Lächeln gemahnte zu erhöhter Vorsicht. »Ihnen eilt ein gewisser Ruf voraus, Herr Schmidt. Muss ich deutlicher werden?«

Bruno schluckte. Vor ein paar Jahren hatte er eine Pechsträhne gehabt, infolge derer er Aufträge angenommen hatte, die nicht hasenrein waren. Unwillkürlich musste er an einen mörderischen Kampf denken, den er sich nachts mit einem Ju-Jutsu-Ausbilder der Polizei in Saarbrücken geliefert hatte. Auch seine Vorgehensweise als Schuldeneintreiber im Rotlichtmilieu war nicht ansatzweise mit dem Gesetzbuch vereinbar gewesen. Aber das konnte Meydorn doch nicht wissen!

»Mir wurde berichtet, dass Sie für Spezialaufträge zu haben seien.« Meydorn führte seine kraftlose Faust gegen die Schläfe.

»Sind Sie sicher, dass Sie sich nicht irren?«

»Mein Geld sagt mir, dass ich mich nicht irre!« Meydorn straffte seinen Oberkörper. »Ich habe Sie engagiert, weil Sie käuflich sind. Das haben mir . . .«, mit einer herrischen Handbewegung stoppte er Brunos Versuch eines Einspruchs, »zuverlässige Informanten versichert.«

Jetzt probiert es dieser Scheintote auf die dominante Tour, dachte Bruno.

»Sie kriegen von mir fünftausend Euro auf die Hand, nein, sagen wir . . . sechstausend«, Meydorn presste die Fingerspitzen gegeneinander, »wenn Sie dem Beschäler meiner Ehehure das Gesicht zertrümmern.«

Da waren sie wieder, die langen Schatten der Vergangenheit. Brunos Mundwinkel bogen sich zu einem bitteren Lächeln. Angebote dieser Art wurden nur an Männer herangetragen, die nichts mehr zu verlieren hatten, nicht einmal ihren schlechten Ruf.

»Sie sind nicht unbedingt angezogen wie jemand, der vom Bankdirektor persönlich empfangen wird«, legte Meydorn gnadenlos nach.

»Mag sein, dass ich in diesem Jackett ein bisschen unterbewertet werde.« Bruno zupfte an den Ärmeln, die an den Ellbogen schon ziemlich ausgebeult waren.

»Und die Uhr an Ihrem Handgelenk . . . sie dürfte nicht mehr als fünfzehn Euro gekostet haben.«

»Weniger.«

»Na bitte, was sage ich!« Meydorn triumphierte. »Ich schenke Ihnen eine aus Gold. Und goldene Manschettenknöpfe dazu.«

»Nein danke, Herr Meydorn!«, sagte Bruno. »Gold ist kein brauchbares Metall. Es ist zu weich.«

Bevor er ging, ließ er die Banknoten, die er immer noch in der Hand hielt, zu Boden fallen. Einer der Scheine landete zu Füßen des Gladiators mit dem Dreizack – wie ein später Lohn für den erzwungenen Kampf.

Ein unerwarteter Gast

»Schmeckt spitze.« Sophie knabberte an einem Stück Marzipan. »Ich hatte schon befürchtet, Sie seien nicht zu Hause.«

»So?«

»Ja. Weil's ewig gedauert hat, bis Sie die Tür aufgemacht haben.«

»Ich hatte geschlafen.« Bloch strich sich um den exakten Scheitel herum glättend über die dünnen, fahlblonden Haare. »Nachmittags lege ich mich manchmal ein halbes Stündchen hin.«

Sie saßen auf lederbespannten Stahlrohrstühlen am gläsernen Wohnzimmertisch und tranken Kaffee aus grün glasierten Tassen mit Goldrand. Es war eine für Bloch völlig ungewohnte Situation.

Er hatte gezaudert, die Tür zu öffnen, nachdem er durch den Spion gespäht hatte. Immerhin hatte er schmerzhafte Erinnerungen an die kurze Bekanntschaft mit diesem Mädchen. Erst nachdem zweifelsfrei feststand, dass sie allein war, dass da niemand im Hintergrund lauerte, hatte er rasch seine Hose hochgezogen, sich im Bad links und rechts einen Sprühstoß Deodorant der Note dschungelfrisch unters durchfeuchtete Hemd gezischt und die jugendliche Besucherin eingelassen.

Sie hatte ihn angelächelt – genauso unschuldig und zuckersüß wie beim ersten Mal, als er sie am Osthafen gesehen hatte. Dann hatte sie ihren Namen genannt und gesagt, sie wolle doch mal sehen, ob es ihm wieder gut ginge, dem netten Herrn Bloch, schließlich sei sie ja irgendwie ursächlich für die Unannehmlichkeiten und Misshandlungen, die er zu erdulden gehabt hätte.

Und nun saßen sie am Tisch, beide noch ein wenig befangen, plauderten über Blochs fortschreitende Genesung, über die Hitze und ein paar andere Nebensächlichkeiten, bis nach zirka zehn Minuten Blochs Taktgefühl es ihm erlaubte, konkret zu werden.

»Diese Männer«, er räusperte sich, »diese Gewalttäter, was führten sie im Schild?«

»Null Ahnung.« Sophie zog die Schultern hoch. »Die haben mich mit jemandem verwechselt.«

»Dieser Koloss war ja dermaßen furchterregend – ich hatte das Gefühl, an einem Baukran zu hängen.«

»Das war echt 'ne Nummer für den Zirkus gewesen.« Sophie kicherte.

»Mit einem äußerst geringen Spaßfaktor für einen der Mitwirkenden«, sagte Bloch.

»Entschuldigen Sie bitte!« Aus ihren Augen sprach Mitgefühl.

»Dieser Mensch ist nicht richtig programmiert.« Bloch schob seine dunkle Brille am Mittelsteg ein wenig höher. »Übertriebenes Größenwachstum wird durch eine Erkrankung der Hirnanhangdrüse verursacht.«

»Ach ja?«

»Hände, Füße und Unterkiefer sind besonders betroffen. Sie nehmen enorme Ausmaße an. Auch Lippen und Augenwülste sind gröber als bei normalen Menschen. Das Phänomen heißt Akromegalie.«

»Toll, was Sie alles wissen!« Sophies Blick wanderte über die Wand aus Bücherrücken.

Das kleine Kompliment klang aufrichtig und tat Bloch unendlich gut.

»Riesen kommen in den Mythen der verschiedensten Kulturen vor«, fuhr er mit feinem Lächeln fort. »Die Griechen hatten ihre Titanen und Zyklopen, die Philister ihren Goliath, die Deutschen ihren Rübezahl.«

»Und die hatten allesamt einen Hirnschaden?«

»Das wäre naheliegend, wenn es sie denn tatsächlich gegeben haben sollte«, sagte Bloch ohne ein Anzeichen von Humor. »Auf jeden Fall werden die Betroffenen meistens nicht sehr alt.«

»Das beruhigt mich ja kolossal.«

»Gestatten Sie mir eine Frage, Sophie?«

Sie nickte.

»Aus welchem Milieu kommen Sie? Ich meine ... die Umstände, unter denen ich Sie kennengelernt habe, auch der Ort, passen nicht so recht zu Ihnen.«

Sophie lächelte geheimnisvoll.

»Vielleicht erzähl ich's Ihnen. Aber nicht jetzt, Herr Bloch.«

»Ich meine ja nur ...«, Bloch räusperte sich, »wo sind Sie denn zu Hause, wenn ich mir die Frage erlauben darf?«

»Ich bin abgehauen. Aber lassen Sie uns bitte von was anderem reden, ja?«

Sie tranken Kaffee, jeder bereits die dritte Tasse, und die Silberschale mit dem Marzipan leerte sich allmählich. Bloch stellte fest, dass er sich trotz des überstürzten Beginns in seiner Gastgeberrolle pudelwohl fühlte. Es erstaunte ihn, wie entspannt er war. Sein erster Verdacht, das Mädchen könne eine Trickdiebin sein, war restlos verflogen.

»Störe ich Sie auch wirklich nicht, Herr Bloch?«

»Nein, absolut nicht.« Er lächelte mild und schüttelte den Kopf. »Übrigens ... nennen Sie mich doch Engelbert, bitte!«

»Okay, Engelbert.« Der Name schien sie zu belustigen. »Und ich halte Sie auch nicht von der Arbeit ab?«

»Keineswegs. Ich bin ...«, Bloch wurde etwas verlegen, »... Privatier, sozusagen.«

»Nicht übel«, sagte Sophie arglos, »Sie haben also so viel Kohle, dass Sie nicht zu arbeiten brauchen?«

»Könnte man so sagen.« Bloch lachte gekünstelt auf.

»Uff. Mehr Kaffee geht nicht mehr. Darf ich mal aufs Klo?«

»Aber ja doch, bitte!« Bloch stand auf, verbeugte sich leicht und zeigte ihr die Tür zum Badezimmer.

Das Gäste-WC, über das seine Wohnung verfügte, konnte er ihr nicht anbieten, denn es diente seit Jahren als zusätzliche Abstellkammer für Putzmittel.

»Welches Handtuch darf ich benutzen?«, rief sie durch die geschlossene Tür.

»Sekunde bitte, ich hole Ihnen ein frisches!«

Bloch eilte zur Wäschekommode ins Schlafzimmer und zog das einzige roséfarbene Handtuch, das er besaß, aus einem Stapel hervor.

»Sophie?« Er klopfte zaghaft an die Badezimmertür. »Ich hänge es an die Klinke.«

Dann zog er sich ins Wohnzimmer zurück.

Sophie kam aus dem Bad und trocknete ihr Gesicht ab.

»Ah ... tut das gut, so ein bisschen kaltes Wasser!«

»Ich frage mich, was ich Ihnen noch anbieten könnte, Sophie. Haben Sie irgendeinen Wunsch?«

Sie setzte sich ihm gegenüber und hielt das Handtuch vorgespannt wie einen Gesichtsschleier, sodass nur ihre blauen Augen frei blieben.

»Ja«, sagte sie, »ich hätte noch einen Wunsch, sogar einen ziemlich unverschämten.«

»Nur zu!« Er lächelte irritiert.

»Kann ich heute Nacht hier schlafen?«

Ein paar Sekunden lang blieb Bloch stumm. Seine Gedanken sprangen durcheinander wie ein Rudel wilder Hunde. Er öffnete den Mund und schloss ihn wieder.

»Ich mach auch keine Umstände.« Sophie befreite ihr Gesicht von dem Handtuch und ließ ihren Schmollmund sprechen. »Wirklich nicht! Ich bräuchte nur ein kleines Kissen.«

Bloch bot alle Konzentration auf, um mit diesem so selbstverständlich vorgetragenen und dennoch durch und durch unerhörten Ersuchen sachlich umzugehen.

»Im Prinzip ließe sich das machen ...«, sagte er gedehnt und zog an seiner Unterlippe, »obwohl ich sagen muss, dass ich ein wenig erstaunt bin. Halten Sie mich ruhig für altmodisch, aber ich finde es sehr ungewöhnlich, dass ...«

»So viel Menschenkenntnis hab ich schon«, beschwichtigte sie schnell. »Ich würde ja nicht jeden fragen.«

»Das ehrt mich aber!« Bloch lächelte zurückhaltend. »Meine Möglichkeiten sind leider etwas begrenzt. Ich könnte Ihnen höchstens eine Matratze hier ins Wohnzimmer legen. Wenn Ihnen das reichen würde ...«

»Irre! Toll!« Sophie sprang auf. »Ich geh meine Sachen holen.«

Ehe Bloch sich versah, war sie verschwunden. Vom Fenster aus beobachtete er, wie sie in ihren Cowboystiefeln mit kurzen, schnellen Schritten am Besucherparkplatz vorbeitackerte und am Kinderspielplatz, bis der Nachbarblock ihm den Blick auf sie versperrte.

Bloch wurde hektisch. Er wusste nicht, wo er zuerst anfangen sollte. Den Staubwedel in Händen, sah er mit Entsetzen, dass der Schlüssel zum Zimmer seiner geheimen Lüste noch steckte. Nicht auszudenken, wenn seine Besucherin aus Versehen hineingeblickt hätte! Schon im Begriff, den Zimmerschlüssel an den gewohnten Platz in der Abstellkammer zu hängen, hielt er inne. Nein, das war ihm zu riskant. Nach kurzer Überlegung steckte er ihn in die Hosentasche.

Als Sophie klingelte, war das Gröbste erledigt. Sie war erhitzt und atmete hastig. Zu ihrer Reisetasche und dem kleinen Rucksack schleppte sie einen erdbraunen Craquelétopf mit einer Blume, deren weiße Blütenblätter purpurfarben gesprenkelt waren wie ein exotischer Fisch.

»Uff!« Sie pustete sich die Locken aus der Stirn.

»Ach, Sophie!« Bloch schüttelte den Kopf. »Wozu der Griff in die Botanik?«

»Das musste sein.« Sie trat ein. »So was fehlt nämlich in Ihrer Wohnung, Engelbert. Da ist ja nichts Lebendiges.«

Sie stellte den mit porösen Steinchen gefüllten Topf auf die Fensterbank im Wohnzimmer und zog die Vorhänge auf. Es wurde hell in der Wohnung.

»Da war eben so ein fetter Finsterling im Aufzug«, sagte sie, »wie der mich angestarrt hat! Da kann einem ja Angst und Bange werden.«

»Ein Finsterling? Das muss Herr Mohr gewesen sein. Er wohnt unterm Dach.«

»Tickt der nicht richtig?«

»Das weiß ich nicht. Auf jeden Fall badet er nicht allzu oft.« Bloch betrachtete die Blume. »Was ist das für eine Sorte?«

»Es ist eine Orchidee.«

»Ach ja? Ist sie farbig?«

Sophie blickte ihn an, halb erstaunt und halb belustigt.

»Sie sind doch wohl nicht blind, Engelbert?«

»Ich kann keine Farben erkennen.« Bloch zog die Schultern hoch und lächelte, als habe er sich für etwas zu entschuldigen. »Für mich ist jede Blume mehr oder weniger grün.«

»Ach je!« Sie stellte sich dicht vor ihn. »Hat das was mit Ihrer dunklen Brille zu tun?«

»Nicht direkt. Ich bin von Geburt an farbenblind. Ein vererbter Defekt, da kann man nichts machen.« Er lachte nervös. »Es ist schon vorgekommen, dass ich verschiedenfarbige Socken angezogen habe. Und am Obststand kann ich nicht erkennen, ob die Bananen reif sind oder noch grün.«

»Dann wissen Sie ja gar nicht, wie schön es ist, wenn die Sonne untergeht. Oder wie eine Blumenwiese aussieht.«

»Was man nicht kennt, vermisst man auch nicht.« Es klang schicksalsergeben.

»Katzen sehen auch keine Farben«, sagte sie tröstend.

»Ja, Katzen sehen die Welt in fast monochromem Licht, grünlich, so wie ich.«

Das ist seltsam, dachte Bloch. Seit seiner Kindheit hatte er sich mit keinem Menschen über seine Farbenblindheit unterhalten. Nicht etwa, weil es ihm peinlich gewesen wäre, nein, er hielt es schlichtweg für ausgeschlossen, dass es jemanden interessiert hätte.

»Ich werde uns ein Abendbrot zubereiten«, sagte er. »Sie haben die Wahl zwischen Fisch und Hühnerfrikassee.«

»Sehr viel Hunger habe ich nicht. Meinetwegen brauchen Sie nicht extra zu kochen.«

»Kochen – das wäre zu viel gesagt.« Bloch zeigte sein typisches Lächeln, das immer ein wenig zaghaft und entschuldigend zugleich war. »Ich beherrsche nur ein paar ganz einfache Sachen. Rühreier, Spiegeleier – so auf diesem Niveau. Und das Erwärmen von Tiefkühlkost.«

»Essen Sie sonst im Restaurant?«

»Selten. Als ich noch berufstätig war – ich hatte übrigens mit Kältetechnik zu tun – ging ich mittags in die Werkskantine. Und jetzt halte ich mich hauptsächlich an Tiefkühlkost. Gemüse, Fisch, die ganze Palette.«

»Was? Immer nur Tiefgefrorenes?«

»Warum nicht?«

»Bleibt man da gesund?«

»Aber gewiss doch! Nehmen wir zum Beispiel Grünkohl! Wird er zwei Stunden bei Zimmertemperatur aufbewahrt, hat er bereits über die Hälfte von seinem Vitamin C verloren. Schockgefrorener Grünkohl dagegen bleibt die reinste Vitaminbombe. Oder nehmen wir Blattspinat. Der sieht auch dann noch saftig aus, wenn er schon ein paar Tage im Regal gelegen hat. Aber ...«, Bloch reckte den Zeigefinger, »im Supermarkt verliert Spinat schon nach zwei Tagen bis zu 79 Prozent seines Vitamin-C-

Gehalts. Legen wir dagegen Tiefkühlspinat einen ganzen Monat ins Eisfach, verliert er gerade mal 3,5 Prozent.«

»War das ein Werbevortrag?«

»Entschuldigung«, sagte Bloch, »ich komme aus der Kälte-Branche. Das wird mich wohl nie ganz loslassen.«

Sein bleiches Gesicht wurde von einer feinen Röte überzogen und er ging eilig in die Küche.

»Ich wünsch mir Blattspinat«, rief Sophie hinter ihm her, »ich mag nämlich kein Fleisch.«

Sie aßen am runden Glastisch im Wohnzimmer.

»Ein Schlückchen Wein wird die junge Dame doch trinken, nicht wahr?«

Bloch entkorkte eine Flasche und schenkte ein.

»Grand Cru Classé«, las Sophie auf dem Etikett.

»Das ist schon ein ordentlicher Wein.« Bloch zündete eine schlanke Kerze an. »Ich habe ihn mir aufgehoben für einen besonderen Anlass. Und der ist heute eingetreten.«

Das zweite Gesicht

Die Landschaft, durch die Bruno mit seinem Wohnmobil zuckelte, war zum Malen schön. In verschwenderischen Schlingen trödelte die Mosel durch das Weinland. Rebzeilen liefen steil bergan, die Prallhänge hinauf, und Reben bedeckten auch die sanften Gleithänge an den Innenseiten, die der Fluss vor ewiger Zeit aus Sand und Kies geformt hatte.

Für einen, der während der Fahrt über seine Zukunft nachdenken wollte, war diese Route nicht geeignet. Mit all seinem Liebreiz nahm das Moseltal die Sinne gefangen.

Wahrscheinlich wäre Bruno auch ohne diese optische Ablenkung nichts Wegweisendes eingefallen, womit er zukünftig sein Geld verdienen könnte. Ein 46-jähriger Privatdetektiv mit einer Vorgeschichte als Profiboxer hatte – Bruno konnte es drehen und wenden wie er wollte – auf dem Arbeitsmarkt kaum bessere Chancen als ein Komapatient. Sollte er keine Stelle als Trainer bekommen, konnte er sich gleich als Erntehelfer nach Polen verdingen. Vielleicht, so überlegte er, wäre das Ruder mit einer Umschulung herumzureißen. Schön und gut – aber zu was? Zum Mülldetektiv mit Uniform und einem Ärmelabzeichen vom städtischen Bauhof? Zum Einzelhandelsfachverkäufer? Zum Bierzeltkellner? Das wäre gar nicht so weit entfernt von dem, was der überhebliche Hermann C. Meydorn ihm nahegelegt hatte, nämlich Schnittchen zu schmieren. Nein, es gab keinen Beruf, für den Bruno sich brennend interessiert hätte. Im Moment jedenfalls fiel ihm keiner ein. Gewissheit hatte er nur im Hinblick auf das, was er keinesfalls mehr tun wollte, nämlich Schulden für dubiose Inkasso-Unternehmen einzutreiben. Auf diese Phase seines schillernden Erwerbslebens blickte er nur ungern zurück.

Er fuhr ein Hangsträßchen hinauf, stellte das Wohnmobil auf einem Parkplatz für Weinbergwanderer ab und ließ sich auf der Terrasse einer Edelgaststätte nieder, um im Schatten einer Kastanie ein Kännchen Kaffee zu trinken. Ein großartiges Panorama entschädigte ihn für den unverschämten Preis. Die Augustsonne silberte im Moselbogen, schien prall und glühend auf die Südhänge, erhitzte die brüchigen Trockenmauern und die Felsnasen aus Hunsrückschiefer samt ihrem wärmegierigen Getier, den Eidechsen und Schlingnattern, und ließ tief unten die schwarzen Schieferdächer eines Winzerdorfs aufglänzen.

Hummeln und Wildbienen umsummten die späten Blumen, um am Ende der Sommerfülle noch eine Ernte einzuholen, und über den Steingärten taumelten die letzten Apollofalter. Ihre Zeit war vorbei. Die weißen Flügel mit den schwarzen Tupfen und roten Ringen waren meist beschädigt, gezaust vom Wind und verschrammt von den Felsen. Die Kräfte der schönen Gaukler des Sommers waren verbraucht. Bald würden sie sterben.

Bruno gab es auf, über seine Zukunft zu grübeln. Sein Entschluss, nach Mannheim zu fahren und das Wohnmobil abzugeben, geriet ins Wanken. Das rollende Zuhause belastete sein Budget nur unwesentlich, denn der Händler, der ihm den Wagen ausgeliehen hatte, verlangte fast nichts dafür. Seine Kulanz entsprang der Tatsache, dass Bruno ihm schon mehrfach mit sogenannten Rückholaktionen aus der Patsche geholfen hatte, vor allem dann, wenn Kunden aus der Zuhälterbranche für ihre mobilen Stadtrand-Fickzellen die Raten schuldig geblieben waren.

Die Kellnerin war blutjung. Vermutlich machte sie einen Ferienjob. Als sie Bruno im Vorbeigehen zulächelte, musste er an Sophie denken. Ob sie in Sicherheit war? Er machte sich Vorwürfe, weil er nicht den richtigen Dreh gefunden hatte, ihr zu entlocken, wer warum hinter ihr her war.

»Du plagst mich ganz schön, kleine Madonna«, murmelte er und trank seinen Kaffee aus.

Ich werde sie suchen, beschloss er, und dann werde ich sie nach Hause bringen.

Er fuhr wieder ins Tal hinunter, folgte noch eine Weile der sich wie eine Riesenschlange zwischen den Weinbergen windenden Mosel und steuerte dann die Autobahn an. An der Auffahrt Richtung Trier hielt eine Tramperin den Daumen hoch. Bruno hielt an.

»Wo fahren Sie hin?«

»Nach Lothringen«, antwortete Bruno.

Er schätzte sie auf siebzehn, achtzehn Jahre. Sie hatte schwarze, schulterlange Haare mit Mittelscheitel, ein volles Gesicht, dunkle Augen und viel Metall im Fleisch. Ein Stift in Hantelform durchbohrte ihre linke Augenbraue, ein silberner Ring ihre Unterlippe und entlang der rechten Ohrleiste reihte sich ein Ringlein ans andere, mehr als ein Dutzend. Um den Hals trug sie ein nietenbestücktes Lederband.

»Dann stimmt die Richtung«, rief sie in den Wagen, »ich will nach Paris.«

Wie fast alle jungen Frauen in diesem Sommer trug sie ein bauchfreies Top, ungeachtet der Speckröllchen, in denen ihr Nabel versank. Ihre hautengen Hüftjeans waren bis an die Dehnungsgrenze gespannt.

»Ich fahre aber nur bis in die Gegend von Saargemünd.«

»Sarreguemines ist okay.« Sie walkte einen Kaugummi zwischen den Zähnen. »Von da komm ich leicht weiter.«

Die zwei Taschen, die sie ins Auto wuchtete, waren ramponiert und staubig. Kaum saß sie auf ihrem dicken Hintern, bekam sie den Mund nicht mehr auf. Vielleicht ist sie schüchtern, dachte Bruno. Er wollte ihr kein Gespräch aufzwingen. Stattdessen schaltete er, obwohl es bis zu den Nachrichten noch gut eine Viertelstunde dauerte, das Radio an. Ein Witzbold von einem Reporter mit vorgetäuschtem französischen Akzent mach-te eine Straßenumfrage in Berlin. »Sind Sie dafür oder dagegen, dass das Saarland wieder zu Deutschland zurückkehrt? Falls ja, sollten sich unsere Politiker dafür in Brüssel stärker einsetzen?« Die meisten Befragten waren durchaus dafür, einigen war es egal, nur ein völlig Unpatriotischer meinte, man habe an der Wieder-vereinigung noch zu viel zu tragen, um sich nun schon wieder ein Problemgebiet aufzuhalsen.

Schmunzelnd schüttelte Bruno den Kopf und blickte zu sei-ner Mitfahrerin. Da sie keine Miene verzog, nahm er an, dass sie den Spaß nicht verstanden hatte. Den Blickkontakt zu ihm ver-mied sie.

Die Nachrichten brachten nicht viel Neues. In Oberöster-reich hatte es ein Unwetter gegeben. In Bagdad war eine Bombe explodiert. In der Türkei saßen tausend deutsche Touristen fest, weil der Reiseveranstalter pleite war. In Berlin war ein Bundes-tagsabgeordneter der Korruption überführt worden, worauf-hin zwei Fraktionssprecher auf die Dringlichkeit einer Diäten-erhöhung hinwiesen. In Merzig hatte die Polizei stark verweste Leichenteile aus der Saar gefischt. Das Wetter: weiterhin som-merlich schwül. Keine Verkehrshinweise.

»Darf man hier rauchen?«

»Wenn's sein muss«, sagte Bruno.

Sie hielt ihm die Zigarettenschachtel hin.

»Danke, ich rauche nicht.«

Das schien sie nicht weiter zu stören. Sie suchte nach dem Zigarettenanzünder und begann das Cockpit einzuqualmen. Bruno war es gewöhnt, Schadstoffe um die Nase geblasen zu bekommen. Er hatte sein Detektivbüro über einer Kneipe na-mens *Blaue Ecke,* und Silvi, die dort die Gäste bediente und nach Feierabend des Öfteren zu Bruno ins Bett schlüpfte, rauch-te wie ein Schlot.

Im Radio schleimte sich ein Schlager-Barde aus. Die junge

Tramperin entnahm einer ihrer Taschen einen MP3-Player und verstöpselte sich die Ohren. Bruno, dem der triefend sentimentale Text ebenfalls gehörig auf den Keks ging, drehte die Schnulze leiser. Bald weckten Wortfetzen seine Aufmerksamkeit. Es war die Rede von den im Saarland verschwundenen Mädchen. Hastig drehte er die Lautstärke wieder hoch. Ein Interview mit einer Hellseherin war im Gange. Madame Portella aus Baden-Baden, hieß es, habe der Polizei bei der Suche nach den Vermissten ihre Hilfe angeboten.

Vor dem Hintergrund sphärischer Musik erläuterte eine Reporterin den Unterschied zwischen physischen und mentalen Medien. Die einen kommunizierten über Klopfzeichen und Tischrücken mit einer jenseitigen Welt, die anderen offenbarten ihre Fähigkeiten durch Hellsehen und intuitives Schreiben. Madame Portella, bei der Politiker und Prominente sich die Klinke in die Hand gäben, sei ein mentales Medium. Dank ihrer Hinweise habe die Polizei bundesweit schon mehrere Vermisstenschicksale klären können. In mindestens einem Fall sei unzweifelhaft belegt, dass aufgrund ihrer Ortsangaben die menschlichen Überreste eines Verbrechensopfers gefunden worden seien. Dann ging eine naive Begeisterung mit der Reporterin durch: »Jedes Mal überraschte es die Fahndungsbeamten, wie erschreckend genau die Visionen dieser Hellseherin waren. Auf ihr ruhen nun die letzten Hoffnungen der Angehörigen und der Öffentlichkeit. – Madame Portella, was wissen Sie über Sina, Julia und Cindy?«

Der Hellseherin ging das wohl entschieden zu schnell. Ungeachtet der Frage machte sie zunächst einmal Werbung in eigener Sache. Mit piepsiger Mickymaus-Stimme, so hell und hochtourig, als hätte sie an einem Heliumballon gelutscht – Bruno stellte sich dahinter ein goldbehängtes Pummelchen jenseits der fünfzig vor – schilderte sie den Ursprung ihrer übersinnlichen Fähigkeiten. Vor dreizehn Jahren, nach einem Treppensturz mit kurzzeitiger Bewusstlosigkeit, habe sie festgestellt, dass sie über mediale Fähigkeiten verfügte. Spontan habe sie sich entschieden, diese Gabe in den Dienst der Menschheit zu stellen.

»Ansätze unerklärlicher Kommunikationswellen finden wir bei vielen Menschen«, piepste sie und wandte sich direkt an die Zuhörer. »Ist es Ihnen, liebe Hörerinnen und Hörer, nicht schon passiert, dass Sie an einen lieben Menschen gedacht haben, von dem Sie lange nichts mehr gehört hatten, und in derselben Sekunde geht das Telefon – und wer ist am anderen Ende der Leitung? Ja, genau dieser Mensch, der soeben noch in Ihren Gedanken war!«

»Nun konkret zu den Ereignissen im Saarland...« Die Reporterin hatte Mühe, das Heft in der Hand zu behalten. »Können Sie Signale von den verschwundenen Mädchen empfangen?«

»Ich arbeite mit den Mitteln der Psychometrie«, piepste Madame Portella, »so nennt man in der Parapsychologie das Verfahren, einen Gegenstand zu betasten – ihn quasi zu lesen. Von Cindy habe ich ein Foto, von Sina eine Halskette und von Julia ein Kleid. Sobald ich einen dieser Gegenstände berühre, fühle ich mich mit der Besitzerin verbunden.«

»Ach du grüne Neune«, brummte Bruno, »was ist das für ein Hokuspokus!«

»Sind die Mädchen noch am Leben ... ich meine, ähm, Ihrer Ansicht nach?«, fragte die Reporterin.

»Noch sind meine Visionen zu undeutlich«, Madame Portellas Mickymaus-Stimme klang unheilvoll, »aber ich bin in großer Sorge. Ich empfinde Kälte. Es geht um Sex. Um erzwungenen Sex. Die mentalen Bilder, die ich bis jetzt empfangen habe, deuten auf eine Entführung hin. Jedes der Mädchen ist in einem großen Auto mit dunklen Scheiben weggebracht worden. Und immer hat derselbe Mann am Steuer gesessen. Ich komme ihm langsam näher. Bald werde ich so weit sein, dass ich sein Gesicht zeichnen kann.«

»Caramba!«, rief Bruno. »Das ist der anthrazitfarbene Transporter! Ich werd verrückt!«

Die Tramperin bemerkte Brunos Erregung und nahm die Stöpsel aus den Ohren.

»Ist was?«

»Schsch!« Er zeigte auf das Radio.

»Gibt es Anzeichen, die auf Mädchenhandel hindeuten?«, fragte die Reporterin.

»Das kann ich noch nicht mit Entschiedenheit sagen. Fest steht nur, dass es um sexuelle Gewalt geht. Es gibt Details, die so ... so unerhört sind, dass man sie nur schwer aushalten kann. Ich will hier nicht näher darauf eingehen. Und da ist ein Mann mit einem Muttermal. Vor dem graut mir.«

»Ein Muttermal? Wo?«

»Das ist mir noch nicht gegenwärtig. Aber da ist noch etwas anderes. Eine Farbe, die mich bedrängt. Die Farbe Blau, ein gedecktes Blau. Ich weiß nicht warum, aber mein Inneres verbindet diese Farbe mit Kälte und Todesenergie.«

»Da überläuft es einen ja eiskalt«, hauchte die Reporterin. »Beziehen sich Ihre Visionen auf einen bestimmten Ort, Madame Portella?«

»Das ist schwierig«, piepste Madame. »In einer Konzentrationsphase über der Saarlandkarte hatte ich widersprüchliche Wahrnehmungen. Da war an verschiedenen Stellen viel negative Energie.«

»Listige Antwort«, brummelte Bruno, »so zieht man sich aus der Affäre, wenn man nichts Genaues weiß.«

»Jedoch es gibt, lassen Sie mich das noch sagen, einen weiteren möglichen Fingerzeig. Immer wieder sehe ich zwei Zahlen, die Eins und die Sieben. Ihre Bedeutung ist mir noch verborgen. Ich weiß auch noch nicht, ob ich sie einzeln oder kombiniert betrachten soll. Vielleicht sind sie Bestandteil einer Autonummer – als siebzehn oder als einundsiebzig!«

»Das ist ja...« Die Reporterin war hörbar beeindruckt. »Haben Sie das schon der Polizei mitgeteilt?«

»Ach ja, die saarländische Polizei...«, seufzte Madame Portella, »die hält an ihren eigenen Methoden fest. Aber warten wir es ab!«

»Warten? Auf was?«

»Bis das nächste Mädchen verschwindet.«

Verdammt, dachte Bruno, das wäre schon passiert, wenn ich nicht zufällig dazwischengeraten wäre.

Auf einem Schild war ein Rastplatz angekündigt. Als Bruno den Blinker einschaltete, wurde die Tramperin nervös.

»Was ist los?«

»Ich will nur telefonieren«, sagte Bruno.

Die Tramperin beugte sich vor und nestelte hektisch an einer ihrer Taschen, wobei sie ihre schwarzen Haare wie einen Vorhang nach vorn fallen ließ, sodass Bruno nicht sehen konnte, was sie da machte. Allerdings entging ihm nicht, dass sie, als sie sich wieder aufrecht hinsetzte, zwischen ihren strammen Oberschenkeln einen Gegenstand verbarg.

Der Parkplatz war öde und leer. Ein Sattelzug, der hier gehalten hatte, war schon wieder auf dem Weg zur Autobahn. Als Bruno den Motor abstellte, blickte er in den Lauf einer Pistole.

»Was soll das werden?«

»Ich warne Sie! Glauben Sie ja nicht, dass ich Angst habe!«, sagte die Tramperin laut.

»Steck das Ding weg, Mädchen! Ich bin ein harmloser Frauenversteher.«

»Ich glaube, Sie haben den Gong nicht gehört!« Das sollte cool klingen, doch ihre Stimme verriet die Panik, die in ihr loderte.

Die Waffe war nicht scharf, das erkannte Bruno an der Bohrung für den Leuchtpatronen-Becher. Doch auch mit Platzpatronen oder Gas war auf eine so kurze Distanz nicht zu spaßen. Und die Nerven der Tramperin lagen blank, dazu hatte zweifellos das Interview mit der Hellseherin seinen Teil beigetragen. Eine unkontrollierte Kontraktion ihres Zeigefingers stand zu befürchten.

»Mach keinen Quatsch«, sagte Bruno bedächtig, »du würdest genauso in der Gaswolke sitzen wie ich.«

»Das ist mir scheißegal! Dann göbeln wir eben beide!«

»Göbeln – was heißt das?«

»Kotzen!«

»Danke für den Sprachunterricht!« Bruno setzte sein freundlichstes Lächeln auf. »Ein geplatztes Trommelfell ist auch kein Vergnügen.«

»Labern Sie nicht rum! Wenn Sie bei mir parken wollen, haben Sie Pech gehabt. Ich hab darauf nämlich absolut keinen Turn!«

»Verdammt noch mal, jetzt reicht's mir aber!« Wenn Bruno auftrumpfte, zeigte das Wirkung – meistens jedenfalls.

Die Tramperin wurde kleiner.

»Ich bin von der Autobahn runter, weil ich die Polizei anrufen will«, erklärte Bruno in ruhigerem Ton. »Lass mich das wenigstens noch erledigen, bevor du mich exekutierst! Du kannst ja mithören. Einverstanden?«

Sie nickte und Bruno kramte sein Handy aus einer Cockpit-Ablage. Er rief Alexander an, der, als er sich nach vielen Freizeichen meldete, ziemlich außer Puste war.

»Hallo, Herr Polizeidirektor«, sagte Bruno, »ich störe hoffentlich nicht beim Austausch von Körpersekreten.«

»Nein, beim Joggen«, entgegnete Alexander, »wer ist denn da?«

»Bruno Schmidt.«

»Hammer? Na, das ist ja eine Überraschung!«

»Eben hat im Radio eine Hellseherin über die vermissten Mädchen gesprochen. Und da war von einem großen Auto mit

123

verdunkelten Scheiben die Rede«, begann Bruno und erzählte die ganze Geschichte, wie sie sich am Saarbrücker Osthafen abgespielt hatte.

»Ich werd mich gleich an die richtige Stelle wenden«, sagte Alexander, »da muss sofort eine Fahndung raus.«

»Ist Ihnen mittlerweile wieder eingefallen, woher Sie Sophie kennen?«, fragte Bruno.

»Nein, leider nicht. Ich hab mich aber auch nicht mehr damit befasst, muss ich zugeben. Vielleicht fällt es mir wieder ein.«

»Das wäre sehr wichtig«, sagte Bruno. »Können wir uns treffen?«

Es entstand eine kurze Pause.

»Ich rufe Sie gleich zurück, Hammer. Geben Sie mir Ihre Nummer?«

Verwundert kam Bruno der Bitte nach. Es vergingen über fünf Minuten, bis Alexander sich meldete.

»Alles klar«, sagte er, »wie wär's mit morgen Nachmittag 17 Uhr?«

»Wo?«

Alexander bezeichnete ein Straßencafé am Sankt Johanner Markt in Saarbrücken.

»Theoretisch könnten wir jetzt weiterfahren«, wandte Bruno sich an die Tramperin, die immer noch ihre Gaspistole in Händen hielt, »Abrüstung vorausgesetzt.«

Ohne ihn aus den Augen zu lassen, legte sie die Pistole in die Reisetasche zurück. Dabei zitterten ihre Hände.

»Hoffentlich bleibt dir die Angst noch eine Zeit lang erhalten«, sagte Bruno und startete das Wohnmobil. »Für junge Frauen ist Autostopp nämlich die riskanteste Art zu verreisen.«

»In meinem Alter hat man leider noch keinen Führerschein«, sagte sie trotzig.

»In welchem Alter?«

»Sechzehn.«

»So, so, sechzehn«, wiederholte Bruno. »Darf ich dich was fragen?«

»Was?«

»Halte mich getrost für einen altmodischen Knacker, aber mir kommt es komisch vor, dass so junge Mädchen mutterseelenallein durch die Welt touren. Nennst du mir bitte einen Beweggrund?«

»Ferien.«

»Das hab ich schon mal gehört«, sagte Bruno. »Und mit den Eltern in Ferien zu fahren ist wohl nicht mehr angesagt, wie?«

Sie blickte ihn verständnislos an.

»Das wär ja wohl voll daneben!«

»Was ist daran so abwegig?«, fragte Bruno.

»Alles«, entgegnete sie, »aber total! Du musst deine Eltern kacke finden, sonst kannst du dich nicht befreien.«

Im Stillen wunderte Bruno sich über die despektierliche Aussage, die ihm nicht gefiel. Auch das Mädchen gefiel ihm nicht besonders. Mit Sophie, fand er, war sie nicht ansatzweise zu vergleichen. Er konnte keinerlei Parallelen erkennen, durch die er Erkenntnisse über das Wesen und Handeln Sophies hätte gewinnen können. Weitere Fragen hielt er deswegen für sinnlos.

Auch die Tramperin schien an einer Fortsetzung des Gesprächs nicht interessiert zu sein. Bis kurz vor Metz, wo Bruno sie an einer Raststätte absetzte, öffnete sie die Lippen lediglich, um an ihrer Zigarette zu ziehen.

Der Umweg, den Bruno ihretwegen gemacht hatte, war größer, als er anfänglich vermutet hatte. Es ließ sich absehen, dass er Sarrealbe bei Tageslicht nicht mehr erreichen würde. Für die Nacht richtete er sich, nachdem er einem krummen Traktorweg gefolgt war, am Rand eines Buchenwäldchens ein.

Nachdem er gegessen hatte, knipste er die Lampen aus und stellte seinen Campingsessel vor die Tür. Es war eine stille, samt-

weiche Sommernacht. Gelb und rund wie eine Zitronenscheibe
hing der Mond am Himmel. Eine Eule huschte lautlos vorüber.
Bruno schenkte sich einen Calvados ein.

Panamahut und Yuccapalmen

Bloch wachte früh auf, viel früher als sonst, obwohl er in der Nacht lange nicht hatte einschlafen können. Er blieb noch eine Weile liegen. Morgenstille umgab ihn. Vor seinem inneren Auge ließ er die Bilder des Vortages vorüberziehen. Ein eigenartiges, nie zuvor empfundenes Gefühl rumorte in ihm, ein Widerstreit zwischen Glück und Schmerz. Sophies Anwesenheit machte ihn glücklich. Sie war von sich aus gekommen, völlig freiwillig, weil sie ihm vertraute und – dafür gab es Anzeichen – weil er ihr sympathisch war. Ja, weil sie ihr sympathisch war! Diese Schlussfolgerung ließ er sich auf der Zunge zergehen. Den Schmerz bezog er aus dem Gedanken, dass er bald wieder allein sein würde. Dass dergleichen ihm, dem erklärten Eremiten, jemals widerfahren würde, hätte er vorgestern noch für ganz und gar unmöglich gehalten.

Harndrang trieb ihn aus dem Bett. Auf nackten Sohlen schlich er durch die Diele ins Badezimmer. Auf dem Rückweg warf er einen vorsichtigen Blick ins Wohnzimmer. Er sah Sophies mischblonden Haarschopf und die Konturen ihres Körpers unter der Fleece-Decke, lächelte hingerissen und zog sich wieder ins Schlafzimmer zurück. Es war Viertel vor sieben.

Gestern Abend, nach dem Essen und dem Wein, war Sophie müde geworden, hatte ihre Cowboystiefel ausgezogen und sich auf die Ledercouch gelegt. Bloch hatte sich in einen Sessel gesetzt und gemeinsam hatten sie Nachrichten im Fernsehen geschaut. Bald darauf, im ersten Drittel des zum x-ten Mal wiederholten Films *Nur ein toter Mann ist ein guter Mann*, war sie eingeschlafen. Nachdem Bloch sie längere Zeit andächtig betrachtet hatte, ihr niedliches, entspanntes Gesicht mit den vollen Lippen, die im Schlaf leicht geöffnet waren, hatte er eine Decke über sie gebreitet und war schlafen gegangen. Dabei war er sich – für ihn völlig ungewohnt – wie ein Beschützer vorgekommen, stark und gut.

Um halb acht stand Bloch auf. Jedes laute Geräusch vermeidend, duschte und rasierte er sich, putzte sich sorgsam die Zähne, bürstete sich den Belag von der Zunge, gurgelte – dezenter als sonst – mit Mundwasser und kleidete sich zum Ausgehen an. Mit dem Lift fuhr er hinunter in die Tiefgarage, wo sein silbergrauer »Mazda«-Kombi stand. Während das automatische Rolltor hochrasselte, dachte Bloch erschrocken an die Wohnungstür. Hatte er sie abgeschlossen? Nein, hatte er nicht! Es war ja auch nicht nötig, solange Sophie da war. Sensationell aber war für Bloch die Tatsache, dass er seinen Zusperr-Tick diesmal völlig außer Acht gelassen hatte. Er hatte das quälende Ritual schlichtweg vergessen! Unglaublich! Das hatte er Sophie zu verdanken. Er spürte die positive Lebensenergie, die von ihr ausging.

Da er nicht wusste, was sie zum Frühstück bevorzugte, kaufte er alles Mögliche ein: Brötchen, Milch, Kakao, Käse verschiedenster Sorten, Honig, Cornflakes mit Früchten, Cornflakes mit Schokolade, Cornflakes mit Früchten und Schokolade.

Der Tag begann sonnig. Es wehte ein lauer Wind aus Südwest. Hoch am Himmel segelten ein paar Schleierwolken, sogenannte Zirren, die einen Wetterwechsel wahrscheinlich machten. Bloch blickte auf das weiße Gesprenkel und musste an eine Meteorologen-Weisheit denken: Bei Frauen und Zirren kann man sich irren.

Er freute sich auf zu Hause. Es war ihm so heiter zumute wie lange nicht mehr, als er in der Tiefgarage den Wagen abschloss und mit seinen Einkaufstaschen den Lift betrat, wo ihm das Parfüm von Ilse Kniesbeck entgegenschlug. Bloch schnaubte angewidert, doch es beeinträchtigte seine Stimmung nicht. Die penetrant süßliche Duftnote der Kniesbeck hing jedes Mal wie Sirup im Aufzug, auch wenn sich die Verursacherin längst verflüchtigt hatte.

Leise öffnete Bloch die Tür zu seiner Wohnung, stellte die Taschen in der Küche ab, zog seine Schuhe aus und ging auf Socken zum Wohnzimmer. Dort stand er wie versteinert. Sophie war weg. Nur die graue Fleece-Decke lag noch auf der Couch, auf Kante gefaltet. Die Enttäuschung war brutal wie ein Keulenschlag. Mit hängenden Schultern wandte Bloch sich ab und machte zwei roboterhafte Schritte in die Diele. Schwindel überkam ihn und er musste sich an einem Regal festhalten. Er fühlte sich blutleer wie ein Zombie.

Da vernahm er ein undeutliches Geräusch. Es kam aus dem Badezimmer. War es ein Duschstrahl? Flugs war Bloch an der Tür zum Bad und presste sein Ohr ans Holz. Jetzt konnte er es deutlich hören: Sie duschte. Hosianna, sie war da drin! Er machte sich sofort daran, den Frühstückstisch in der Küche zu decken. Als Sophie aus dem Bad kam, zog Kaffeeduft durch die Wohnung.

»Hmm.« Sie schnupperte.

In Blochs schwarzen Satin-Hausmantel, den sie um sich geschlungen hatte, hätte sie zweimal hineingepasst.

»Ich zieh mich gleich an«, sagte sie.

»Lassen Sie sich Zeit, Sophie!« Bloch eilte an ihr vorbei. »Ein Frühstücksei ist doch genehm, oder?«

»Sie verwöhnen mich ja richtig, Engelbert«, rief sie.

»Ich habe das Bedürfnis, Ihnen den Aufenthalt bei mir so angenehm wie möglich zu machen«, rief Bloch aus der Küche.

In T-Shirt und Bermudas, beides himbeerfarben, setzte Sophie sich barfuß an den Frühstückstisch.

»Mmmh, Sie haben ja Schoko-Flakes! Kann ich davon was haben?«

Bloch war selig. Sophies Appetit empfand er wie ein Lob.

Sie unterhielten sich über Belanglosigkeiten.

»Ich esse immer zuerst die obere Brötchenhälfte«, sagte Bloch, während er Butter verstrich. »Dann kann ich mich auf die untere freuen. Schon als Kind habe ich die untere Hälfte bevorzugt. Sie ist weicher.«

Sophie belächelte die Marotte, aber sie tat es charmant.

Wenn uns ein Außenstehender jetzt sähe, dachte Bloch, würde er dieses Frühstück zu zweit für eine ganz und gar alltägliche Situation halten – ein Trugschluss, leider! Ein flaues Gefühl nistete sich in seiner Magengegend ein. Der Gedanke, dass Sophie sich nach dem Frühstück aller Wahrscheinlichkeit nach von ihm verabschieden würde, war ihm unerträglich.

»Sie sollten sich unbedingt noch ein paar Pflanzen besorgen«, sagte sie, »das schafft 'ne ganz andere Atmosphäre, auch in der Küche und im Bad.«

»Ich werde das berücksichtigen.« Bloch scheuchte eine Fliege von der Marmelade, doch das Insekt kehrte nach einer kurzen Küchenrunde dreist zurück. »Es gibt doch auch fleischfressende Pflanzen, wenn ich nicht irre.«

»Klar doch! Die Venusfliegenfalle!« Sophie formte ihre rechte Hand zu einem Trichter, dem sie sich mit dem gestreckten Zeigefinger ihrer Linken langsam näherte. »Summ, summ, summ. Wenn das Opfer nah genug ist, geht die Falle zu. Schnapp! Und wenn sie wieder aufgeht, ist von dem Insekt nur noch die leere Chitinhülle übrig. Gruselig, nicht wahr?«

Bloch zog an seiner Unterlippe.

»Die Falle funktioniert allerdings nur höchstens sieben Mal«, sagte Sophie, »dann stirbt sie ab. Im Bio-Unterricht haben wir's ausprobiert.«

Mit seiner Tasse, in der noch ein Rest Kaffee war, stand Bloch auf und griff zur Pillendose auf dem Küchenbord.

»Sind Sie krank?«

»Nein.« Bloch lachte verlegen. »Das ist Johanniskraut-Extrakt. Völlig harmlos!«

»Wogegen hilft's denn?«

»Im Mittelalter war man überzeugt, dass es gegen Hexerei und Besessenheit wirkt.« Bloch legte sich ein Dragee auf die Zunge. »Und heute …«

»Auweia! Wovon sind Sie besessen, Engelbert?«

Bloch, die Tasse noch an den Lippen, verschluckte sich und musste husten.

»Ich … bin …«, stieß er, rot im Gesicht, zwischen Hustenschüben hervor, »überhaupt nicht …«

»Das war nur 'n Scherz«, sagte Sophie erschrocken.

Bloch brauchte eine Weile, bis sich sein Atemrhythmus wieder normalisiert hatte.

»Verzeihung, Sophie! Da haben Sie mich an der falschen Stelle unterbrochen.« Bloch setzte sich wieder an den Tisch. »Heute nimmt man Johanniskraut gegen depressive Verstimmung. Auch gegen die Angst.«

»Dann könnten Sie mir so 'ne Kapsel rüberwachsen lassen«, sagte Sophie, »ich hab nämlich ganz schön Schiss, wenn ich dran denke, was noch auf mich zukommt.«

»Nein, das wäre zu leichtfertig. Es handelt sich hier um ein Medikament. Außerdem kann es zu Lichtempfindlichkeit führen.«

»Zu Risiken und Nebenwirkungen fragen Sie den Arzt Ihres Apothekers«, sagte Sophie im Werbespot-Tonfall. »Wovor haben Sie denn Angst? Vor dem Tod?«

Bloch lächelte mild.

»Vor dem Leben«, sagte er.

Sophie blickte ihn mit großen Augen an.

»Sie verstellen sich nicht, Engelbert. Das find ich irre gut! Sie machen einem nichts vor.« Ihre Lider senkten sich. »Ich schon. Ich hab viel gelogen in letzter Zeit.«

Bloch schwieg. Er betrachtete sie aufmerksam. Diese Augen, dachte er, sind so blau, so klar, so unschuldig – ganz im Gegensatz zu dem sinnlich femininen Mund. Sollte dieses Mädchen schon Lust und Qual der Liebe erfahren haben?

»Ich hab kaum noch was Frisches zum Anziehen«, sagte sie, »dürfte ich ein paar Sachen bei Ihnen waschen?«

Bloch, der sich mental schon auf die Rolle eines Beichtvaters eingestellt hatte, begriff erst mit Verzögerung, was das bedeutete: Sie wollte noch bleiben!

»Welche Frage!«, sagte er hocherfreut. »Aber natürlich, Sophie! Es steht Ihnen alles zur Verfügung, was Sie brauchen.«

Für Bloch wurde es ein wundervoller Tag. Sophie wuselte und werkelte die meiste Zeit um ihn herum, bügelte einen Teil ihrer Garderobe, auch zwei von Blochs Hemden, und putzte ihre Cowboystiefel auf dem Balkon. Zwischendurch tranken sie Kaffee und plauderten miteinander. So könnte es immer sein, dachte Bloch beglückt.

»Sehr schön, diese Stiefel«, sagte er, nur um etwas Nettes von sich zu geben.

»Sie sind aus echtem kalifornischen Büffelleder mit Spitzen aus Grizzlyvorhaut.« Sie amüsierte sich kichernd über Blochs verdutztes Gesicht.

Dann zeigte sie ihm eine Kette mit einem breiten Anhänger aus massivem Gold, zusammengesetzt aus fremdartigen Zeichen.

»Was ist das? Ein Schriftzug?«

»Es ist Arabisch.«

»Und was bedeutet es?«

»Hab ich vergessen«, sagte sie. »Ich trage das Ding nie. Es ist mir zu schwer und zu protzig. Ich hab schon daran gedacht, es zu verkaufen.«

»Das ist ja auch kein Schmuck für ein junges Mädchen«, befand Bloch, »eher für reiche Fregatten, die im *Burj Al Arab* übernachten.«

»Da war ich schon zweimal. Sieben Sterne, Service pur, Wahnsinnsstrände!« Ihre Hand schnellte zu den Lippen wie bei jemandem, der sich verplappert hat. »Ich seh mal nach, was noch im Trockner liegt.«

Danach begann sie Staub zu wischen. Bloch ließ sie gewähren. Er spürte, dass es eine Übersprungshandlung war und dass Nachfragen seinerseits sie nur kopfscheu machen würden. Irgendwo gab es Menschen, die dieses Mädchen vermissten. Das hätte er zu gern genauer gewusst.

»Farne und Zyperngras würden hier gut hinpassen«, sagte Sophie, während sie die Orchidee besprühte.

»Ja, das wäre schön«, sagte Bloch.

Sophie hatte die Hausarbeit schnell über. Sie wirkte unschlüssig. Bloch befürchtete, sie könne sich langweilen. »Was ist das eigentlich für ein Zimmer?«, hörte er sie von der Diele her fragen.

»Das?« Er kam so schnell aus dem Sessel, dass er seine Hüfte spürte. »Ach, da steht nur Gerümpel drin! Deswegen habe ich abgeschlossen.«

»Bei abgeschlossenen Zimmern hab ich immer so ein komisches Gefühl«, sagte sie, nicht ahnend, dass sie damit an Blochs Nervenkostüm zupfte.

»Wollen wir zu einer Gärtnerei fahren?« Er heuchelte Unternehmungslust. »Mal nachsehen, wo es Farn und Zyperngras gibt?«

»Toll! Ich bin dabei!«

Aus den morgendlichen Schleierwolken war mittlerweile eine geschlossene graue Decke geworden, die wie Blei über der

Stadt lag. Stellenweise ließen Windböen die Blätter der Allee-
bäume aufrauschen. Sophie trug ihre Cowboystiefel und hatte
sich eine kess in die Stirn gezogene Schiebermütze aufgesetzt.

In der Gärtnerei blieb es nicht bei Farn und Zyperngras.
Nach dem Einkauf wucherte im Fond von Blochs Kombi ein
Dschungel. Zwei Yuccapalmen, eine Aloe, ein schwertblättriger
Drachenbaum und ein dunkellaubiger Kaffeestrauch bildeten,
durch den nutzlos gewordenen Innenspiegel betrachtet, eine
dichte, grüne Wand.

»Sie werden staunen, wie das Ihre Wohnung verändern wird,
Engelbert!« Sophie sprühte vor Eifer und guter Laune. »Diese
Pflanzen sind alle grün. Da entgeht Ihnen nichts ... rein farb-
lich.«

»Mal sehen«, sagte Bloch.

»Jetzt hätte ich Lust auf ein Eis.« Sie leckte sich über die Lippen. »Sie auch?«

Sie fanden eine Eisdiele und Bloch erfuhr, dass Schoko-
Minze Sophies Lieblingssorte war. Er selbst beließ es, obwohl
es ihn gelüstete, bei einem Espresso.

»Ich habe so viel Freude an Ihnen, Sophie«, sagte er, »ich
könnte Sie küssen!«

»Vor einem Jahr wollte mich noch niemand küssen.« Sie
bleckte ihre ebenmäßigen Zähne. »Da hatte ich noch eine
Schneekette im Mund.«

»Eine ...?«

»Zahnspange.«

»Ach so.« Bloch lachte kurz auf.

»Es ist gut, dass Sie mal lachen, Engelbert. Sie sind viel zu
ernst.«

»Das ist meine Natur. Meine Mutter hatte oft zu mir gesagt:
Junge, press doch nicht immer die Lippen so fest aufeinander.
Das sieht ja aus, als täte dir etwas weh!‹«

»Hihi, das könnte man wirklich glauben.« Sophie nahm die

Sache locker. »Manchmal wirken Sie wie ferngesteuert. Sie haben auch gar keine Lachfalten.«

»Ach ja?«

»Lachen Sie doch bitte noch mal!«

»Das geht doch nicht ... so auf Kommando.«

»Dann werd ich ein bisschen nachhelfen.« Sie neigte den Kopf und hatte wieder diesen spitzbübischen Ausdruck im Gesicht. »Was ist der Unterschied zwischen Männern und Schweinen?«

»Also ... Sophie! Welch ein Vergleich!« Bloch wiegte den Kopf hin und her. »Ich hab darauf keine Antwort.«

»Ist ganz einfach«, sagte sie, »wenn Schweine betrunken sind, verwandeln sie sich nicht in Männer.«

Bloch lachte, um sie nicht zu enttäuschen.

»Sehen Sie, Engelbert? Es geht doch!«

»Nur punktuell«, sagte Bloch bedauernd, »man kann nicht in eine andere Haut schlüpfen, auch wenn man sich das hin und wieder wünscht.«

»Kann man doch!«, widersprach sie. »Wir üben das mal, Engelbert! Haben Sie Ihre Kreditkarte mit?«

»Wie? Ich verstehe nicht ...«

»Wir verpassen Ihnen ein neues Outfit.«

»Warum das?«

»Och, Engelbert, alles an Ihnen ist so schrecklich graumausig – oh, Entschuldigung!« Sie streckte beide Arme über das runde Marmortischchen und griff nach seinen Händen. »Ich wollte Sie nicht ...«

»Graumausig!« Bloch schüttelte sanft tadelnd den Kopf und brachte seine Hände aus der Passivität in die Oberlage, wobei er Sophies Finger fest umschloss.

»Brrr, Sie haben ja eiskalte Hände, Engelbert!«

Bloch ließ sie sofort los. Das feine Lächeln verschwand aus seinem Gesicht.

»Das sind Durchblutungsstörungen«, sagte er kühl und zog an seiner Unterlippe.

Die nächsten anderthalb Stunden verbrachten sie in Geschäften und Kaufhäusern. Unter Sophies Anleitung erstand Bloch ein zartgelbes Hemd, ein braun-gelb gestreiftes Jackett und einen klassischen Panamahut, leicht wie ein Lufthauch.

»Wie ich aussehe!« Er blieb auf dem Gehsteig stehen, um sein Spiegelbild in einem Schaufenster zu betrachten. »Wie ein Ganove!«

»Das ist vorteilhaft, Engelbert. Glauben Sie mir, Frauen finden Ganoven viel aufregender als Bürohengste.«

Es ging gegen Abend und Bloch schlug vor, ein Restaurant aufzusuchen. Sophie wünschte sich etwas Italiensches. Es war noch früh und entsprechend wenig Betrieb in der Trattoria.

»Mjam, mjam, mjam, ich habe Hunger!«, sagte sie ausgelassen und bestellte bei einem beflissen-flinken Kellner einen Salat und Gnocchi mit Broccoli.

Bloch entschied sich für eine gegrillte Fischvariation. Dazu tranken sie Wein. Die Mandolinenklänge kamen vom Band.

Der Kellner, ein Bürschchen mit zurückgegelten Haaren, hatte – das fiel Bloch auf – stets ein Auge auf Sophie. Seine Zuvorkommenheit ihr gegenüber schien ihm stark übertrieben. Selbst wenn er nichts zu tun hatte und sich in der Nähe des Tresens herumdrückte, waren seine Glutaugen auf sie gerichtet. Sie bemerkte es und lächelte kokett. Aus den Boxen ölte ein Evergreen.

Rote Rosen, rote Lippen, roter Wein
und Italiens blaues Meer im Sonnenschein ...
»Schau nicht hin, Sophie!«
»Was ist?«
»Dieser Lümmel ist aufdringlich. Er starrt dich an.«
»Mich stört's nicht.«

»Es gehört sich nicht«, beharrte Bloch. »Er hat seine Arbeit zu tun und nichts weiter!«

»Vielleicht denkt er ja: Mamma mia, die beiden sind ein echt krasses Paar!« Sie kicherte. »Jetzt sollten Sie Ihr Gesicht sehen, Engelbert!«

Bloch hüstelte.

»Sophie ... äh ...«, druckste er, »wären Sie einverstanden, dass wir die gegenseitige Anrede ändern? Wegen der Leute im Haus. Es wäre mir ein Anliegen.«

»Wegen der Leute im Haus?«

»Ja. Meine Nachbarn sollen nicht annehmen, ich hätte ein ... wildfremdes Mädchen aufgenommen.«

»Na und?«

»Es wäre mir ein Anliegen, wie gesagt.« Bloch hüstelte wieder. »Um Fehlinterpretationen vorzubeugen.«

»Spießerscheiß!«

»Verstehen Sie doch, Sophie!« Bloch wand sich. »Dieser große Altersunterschied! Die Mehrzahl der Menschen hat schmutzige Phantasien.«

»Machen Sie's doch nicht so kompliziert, Engelbert!« Sophie legte den Kopf schief und blinzelte ihn verschmitzt an. »Sie möchten mich duzen, stimmt's?«

»Ja«, sagte Bloch, »aber nicht nur das. Es wäre, ich hab mir das so überlegt, vielleicht ganz passend, wenn Sie mich mit Onkel ansprechen würden. Ich meine ... äh ... auf der Straße zum Beispiel. Oder im Aufzug. Oder überhaupt.«

Sophie sah ihn verwundert an. Dann lachte sie hell.

»Onkel Engelbert? Das ist krass!«

»So? Warum eigentlich?« Bloch errötete.

»Entschuldigung, aber ... ich find's irgendwie komisch.«

Er blickte an ihr vorbei und zückte sein Taschentuch. Auf seiner Stirn hatte sich ein feiner Schweißfilm gebildet.

»Es hört sich so steif an«, sagte Sophie schnell, »und so altmodisch! Wie vor hundert Jahren! Darf's nicht ein bisschen lässiger sein?«

»Wie ... lässiger?« Bloch betupfte seine Stirn.

»Wie wär's denn mit Onkel Bert? Oder noch besser: Onkel Berti!«

»Onkel Berti?« Blochs Miene entspannte sich. »Also ... daran müsste ich mich erst gewöhnen.«

»Dann fang schon mal damit an, Onkel!« Sophie stand auf, kam um den Tisch herum und gab ihm einen Schmatz auf die Wange.

Bloch saß da wie vom Donner gerührt. Sophie war längst wieder an ihrem Platz, als die Versteinerung langsam aus seinem Gesicht wich. Von außen betrachtet, hatte es den Anschein, dass die spontane Geste der Herzlichkeit ihm nicht recht gewesen war. Doch hinter der Maske tobte ein emotionaler Sturm.

»Alles in Ordnung, Onkel Berti?«

Blochs hellgraue Augen waren auf sie gerichtet, starr und ohne Lidschlag.

»Das war ... sehr lieb von dir«, sagte er leise.

»Das ist ganz normal unter Verwandten«, erwiderte sie heiter. »Wollen wir gehen? Ich spüre den Wein.«

Bloch gab dem Kellner ein Handzeichen und bat um die Rechnung.

»Geben Sie ... entschuldige, gibst du ihm kein Trinkgeld?«, fragte Sophie beim Hinausgehen.

»Üblicherweise schon«, sagte Bloch, »aber nicht in diesem Fall.«

»Warum nicht?«

»Dieser Zwergitaliener hat keinen Anstand«, machte Bloch seiner Empörung Luft, »keinen Anstand und keinen Respekt.«

Vor der Einfahrt in die Tiefgarage der Wohnanlage bemerkte er im Lichtkreis einer Straßenlaterne eine Gestalt, die rasch im Hauseingang verschwand – eine Gestalt, deren Silhouette bei

Bloch einen Fluchtreflex auslöste. Ilse Kniesbeck! Jede Wette, dass sie sich in der Garage oder am Aufzug auf die Lauer legte, um ihn zu stellen!

Das Rolltor ging in die Höhe, doch der »Mazda« bewegte sich keinen Zollbreit.

»Auf was wartest du? Das Tor ist offen.« Sophie kicherte. »Bist du ein bisschen angetütert?«

»Es ist möglich, dass wir es gleich mit einer Hausbewohnerin zu tun bekommen«, sagte Bloch. »Die nervt mich, wo sie nur kann.«

»Ui! Ist sie attraktiv?«

»Man sollte sie nicht aus allzu großer Nähe anschauen. Und sie hat eine Stimme wie ein Eichelhäher.«

Sophie kicherte. Das gefiel Bloch und er setzte noch eins drauf.

»Die Kniesbeck ist eine Frau, die man erst nach dem dritten Viertel Rotwein verkraftet.« Er zwinkerte ihr zu. »Ich habe aber nur zwei getrunken.«

Langsam rollte der Wagen in die abschüssige Einfahrt.

»Wie unglaublich begeisterungsfähig manche Menschen sein können!«, sagte Bloch. »Zur Hochzeit von Charles und Camilla war die Kniesbeck nach Windsor gereist, um Blumen zu werfen.«

Die Garage, die unterirdisch vier Häuser miteinander verband, war fast so groß wie ein Fußballfeld. Um Strom zu sparen, hatte die Gemeinschaft der Benutzer beschlossen, die Beleuchtung zu dämpfen. Jede zweite Neonröhre war außer Betrieb. Seitdem waren die Schritte, vor allem die der Frauen, schneller geworden.

»Da versteckt sich jemand«, sagte Sophie.

Hinter einer Betonsäule ragten eine Schulter und ein Arm hervor. Bloch schaltete die Scheinwerfer auf Fernlicht. Ein Mann löste sich von der Säule und ging schwerfällig auf eine Stahltür zu.

»Dieser Mohr«, sagte Bloch kopfschüttelnd und zirkelte seinen Wagen auf den nummerierten Platz, »warum treibt der sich in der Tiefgarage rum? Der hat doch kein Auto!«

Sophie griff sich den Kaffeestrauch, Bloch trug den Drachenbaum.

»Den Rest holen wir morgen«, sagte Sophie, »ich bin zu müde.«

Wie zu erwarten, blieb der Aufzug im zweiten Stock stehen.

»So ein Zufall«, krähte die Kniesbeck und zwängte sich in die von Blattwerk ausgefüllte Kabine. »Ich will eben mal in den Keller.«

Als sie Bloch im gestreiften Jackett sah, den Panamahut in den Nacken geschoben, riss sie die Augen auf. Durch das dunkle Laub des Kaffeestrauchs suchte sie einen Blick auf Sophie zu erhaschen.

»Puuh, bin ich müde, Onkel Berti!«, stöhnte Sophie theatergerecht. »Aber das war heute ein echt schöner Tag.«

Bloch bedachte Frau Kniesbeck mit einem kleinen, hinterhältigen Lächeln. Bis zum fünften Stock, wo er und Sophie den Lift verließen, weidete er sich an ihrer sprachlosen Verwirrung.

Sophie stellte die Pflanze ab und ließ sich auf die Ledercouch sinken.

»Ziehst du mir bitte die Stiefel aus, Onkel Berti?«

»Gern«, sagte Bloch, »sofort.«

Für einen kurzen Moment umschlossen seine kalten Hände ihre Zehen. Wie viel Berührung ließ sie zu?

»Die Söckchen auch?«, fragte er.

»Lass nur«, antwortete sie schläfrig und gähnte. »Hattest du nicht was von einer Matratze gesagt?«

Siedend heiß fiel ihm ein, dass das Schaumstoffgebilde, das ihm als Unterlage für seine Orgien mit Brunhild diente, noch immer im Zimmer der geheimen Lüste lag.

»Musst du noch ins Bad, Sophie?«

»Na klar«, maunzte sie.

»Dann tu das! Ich bereite derweil dein Bett.«

Kaum war sie im Badezimmer, begann er zu rotieren. Wo zum Teufel war der Schlüssel? In welche Hose hatte er ihn gesteckt? Als er ihn gefunden hatte und die Tür aufschloss, war er nervös wie ein Einbrecher. Es musste schnell gehen! Und tatsächlich hätte er keine Sekunde langsamer sein dürfen, denn just als die Matratze hochkant am Bücherregal in der Diele lehnte, ging die Badezimmertür auf. Sophie hatte es mit einer Katzenwäsche bewenden lassen. Erschrocken und eine Spur zu heftig zog Bloch die Tür zu, drehte den Schlüssel und mimte Heiterkeit.

»Schon fertig, meine Dame?«

»Was hortest du denn für Sachen in diesem Zimmer?« Sie roch nach Zahnpasta.

»Alles Erdenkliche«, sagte Bloch übertrieben leutselig, »vielleicht bin ich das, was man neudeutsch einen Messie nennt. Ich kann mich nämlich von nichts trennen.«

»Wozu brauchst du denn das alles?«

»Wenn ich das wüsste!« Bloch schob die Matratze übers Parkett vor sich her ins Wohnzimmer. »Es sind Dinge, die mir irgendwann einmal etwas bedeutet haben. Und jeder der Gegenstände, die man nicht weggeben kann, drückt die Sehnsucht aus, glücklich zu sein. Sagen die Psychologen.«

Aus seinem Schlafzimmer holte er ein Spannbetttuch, ein Kopfkissen und ein leichtes Sommerplumeau, alles in Aprikosenfarbe.

»Gute Nacht!«, sagte Sophie und gab ihm mit einem Griff an ihre Gürtelschnalle dezent zu verstehen, dass sie sich ausziehen wollte.

»Schlaf gut, Sophie!«

Bevor Bloch sich ins Badezimmer zurückzog, befestigte er

den Schlüssel zum Zimmer seiner Geheimnisse an dem Bund, das den Zugang zu allen seinen Lebensbereichen von der Wohnung bis zum Auto ermöglichte. Zwanzig Minuten später, als er mit seinen hygienischen Verrichtungen fertig war, lag Sophie bereits in tiefem Schlaf. Er näherte sich ihr barfuß und auf Zehenspitzen und sah sie an.

Experten-Gipfel

Sämtliche Versuche Brunos, die Spur von Sophie aufzunehmen, waren gescheitert. In Sarralbe hatte niemand das Mädchen gesehen. Bei dem bunten Völkchen auf den stillgelegten Frachtkähnen im Saarbrücker Osthafen stieß er zunächst auf eine Mauer des Schweigens. Erst nachdem er die Gemeinschaft der Lebenskünstler restlos überzeugt hatte, dass er kein Bulle war, konnte sich ein junger Schlaks mit Irokesenschnitt schwach an ein Mädchen namens Madonna erinnern und bequemte sich für zwanzig Euro zu ein paar einsilbigen Antworten. Soviel er wisse, sei sie aus der Schweiz gekommen und habe etwa eine Woche auf dem Kahn gewohnt. Ja, an den Burschen mit den Hip-Hop-Hängehosen und der Punk-Frisur, mit dem Sophie sich angefreundet hatte, könne er sich auch erinnern. Nein, der sei nicht mehr da. Nach Sophies Verschwinden habe der Junge sich ebenfalls verkrümelt.

Noch vor 17 Uhr saß Bruno im verabredeten Straßencafé am Sankt Johanner Markt. Der große Platz war belebt. In den Cafés und Schenken ringsum hatten die Kellner alle Hände voll zu tun. Ein rundlicher Brillenträger auf einem Rennrad gurkte im Schritttempo durch das Gewühl. War das nicht...? Bruno wunderte sich, dass von dem Radler kaum jemand Notiz nahm. Nicht ein Einziger rief »Salü, Palü!« hinter dem Tatort-Kommissar her. Ein gelassenes Völkchen, diese Saarbrücker, dachte Bruno.

Stärker als Palü auf dem Drahtesel stach Alexander aus der Menge heraus, als er den Platz überquerte. Er trug einen hellen Nadelstreifenanzug, ein offenes Hemd und bewegte sich – eine

Hand lässig in der Hosentasche – wie ein Hollywood-Halbgott. Als er Bruno erblickte, strahlte er und streckte die Hand aus.

»Schön, Sie zu sehen, Hammer!«

»Hallo, Mister Goodlooking«, sagte Bruno, »wer hat diesen Kaftan geschneidert? Armani? Berlusconi?«

»Hugo Boss.«

Der Duft eines exklusiven Rasierwassers wehte im Abendwind. Bruno wunderte sich, dass Alexander nicht ihm gegenüber Platz nahm, sondern sich auf den Stuhl direkt neben ihn setzte. Es sah aus, als würde er noch jemanden erwarten.

»Nur dass Sie's wissen«, sagte Bruno, »ich habe meinem Auftraggeber Dr. h. c. Hermann C. Meydorn den Bettel vor die Füße geschmissen. Fühlen Sie sich also bitte nicht mehr von mir beschattet, wenn Sie ein Hausboot oder sonst was zum Wackeln bringen.«

»Ich weiß schon Bescheid.« Alexander wirkte eher bedrückt als beglückt. »Das wäre nicht nötig gewesen. Jetzt ist ein *Fait accompli* geschaffen, wie der Engländer zu sagen pflegt.«

»Ja und?«

»Ulrike will vorübergehend bei mir einziehen. In meine Zweizimmerwohnung.«

»Ist doch schön. Für die Liebe ist Raum in der kleinsten Hütte.« Bruno grinste.

»Ich bin Polizeiobermeister«, sagte Alexander, »und ich werde auch bezahlt wie ein Polizeiobermeister. Die Gigolo-Rolle hab ich über. Und jetzt muss ich, weil ich Kommissar werden will, zwei Jahre an die Verwaltungshochschule. Berufsethik, Soziologie, Psychologie, Kriminalistik und das ganze Programm. Irgendwie ist das nicht der richtige Zeitpunkt für den Start in eine eheähnliche Beziehung.«

»Je größer der Rausch ist, desto länger dauert der Kater. Pflegte mein Opa immer zu sagen.«

»Spotten Sie nur!« Alexander schnippte mit den Fingern, als die Bedienung vorbeihastete.

»Bevor wir zum eigentlichen Thema kommen«, sagte Bruno, »hätte ich noch eine Frage – wenn's nicht zu indiskret ist ...«

»Bitte sehr!«

»Bei meinem Lauschangriff auf Sie beide war ich ziemlich beeindruckt von der phonetischen Bandbreite.« Bruno beugte sich vor und dämpfte seine Stimme etwas. »Was sind das für Kunstgriffe, mit denen man eine Frau so zum Schreien bringt?«

Alexander schmunzelte und rächte sich mit einem oberlehrerhaft vorgetragenen Allgemeinplatz für Brunos vorausgegangene Spöttelei.

»Der weibliche Körper ist an vielen Stellen erregbar.«

»Was Sie nicht sagen!«

»Was ein G-Punkt ist, wissen Sie, Hammer?«

Bruno nickte.

»Es gibt vier davon«, sagte Alexander.

»Vier!«, wiederholte Bruno und schabte mit dem Zeigefinger über seine Kinnspitze.

»Vier was?«, fragte die vom Gästeansturm überforderte Bedienung ungeduldig.

Die beiden Männer lachten.

»Isch bin hier net zum Spaß!« Für Albernheiten hatte die gestresste Kellnerin keinen Nerv.

Alexander orderte einen Kir royal und Bruno ein Bier.

»Bei allem Respekt für Ihre Anatomiekenntnisse«, frotzelte Bruno, »aber bei dieser Mamsell würden Sie wahrscheinlich abblitzen.«

»E Figur wie e Dachlatt«, feixte Alexander auf Saarländisch. Dann wurde er ernst.

»Da wird gleich jemand zu uns stoßen, den Sie kennen, Hammer.«

»Wer?« Bruno runzelte die Stirn.

»Hauptkommissar Corbeau.«

»Ach, du meine Güte!« Bruno schlug sich mit der flachen Hand vor den Kopf. »Das wird ja ein Experten-Gipfel! Muss das sein?«

Vor einem Jahr hatte er den Mann vom Landeskriminalamt kennengelernt und sich von ihm als V-Mann anheuern lassen, um dem Anführer einer internationalen Söldnertruppe im Saar-Lor-Lux-Grenzgebiet das Handwerk zu legen.

»Corbeau ist Leiter der Soko«, sagte Alexander kleinlaut. »Wenn ich ihm Informationen vorenthalte, reißt er mir den Kopf ab.«

»Das würde er nicht schaffen.« Bruno winkte ab.

»Er hat mir von der Zusammenarbeit mit Ihnen erzählt, Hammer.«

»Ich nehme an, er hat kein gutes Haar an mir gelassen, was?«

»Ja und nein.« Alexander verfügte über ein entwaffnendes Bel-ami-Lächeln. »Darf ich ehrlich sein?«

»Nur zu! Ich bin Komplimente gewöhnt.«

»Er sagte, Sie seien so etwas wie ein aus der Zeit gefallener Held.«

»Das geht ja noch.« Bruno grinste. »Da kann man nicht meckern!«

»Und Sie wären eigensinnig wie zehn Ochsen.«

»Akzeptiert!«

»Und Sie würden mehr zum Alten Testament tendieren als zum Bürgerlichen Gesetzbuch.«

»Ich habe eigenmächtig noch ein Gebot hinzugefügt«, sagte Bruno. »Es lautet: Du sollst keinen Schlag unerwidert lassen.«

»So steht das freilich nicht im Gesetzbuch.« Alexander lächelte verbindlich.

»Sie zwingen mich zu einem Kurzreferat, junger Freund!«

Der Blick aus Brunos eisblauen Augen wurde fest. »In unserem System hat jeder so viel Recht, wie er Macht hat. Ein armer Hund wird verurteilt wegen Rauchens in einer Einbahnstraße. Und bei den Großkopferten kommt es nicht darauf an, was sie getan haben, sondern wie ihre Staranwälte die Sache darstellen. Ist das Gerechtigkeit?«

Aus Richtung der Mainzer Straße kam ein aufgeschossener, leicht nach vorn gebeugter Endvierziger herangeschlendert. Mit seinen nackenlangen, fettigen, grau melierten Haaren sah er nicht aus, wie man sich landläufig einen Beamten des Landeskriminalamts vorstellt, sondern eher wie ein verkrachter Musiker. Dass seine Kollegen ihn hinter seinem Rücken »Essig-Visage« nannten, war auf seinen stets etwas säuerlichen, ein chronisches Magenleiden andeutenden Gesichtsausdruck zurückzuführen.

Mann, sieht der kaputt aus, dachte Bruno, noch kaputter als voriges Jahr. Corbeaus Wangen waren noch hohler und seine Tränensäcke größer geworden.

»Hallo, Herr Schmidt«, sagte er und gab Bruno die Hand. »Sie sind ein bisschen älter geworden, aber nicht unbedingt seriöser.«

»Danke, dito«, entgegnete Bruno, »ist Ihr Friseur immer noch krank?«

»Dieser Mann ist ein Desperado«, wandte Corbeau sich an Alexander. »Sie können sich nicht vorstellen, was der mich schon Nerven gekostet hat!«

Alexander, vom Austausch solcher Artigkeiten überrumpelt, blickte verunsichert von einem zum anderen.

»Denken Sie sich nichts dabei, junger Freund«, sagte Bruno zu ihm. »Von Ihrem Chef erwarte ich nichts anderes. Eine ehrliche Unfreundlichkeit ist mir lieber als eine unehrliche Freundlichkeit.«

Corbeau setzte sich Bruno gegenüber, stützte die Ellbogen auf und studierte die Eiskarte.

»Ich habe vernommen, dass sich die Begleiterscheinungen ihrer Schnüffeleien neuerdings mit den Visionen von Hellseherinnen decken, Herr Schmidt«, sagte er ohne aufzublicken.

»Das ist eine verdammt heiße Spur«, sagte Bruno. »Wenn Sie an alles mit so mäßigem Interesse herangehen, darf es einen ja nicht wundern, dass diese Fälle nicht aufgeklärt werden.«

»Jetzt halten Sie aber die Luft an, Schmidt!«, sagte Corbeau scharf und knallte die Eiskarte so heftig auf den Tisch, dass die dürre Bedienung, die das für eine Unmutsäußerung gegenüber dem Service hielt, sofort herbeieilte.

Corbeau bestellte einen Becher Zitroneneis.

»Von wegen mäßiges Interesse!«, sprach er gezügelt weiter. »Bei uns werden, anders als im Krimi, immer mehrere Spuren parallel bearbeitet. Wir gehen jedem Hinweis nach. Aber das Gras wächst nicht schneller, wenn man daran zieht.«

»Nach dem anthrazitfarbenen Transporter und den beiden Männern wird bereits gefahndet«, warf Alexander ein.

»Ich halte nicht viel von der Spur, auf die Sie uns da ansetzen wollen, Herr Schmidt«, sagte Corbeau, »und ich will Ihnen auch sagen, warum.« Er lehnte sich zurück und verschränkte die Arme. »Gewiefte Kriminelle gehen diskret ans Werk. Die Hintermänner eines Mädchenhändlerrings würden den Teufel tun, einen Drei-Meter-Mann auf die Piste zu schicken. So bekloppt ist niemand im organisierten Verbrechen. Nein, mein lieber Schmidt, diese Spur ist kalt wie eine Hundeschnauze, glauben Sie's mir.«

»Haben Sie etwas Besseres?«

»Leider nicht«, seufzte Corbeau. »Wir haben das ganze Umfeld der drei verschwundenen Mädchen überprüft. Jeden, der jemals etwas mit ihnen zu tun hatte. Die Mädchen hatten keine Verbindung untereinander, sie kannten einander nicht. Die ganze Sache ist ziemlich verfahren.«

»Was ist mit der Hellseherin? Waren ihre Tipps nichts wert?«

»Die alte Schachtel nervt.« Corbeau machte eine abfällige Handbewegung. »Was Parapsychologie angeht, bin ich äußerst skeptisch.«

»Ich normalerweise auch«, sagte Bruno, »aber in der Not frisst der Teufel Fliegen.«

»Wenn eine Hellseherin ganz konkret sagt, dass nach ihrem Gefühl in diesem oder jenem Baggerloch eine Leiche liegt, gehen da Polizeitaucher runter und sehen nach.« Corbeau richtete seinen langen, dünnen Zeigefinger nach unten. »Aber mit vagem Gewäsch können wir nichts anfangen.«

»Gestern hatte ich eine Anhalterin im Auto«, sagte Bruno, »16 Jahre alt und ganz allein auf dem Trip nach Paris. Faselte was von Befreiung aus der Elternobhut. Halten Sie es für denkbar, dass die verschwundenen Mädchen einfach nur von zu Hause abgehauen sind?«

»Nein.« Corbeau schüttelte den Kopf. »Das ist so wahrscheinlich wie ein Vulkanausbruch in der Eifel. Diese Mädchen sind nicht ausgerissen. Die haben ja nichts mitgenommen, rein gar nichts, keine Haarbürste, keine Zahnbürste, kein Make-up.«

»In Deutschland verschwinden jedes Jahr achtzigtausend Menschen«, warf Alexander ein, »und die Hälfte davon kehrt nach zirka zwei Wochen wieder zurück.«

Corbeau bedachte ihn mit einem maßregelnden Blick und Alexander fuhr sich mit der Hand über den Mund.

»Menschen aufzuspüren gehört zu meinem Job«, sagte Bruno, »auch solche, die plötzlich von der Bildfläche verschwinden. Ohne erkennbaren Grund.«

»Schon Erfolg gehabt dabei?«, fragte Corbeau.

»Voriges Jahr habe ich einen Oberstudienrat gesucht, der vom Abendspaziergang nicht mehr zurückgekommen war. Seine Frau war total von der Rolle. Nach vier Wochen hab ich den Pauker als Clochard in Straßburg aufgetrieben. Er hatte den Schulstress einfach nicht mehr verkraftet.«

»Eine sinnvolle Beschäftigung für einen Privatdetektiv.«
Corbeau beugte sich über sein Zitroneneis. »Erwachsene dürfen ihren Aufenthaltsort selbst bestimmen. Da hat sich die Polizei nicht drum zu kümmern. Es sei denn, sie tauchen als Skelett oder als Wasserleiche wieder auf. Bei Kindern und Jugendlichen ist das was anderes.«

»Ich wollte mit dem Beispiel nur andeuten, dass Vermisstensuche kein Neuland für mich ist«, sagte Bruno, der Corbeaus ironische Geringschätzung gegenüber seinem Metier gewöhnt war.

»Wissen Sie, was ich glaube?« Mit säuerlichem Gesicht ließ Corbeau einen Löffel Eis auf der Zunge zergehen. »Hinter dem Mädchenschwund steckt kein Händlerring, sondern ein Serientäter. Mädchenhändler halten sich nicht an regionale Grenzen. Serienkiller schon. Die morden immer in der Gegend, in der sie wohnen. Und für uns Kriminalisten gibt es nichts Frustrierenderes, als einem Serienkiller hinterherzuhecheln. Während wir ermitteln, sucht der schon das nächste Opfer.«

»Sie gehen davon aus, dass die Kinder tot sind?« Bruno strich sich mit dem Zeigefinger übers Kinn.

»Ja, ja, ja, ich weiß. Es gibt keine Leichen, keine Zeugen, keinen Tatort, keine Tatwaffe, keine DNA. Da ist nichts, aber auch rein gar nichts, was man durch die Datenbank laufen lassen könnte. Und wo nichts ist, da lässt sich auch kein Abgleich machen.« Corbeaus langes Gesicht wurde noch länger. »Dennoch sitzt seit Wochen ein Profiler im LKA.«

»Und dreht Däumchen«, ergänzte Bruno.

»Das nicht gerade. Er versucht ein Täterprofil zu erstellen«, sagte Corbeau. »Es liegt uns sogar eine Reihe von angeblichen Augenzeugenberichten vor. Aber nichts wirklich Brauchbares darunter. Ich kenne das. Da wird ein und dieselbe Person vollkommen unterschiedlich beschrieben, sogar bezüglich Körpergröße und Haartracht.«

»Nichts Markantes dabei?«

»Ein Sexualstraftäter trägt kein Kainsmal auf der Stirn«, erwiderte Corbeau.

»Die menschliche Wahrnehmung zeichnet Beobachtungen nicht auf wie eine Kamera«, fing Alexander den Ball auf, um sein aktuell erworbenes Wissen auszubreiten. »Was da im Kopf abgerufen wird, ist eher so etwas wie eine Rekonstruktion. Da werden, wie soll ich sagen, um das Geschehen herum subjektive Eindrücke aufgebaut.«

»Cum laude«, lobte Corbeau so herablassend, dass Alexander die Lippen aufeinanderpresste.

»Verstehe«, sagte Bruno, »wenn jemand mich beschreiben sollte, würde er mich aufgrund meines sanften Wesens mit einem Priester assoziieren und in der Erinnerung als einen Heiligen darstellen.«

»Ich kommentiere das nicht.« Corbeau sah ihn säuerlich an. »Es könnte als Beleidigung aufgefasst werden.«

»Verraten Sie mir, was die Augenzeugen gesehen haben?«

»Reine Zeitverschwendung.« Corbeau stocherte mit dem Löffel in seinem Eis herum.

»Und was ist mit den Leichenteilen, die bei Merzig aus der Saar gefischt wurden?«, fragte Bruno. »Ich hörte im Radio davon.«

»Wir warten auf das Laborergebnis«, sagte Corbeau.

»Ist Ihnen zu Sophie etwas eingefallen?«, wandte Bruno sich an Alexander.

»Das wird gecheckt«, antwortete Corbeau an Alexanders Stelle, »morgen werden wir Bescheid wissen.«

Zum Kuckuck mit diesen Hackordnungen, dachte Bruno, es geht doch nichts über freiberufliche Arbeit.

»Dann schlage ich vor, dass wir telefonisch Verbindung halten«, sagte er, wobei er Alexander bewusst etwas länger anblickte als Corbeau. »Ich mache mich weiterhin auf die Suche nach Sophie – und Sie informieren mich bitte, wenn Sie die Mädchenjäger im Sack haben.«

»Wenn es sie denn gibt«, sagte Corbeau achselzuckend. »Meine Theorie kennen Sie ja.«

»Nichts.gegen Ihre Theorie, Herr Hauptkommissar«, Bruno winkte der Bedienung, »aber ich halte es in diesem Fall mit einem alten Bergmannsspruch: Vor der Hacke ist es duster.«

Von Römern und Wölfen

Ausgehfertig, den Panamahut in der einen, den Schlüsselbund in der anderen Hand, stand Bloch in der Diele, als Sophie aus dem Badezimmer kam.

»Ready for take-off«, flötete sie, »von mir aus kann's losgehen.«

»Ist das dein Ernst?« Bloch blickte sie über den Rand seiner Brille an. »Du bist ja halb nackt!«

»Das ist ein Neckholdertop«, entgegnete sie mit einem leisen Unterton von Ungeduld. »Schau dich doch mal um auf der Straße!«

Auf ihrem bloßen Rücken überkreuzten sich ein paar dünne weiße Schnüre.

»Sophie«, sagte Bloch in pastoralem Mahnton, »dieser Fetzen ist aufreizend! Vielleicht bist du zu jung, um zu begreifen, welche Phantasien dadurch in manchen Männerköpfen entfacht werden.«

Sophies Augen blitzten kurz auf, dann pustete sie in die Luft. Sie schien es für fruchtlos zu halten, sich mit Bloch über dieses Thema auseinanderzusetzen.

»Okay«, sagte sie demonstrativ gelassen, »ich hab auch was Züchtiges im Gepäck. Würden Sie sich bitte umdrehen, Herr Khomeini?«

Sie zog ein T-Shirt an, das vorn mit dem Konterfei Che Guevaras bedruckt war.

Blochs Mienenspiel zeigte, dass er auch damit nicht ganz zufrieden war.

»Erlaubst du, dass ich dir eine schicke Bluse kaufe, Sophie?«

»Vergiss es!«, sagte sie genervt.

»Dass man heutzutage noch diesen alten Revoluzzer spazieren trägt...«, wunderte sich Bloch, »oder ist das Hemdchen schon etwas älter?«

»Nein, es ist krachneu.«

»Was gefällt dir daran?«

»Che hatte eine eigene Meinung – so wie ich.« Sie zog das Porträt über ihrem jungen Busen glatt. »Mit dem wär ich gerne losgezogen!«

»Nun musst du mit mir vorliebnehmen«, sagte Bloch. »Che ist verwest. Aber Onkel Berti lebt!«

Der Tag war wie geschaffen für einen Ausflug. Es wehte eine laue Brise aus Südwest. Die Acht-Uhr-Sonne verhieß Beständigkeit. Kaum aus der Stadt heraus, begann Bloch sich für die gewöhnungsbedürftige saarländische Baukultur zu entschuldigen.

»Das Saarland ist dicht besiedelt und schlampig bebaut.« Er löste eine Hand vom Lenkrad und machte eine resignative Rundumbewegung. »Da ist nirgendwo Harmonie. Jeder Heimwerker darf hier seinen eigenen Stil verwirklichen. Die Zutaten für seinen Murks besorgt er sich im nächsten Baumarkt.«

»Chacun à son goût«, bemerkte Sophie achselzuckend.

»Das klingt mir zu wurstig. Ich tröste mich mit einem Vers von Andreas Gryphius«, sagte Bloch. »*Was dieser heute baut, reißt jener morgen ein; wo itzund Städte stehn, wird eine Wiese sayn.*«

Sophie kicherte.

»Der Mann hat übrigens im 17. Jahrhundert gelebt«, dozierte Bloch.

»Weiß ich«, sagte sie, »er hat gern über Tod und Verwesung geschrieben.«

Bloch bedachte sie mit einem anerkennenden Blick und sagte nichts mehr, bis sie sich der Hochwald-Region näherten und ein paar unromantische Ortschaften passierten.

»So sieht das aus, wenn man sich nicht zwischen Stadt und Dorf entscheiden kann«, nörgelte Bloch. »Total verhunzt, die schönen alten Bauernhäuser! Da wollten die Leute mit der Zeit gehen – und nun sieh dir mal an, was daraus geworden ist! Sie haben die Fensterlaibungen herausgebrochen, um Platz für mehr Glas zu schaffen. Und die Scheunen haben sie zu Garagen verbaut. Überall Beton und Verbundsteine!«

»Okay, wir sind hier nicht im Elsass«, pflichtete Sophie ihm bei, um seinen Grimm zu besänftigen.

Blochs Tiraden gegen alles Gegenwärtige hielt an, bis die Zeugen ferner Vergangenheit erreicht waren. Beim Hunsrückdorf Otzenhausen kraxelte er erläuternd über die Steinhügel des keltischen Ringwalls, einer gewaltigen Fliehburg aus vorchristlicher Zeit. Sophie erfuhr, dass es den keltischen Stämmen an staatlicher Ordnung gemangelt habe und sie deswegen ihren Feinden, den Germanen und den römischen Legionen, letztendlich unterliegen mussten.

»Dennoch«, erklärte Bloch mit erhobenem Zeigefinger, »sind sie stolze Krieger gewesen. Sie haben die abgehauenen Köpfe ihrer Feinde einbalsamiert, sie in Tempeln aufbewahrt und sogar ihre Pferde damit geschmückt.«

»Iiiih…« Sophie verzog das Gesicht und hatte nichts dagegen einzuwenden, als Bloch ihr die alte Moselmetropole Trier, Deutschlands älteste Stadt, als nächstes Etappenziel vorschlug.

Dort ließ er keine der vielen steinernen Erinnerungen an das römische Imperium aus. Er stieg mit ihr hinauf in die *Porta Nigra*, jenes aus mächtigen Sandsteinblöcken zusammengefügte *Schwarze Tor*, das vor rund zweitausend Jahren jeder passieren musste, der in die Stadt hinein- oder aus ihr hinauswollte, ob Händler, Bauer, Kaiser oder Legionär. Er zeigte ihr den roten Ziegelbau der Basilika, die hoch ragende Palasthalle aus der Zeit des Kaisers Konstantin, weltweit der größte Einzelraum, der aus der Antike erhalten geblieben ist. Er geleitete sie zu den Ruinen der Thermen, zweier ausgedehnter Bäderanlagen, führte sie durch den grandiosen Dom, der ursprünglich ein Palast des Kaisers gewesen war, spazierte mit ihr über die alte Römerbrücke, deren Pfeiler unerschütterlich die Last des Verkehrs durch die Jahrhunderte getragen haben, und er verstand es ihr Interesse am Amphitheater zu wecken, wo einst vom Schauspiel bis zum blutigen Zweikampf alles geboten wurde, was den Menschen in *Augusta Treverorum* zur Unterhaltung diente.

Auf dem Nachhauseweg, wieder auf saarländischem Terrain, machte Bloch den Vorschlag, die römische Villa von Borg zu besichtigen.

»Mir reicht's jetzt mit den alten Römern«, stöhnte Sophie, »lass uns weiterfahren, Onkel Berti!«

»Wie du meinst«, sagte Bloch. »Zum Abschluss zeige ich dir auch gern etwas Lebendiges.«

Die Wölfe in den Gehegen am Stadtrand von Merzig unternahmen rein gar nichts, was bei den Besuchern hätte Grusel erzeugen können. Sie heulten nicht, sie knurrten nicht, selbst das Vorzeigen eines einzigen dolchartigen Eckzahns schien ihnen zu viel der Mühe. In strikter Einhaltung des mahnenden Hinweises auf einer Blechtafel – *Wolfsforschung! Bitte Ruhe!* – dösten sie verstreut im Schatten der Bäume und überhörten die Zischlaute und Zurufe vereinzelter Tiergucker, die die Mär vom bösen Wolf bestätigt sehen wollten.

Über einen Forstweg spazierten Bloch und Sophie von Gehege zu Gehege und blieben bei den weißen Arktiswölfen stehen, die in der Dämmerung des Waldes deutlicher zu sehen waren als ihre graubraunen Vettern aus Europa.

»Die tun nur so harmlos«, sagte Bloch. »Nicht von ungefähr heißt es: Nur ein satter Wolf ist ein guter Wolf.«

»Im Prinzip ist das rrichtig«, pflichtete ihm ein schmächtiger

Mittdreißiger bei, der fürs große Abenteuer angezogen war: Outdoor-Stiefel, Safarihose und olivfarbene Multifunktionsweste mit mindestens einem Dutzend Taschen. Er rollte ein ungeschlachtes R, wie es in den Hochwald-Dörfern des nördlichen Saarlandes, wo breites Moselfränkisch gesprochen wird, öfters zu hören ist. »Aber wenn die Kerrle zu frressen krriegen, dann geht's hier rrund wie im Zirrkus!«

Ein Mädchen im Grundschulalter, das ihn begleitete, schaute besorgt auf den Zaun.

»Und wenn da ein Loch drin ist, Papa?«

»Dann kommen alle Wölfe rrausgerrannt und frressen die Grroßmutter«, beruhigte sie der Outdoor-Mann.

Das Kind drückte sich ängstlich an ihn.

»Aber mal im Ernst«, wandte er sich wieder an Bloch, »bei einem Sturrm vor einigen Jahrren sind mal ein paarr von den Kamerraden stiften gegangen. Da war ein Baum auf den Zaun gestürrzt.«

»Ach«, sagte Bloch ungläubig, »das hätte doch in allen Zeitungen gestanden.«

»Aber hundertprrozentig war das so!«, beteuerte der Freizeit-Abenteurer. »Nur weil der Wolfsforrscher, der Werrner Frreund, angefangen hat zu heulen, huhuhuuu, ungefähr so, ist das ganze Rrudel soforrt zurrückgekommen.«

Ein Ehepaar mit Hund spazierte vorbei. Der junge Neufundländer stellte die Rute hoch und äugte kontaktfreudig zu seinen wilden Verwandten hinüber. Die ignorierten ihn.

»Wenn der da rreingelassen würrde«, ließ der Mann mit der Multifunktionsweste seiner Sachkunde freien Lauf, »würrden die Wölfe ihn auffrressen, aber rratzeputz!«

»Sind Sie sicher?«

Blochs Zweifel spornten ihn zu einem Referat in gehobener Lautstärke an.

»Es ist immer der Leitwolf, der den Angrriff einleitet. Das ist der Grroße dort drrüben. Die anderren verteilen sich genau nach Plan. Jeder der Kamerraden hat seinen Posten! So machen die das in der frreien Wildbahn, wenn sie einen Elch rreißen!«

»Sie kennen sich ja gut aus«, sagte Bloch, um den Blutdruck des Referenten nicht weiter in die Höhe zu treiben.

»Ich komm doch schon seit Jahrren rregelmäßig hierher«, nahm dieser das Kompliment geschmeichelt entgegen, »und den Forrscher, den kenn ich perrsönlich. Von dem gibt's in Merrzig sogar ein Museum.«

»Was würde denn passieren, wenn jemand über den Zaun steigt, ein Verrückter zum Beispiel?«, wollte Bloch wissen.

Der Mann sah ihn eine Sekunde lang verdutzt an, rätselnd, ob Bloch ihn auf die Schippe nehmen wollte.

»Der Betrreffende müsste ja wirrklich eine Schrraube locker haben«, sagte er schließlich. »Außer dem Forrscher darrf da niemand rrein. Mit einem Eindrringling würrden die Wölfe kurrzen Prrozess machen – ob das jetzt ein Hund ist oder ein Verrückter.«

Sophie hatte genug von dem Gespräch. Sie drängte zum Aufbruch, indem sie sich bei Bloch unterhakte.

»Der Mann war mir unsympathisch«, sagte sie auf dem Weg zum Parkplatz. »Was ist das denn für ein Vater, der seinem Kind mit blöden Rotkäppchen-Storys Angst einjagt?«

»Ja, das war pädagogisch ungeschickt.«

»Du könntest bestimmt viel besser mit Kindern umgehen.« Sie schaute zu ihm auf. »Hast du eigentlich nie daran gedacht zu heiraten, Onkel Berti?«

»In letzter Zeit nicht mehr.« Bloch blickte zu den Baumkronen, weil er sich ein wenig genierte. »Früher habe ich schon mal auf Annoncen geantwortet, aber es ist nie etwas daraus entstanden.« Er lächelte hilflos. »Sie sind zu anspruchsvoll, die Frauen.«

»Das gibt's doch nicht! Wo du doch ein so netter Mensch bist ...«

»Ach, meine liebe Sophie«, Bloch machte eine resignierte Handbewegung, »als ob es darauf ankäme! Die Damen hatten allesamt ganz klare Vorstellungen. Sie waren auf der Suche nach einem humorvollen, blendend aussehenden Partner von hoher Spiritualität und maskulinem Erscheinungsbild. Vermögen vorausgesetzt.« Er hüstelte. »Ich habe nur Absagen bekommen. Manchmal nicht einmal das.«

Sophie, die eingehakt neben ihm ging, drückte seinen Arm. Nach kurzem Schweigen meinte sie:

»Es ist so schade. Einen Papi wie dich würden viele Kinder sich wünschen.«

»Man sollte sich nicht fortpflanzen, wenn man das Leben nicht liebt«, sagte Bloch.

Mit einem Ruck zwang Sophie ihn, stehen zu bleiben.

»Du bist doch nicht etwa lebensmüde, oder?«

Bloch hatte den betretenen Gesichtsausdruck eines Menschen, der unbedacht mehr von sich preisgegeben hat, als er eigentlich wollte.

»Du wirst vergehn und deiner Füße Spur wird bald kein Auge mehr im Staube finden.« Er lächelte schmal. »Das ist ein Vers aus einem Gedicht, das mir viel bedeutet.«

»Glaubst du an Gott, Onkel Berti?« Sophie blieb untergehakt, während sie weitergingen.

»Wie könnte ich! Die allermeisten Religionen gebieten dem Menschen, das Leben als etwas Heiliges zu achten. Aber die Welt funktioniert nach ganz anderen Gesetzen. In jeder Sekunde werden auf unserem Planeten Abertausende von Lebewesen gehetzt, gebissen, gestochen, in Stücke gerissen oder im Ganzen verschluckt. Gottes schöne Natur kennt weder Mitgefühl noch Erbarmen. Sollte es ihn tatsächlich geben, den Schöpfer, wäre von ihm keine Gnade zu erwarten.«

Sophie schwieg nachdenklich.

»Aber es gibt keinen Grund, sich zu fürchten«, sagte Bloch. »Wir gehen, wie wir gekommen sind: aus der Leere in die Leere.«

Sie rollten über die Autobahn Richtung Saarbrücken. Die Sonne war hinter den Horizont gesunken und der Verkehr wurde nach und nach zu einer Lichterkette.

»Was machen wir heute Abend?«, fragte Bloch und unterbreitete gleich zwei Vorschläge: »Wir könnten schick essen gehen oder uns von einem Lieferservice etwas Leckeres bringen lassen. Was wäre dir lieber, Sophie?«

»Du bist so nett zu mir, Onkel Berti, so unglaublich nett! Es ist fast beschämend für mich.«

»Beschämend ... Sophie ... ich bitte dich!« Bloch zog an seiner Unterlippe.

»Warum machst du das?«

»Was?«

»Deine Unterlippe lang ziehen. Das sieht echt nicht vorteilhaft aus.«

»Wie? Ach so, ja! Natürlich!« Bloch nahm die Hand vom Mund und errötete. »Also ... was ziehst du vor? Schick essen gehen?«

»Ich würde lieber zu Hause bleiben.«

Bloch schwieg. Es war ihm nicht anzusehen, dass er von einer warmen Woge des Glücks getragen wurde, die von nichts Größerem als zwei beiläufig ausgesprochenen Worten ausgelöst worden war: zu Hause.

Vor ihnen fuhr ein Wohnmobil. Bloch gab Gas und überholte den langsamen Kasten. Sophie war plötzlich wie elektrisiert. Sie verrenkte sich schier den Hals.

»Stimmt was nicht?«

»Ich dachte ...« Sie schien etwas durcheinander zu sein.

»Was?« In seinem Misstrauen war Bloch unnachgiebig.

»Ich dachte, das sei Bruno mit seinem Wohnmobil. Leider hab ich mich getäuscht.«

»Bruno? Ist das dieser ..., na, wie soll ich sagen, unser gemeinsamer Bekannter? Schmidt mit deetee, so hatte er sich vorgestellt, wenn ich mich recht erinnere.«

»Ja, der.«

»Wie kommt es, dass du ihn duzt?«

»Das hat sich so ergeben.« Sophie öffnete das Seitenfenster und ließ den Wind mit ihren Haaren spielen. »Er ist ein lässiger Kerl.«

»Er ist ein lässiger Kerl«, papageite Bloch gereizt. »Der Mann könnte dein Vater sein.«

»Ist er aber nicht!« Sie hielt ihre Hand in den Fahrtwind. »Bruno ist ein echt cooler Typ. Den haut nichts um. Aber er gibt damit nicht an.«

»Ich wette, dass er keine fünf Jahre jünger ist als ich.«

»Das kann ich dir genau sagen. Er ist 46.«

Die Auskunft traf Bloch wie ein Stich in die Brust – zum einen wegen der Tatsache, dass Sophie das Lebensalter dieses Fremden so prompt abrufbereit hatte, zum anderen war es der knappe, patzige Ton, mit dem sie es vortrug. Als ob da etwas zu verteidigen wäre!

»Ich bin 50«, sagte er, drei Jahre unterschlagend.

Eine lange Minute wartete er vergeblich, dass Sophie etwas erwidern würde, etwas Tröstliches, Bereinigendes, irgendeinen versöhnlichen Vergleich zwischen ihm und dem Kraftpaket mit der Boxernase anstellen würde.

»Ich könnte beim besten Willen nicht sagen, was an diesem Wohnmobilfahrer so eindrücklich sein soll«, nahm er das Gespräch wieder auf, »außer eben, dass er wie ein wütender Stier auf die beiden kriminellen Subjekte losgegangen ist.«

»Das ist doch schon was!« Sophie lächelte unschuldig. »Bruno ist einer, der vor niemandem einknickt.«

»Wie großartig! Schnelle Fäuste und wenig Grips.«

»Oh, dass du dich da mal nicht täuschst, Onkel Berti! Der hat noch mehr drauf.«

»Sophie!«, sagte Bloch beschwörend. »Hat dieser ... Schmidt die Situation ausgenutzt, um ... wie soll ich sagen ...«

»Du meinst, ob er mit mir poppen wollte?«

Blochs Kinnlade klappte herunter, was ihn für den Moment etwas bedeppert aussehen ließ. Sophie musste lachen.

»Da war nichts«, sagte sie, »Bruno ist total okay.«

Mit schmalem Mund konzentrierte Bloch sich aufs Fahren. Der Wagen wurde immer schneller. Nachdem Bloch eine Kette von Trucks überholt hatte, blieb er auf der linken Spur. Einen älteren Kleinwagen, der nicht so recht von der Stelle kam, scheuchte er mit der Lichthupe nach rechts.

»Was hast du denn?«, fragte Sophie.

»Was ich habe?«, antwortete Bloch erregt. »Ich finde es unerhört, wie du dich äußerst! Und ich finde es unerhört, dass du so etwas überhaupt in Erwägung ziehst mit diesem Zigeuner!«

Erschrocken über die Heftigkeit, wagte Sophie zunächst keine Widerrede.

»Am Osthafen warst du aber ganz schön froh, dass Bruno eingegriffen hat«, sagte sie schließlich.

»Das gebe ich zu.« Bloch hatte sich etwas beruhigt und mäßigte auch wieder seinen Fahrstil. »Mir ist es ja auch um etwas anderes zu tun, Sophie. Sieh mal ...«, er fiel in einen weihevollen Moll-Ton, »sieh mal, Sophie, ich möchte verhindern, dass du mit schmutzigen Dingen in Berührung kommst. Und davon ist die Welt voll! Es gibt so viele Wölfe! Und Männer, die ganz allein in schmuddeligen Wohnmobilen durch die Gegend ziehen, gehören gewiss dazu. Lass es dir eine Warnung sein!«

Sophie blickte ihn von der Seite an, als wäre er nicht von dieser Welt.

»Reg dich doch nicht so auf, Onkel Berti«, sagte sie nachsichtig, »du hast ja recht.«

Überrumpelt

Ohne Ziel und Plan war Bruno mit seinem Wohnmobil unterwegs. Er überließ es dem Zufall, ihn an einen abgeschiedenen Platz zu führen, wo er die Nacht verbringen wollte. Der dichte Verkehr im Dunstkreis der saarländischen Metropole nervte ihn. Er sehnte sich nach Freiraum und Ruhe. Für seinen unkonzentrierten Fahrstil wurde er hin und wieder mit Hupsignalen und bösen Blicken bestraft.

»Nun krieg dich mal wieder ein, du halber Hahn! Ein Wohnmobil ist kein Formel-1-Bolide.«

Die Freundlichkeit galt einem Choleriker, der Bruno beim Überholen durchs offene Schiebedach anstierte und vor seiner Stirn schraubende Handbewegungen vollführte. Manchmal sah Bruno den einzigen Vorteil des Automobilzeitalters darin, dass die Zahl der Pferdediebstähle deutlich zurückgegangen war.

An der Goldenen Bremm, dem Übergang von Deutschland nach Frankreich, tauchte in seinem Rückspiegel ein anthrazitfarbener Transporter mit abgedunkelten Scheiben auf. Oha, dachte Bruno, ist das Rollkommando hinter mir her? Aber es gab ja noch mehr anthrazitfarbene Transporter auf der Welt. Sicherheitshalber wollte er das Fahrzeug im Auge behalten, doch ein Möbelwagen schob sich dazwischen und nahm ihm die Sicht. Auf der Autobahn zwischen Stiring Wendel und Forbach ließ er das Möbelauto vorbeiziehen, doch der dunkle Transporter schien verschwunden.

Bruno fuhr weiter, immer der Nase nach, achtete nicht mehr auf Städtenamen und Hinweisschilder und war sich, nachdem er die Autobahn verlassen hatte und durch die Landschaft gondelte, manchmal nicht im Klaren, ob er in Frankreich oder in Deutschland war. Auf einem Weg, der eigentlich Land- und Forstwirten vorbehalten war, rumpelte er durch ein Waldgebiet. Eine verbuschte Anhöhe, auf der ein einziger Baum stand, erschien ihm einladend. Vorsichtig schaukelte er das Wohnmobil über unebenes Gelände und zog die Handbremse, als es einigermaßen waagerecht stand. Stille umgab ihn. Er sprang aus dem Wagen, reckte und streckte sich und atmete tief.

Der große Solitär, in dessen Schatten er stand, war eine Eiche, ein knorriger Veteran, zweihundert, vielleicht dreihundert Jahre alt, der seine starken Arme weit ausbreitete. Einen Teil seiner Krone hatte ein Blitz abgespalten. Hoch oben im Geäst erhob ein Häher seinen kreischenden Protest gegen den Ankömmling.

Fürs Abendbrot war es Bruno noch zu früh. Er zog Schuhe und Socken aus, klappte seinen Campingsessel auf, verschränkte die Hände hinter dem Nacken und genoss den Blick über die sonnenbeschienene Waldlandschaft.

Nach einer Weile stand ihm der Sinn nach Musik. Unter den Scheiben, die er mitgenommen hatte, fand sich etwas, was er schon lange nicht mehr gehört hatte: Händels »Messias«. Neugierig darauf, wie sich diese Komposition mit dem Eindruck der Landschaft verknüpfen ließe, drehte er auf, was die Anlage hergab, setzte sich wieder in seinen Campingsessel und ergab sich dem Ansturm auf Sinne und Gemüt.

Ein Käfer mit metallisch grünen Flügeln krabbelte dicht an seinem großen Zeh vorbei und arbeitete sich emsig über Steine und ausgedörrtes Gras einem Ziel entgegen, das ihm, aus welchen Gründen auch immer, die Anstrengung wert zu sein schien. Mit halb gesenkten Lidern verfolgte Bruno seinen Hindernislauf. Als der Käfer im Schattenkreis der Eiche einen Sonnenfleck durchquerte, glänzten seine Flügel, als wären sie mit Goldstaub gepudert.

Der prächtige kleine Kerl gönnte sich keine Ruhe auf seiner

Wanderschaft. Auch nicht, als ein ungewöhnlich großer Schuh ihm den Weg versperrte. Unbeirrt hielt er darauf zu, stockte bloß für einen kurzen, erstaunten Augenblick, als sich die Sohle des ledernen Monsters hob und ihn unter sich begrub.

Bruno konnte es nicht fassen. Von dem Schuh, geschätzte Größe 52, wanderten seine Augen im Gegenlicht über eine Silhouette ungewöhnlichen Ausmaßes. Der Riese stand da wie aus dem Nichts gewachsen. Er hatte einen Verband um den Hals.

Brunos Fluchtreflex war im Verlauf vieler Ringschlachten verkümmert. Obwohl ihm klar war, dass der Wolkenkratzer nicht auf eine gepflegte Unterhaltung aus war, blieb er, wie von einem Magneten festgehalten, auf seinem Campingsessel sitzen und blinzelte der ragenden Gestalt entgegen, die neben einem Ginsterbusch stand und einen Schatten warf wie ein Telefonhäuschen. Irgendwo im Gebüsch lauerte, das war für Bruno so sicher wie das Amen in der Kirche, der Kumpan mit dem Nasenpflaster.

Wie war es möglich, dass ihn die Kerle an diesem entlegenen Platz des himmlischen Friedens aufspüren konnten? Hatte er doch richtig vermutet, als er den Transporter an der Goldenen Bremm im Rückspiegel gesehen hatte! Ihm unbemerkt bis hierher zu folgen, immer im richtigen Abstand – das konnten nur Profis!

Bruno sammelte sich. Er maß den Abstand zwischen sich und dem Riesen und lockerte seine Schultern. Mit Fäusten dürfte da nicht viel zu machen sein, überlegte er, nein, ich muss ihn tief angreifen und auf den Boden bringen. Das ist die einzige Chance! Komm schon, Bruno, du schaffst es! Sei schnell wie ein Leopard und ebenso effizient! Dieser Mann ist nicht gelenkiger als eine Eisenbahnschiene!

Der Riese kam näher, ganz ohne Eile, als wisse er, dass Bruno ihm nicht davonlaufe. Und er wusste es tatsächlich. Denn in dem Moment, als Bruno von seinem Sitz hochschnellen wollte, legte sich von hinten ein Arm um seinen Hals. Die Überrumpelung war perfekt! Bruno fiel zurück in den Campingsessel und hing im Würgegriff eines Aggressors, den er nicht sah. Dafür fühlte er umso deutlicher, dass dieser Angreifer sehr genau wusste, was er tat. Von den zwei grundlegenden Techniken, aus dieser Stellung heraus einem Menschen die Lichter auszuschalten, wählte er erst die eine, dann die andere. Bei der ersten Attacke lag sein Unterarm wie ein Sperrriegel über Brunos Kehle und drückte ihm die Luft ab. Brunos Kopf lief rot an und er krallte sich mit beiden Händen in den Arm, um den Druck zu mindern und dem Erstickungstod zu entgehen. Er hatte weiß Gott starke Hände – doch der Würger hatte ein Mittel dagegen. Er schob seinen Arm weiter durch, bis sich die Ellbogenbeuge in Höhe von Brunos Kinn befand, und bog ihn zu einer V-Form, sodass der sperrende Druck von der Luftröhre auf die Halsschlagadern verlagert wurde. Verbissen zerrte Bruno an dem mörderischen Zwangskragen aus Muskeln und Sehnen, doch hinter seinem Nacken war auch der andere Arm des Angreifers kunstgerecht im Spiel. Das Blackout kam schnell. Da Brunos Gehirn nicht mehr mit Blut versorgt wurde, verlor er das Bewusstsein.

Als er wieder zu sich kam, lag er auf dem Rücken, die Beine auf dem Campingsessel, mit dem er umgekippt war. Die Nachmittagssonne schien ihm direkt in die Augen. Er zwinkerte und drehte den Kopf zur Seite. Ein Wust von Tönen und Geräuschen unterschiedlichster Art drang auf ihn ein. Zu den Klängen des »Messias« demolierte jemand sein Wohnmobil.

Bruno versuchte aufzustehen, doch ein massiver Druck auf seine rechte Schulter, verursacht von einem braunen Halbschuh der sprichwörtlichen Größe eines Kindersargs, hinderte ihn daran. Aus Brunos Froschperspektive wuchs der Riese geradezu in den Himmel. Vor einem solchen Koloss zu stehen, war einschüchternd genug, vor ihm zu liegen, schadete dem Selbstvertrauen erheblich. Bruno wand sich energisch unter dem Schuh heraus und schnellte mit dem Oberkörper hoch. Mit seiner Pranke, die er grob und großflächig auf Brunos Gesicht legte, drückte der Riese ihn genauso energisch wieder herunter. Währenddessen wurde das Interieur des Wohnmobils weiter in Stücke gehauen und gerissen – musikalisch begleitet von Georg Friedrich Händels göttlichem Oratorium.

»Hört mit dem Unsinn auf!« Bruno krächzte, denn sein Hals hatte gelitten.

Er vernahm ein kurzes, scharfes Kommando in fremder Sprache. Der Riese, der zwischenzeitlich wieder mit brutaler Dominanz eine seiner Quadratlatschen auf Brunos Schlüsselbein gestellt hatte, knurrte etwas Unverständliches und zog den Fuß zurück, jedoch nicht ohne vorher die Schuhspitze seitlich gegen Brunos Kiefer zu rammen. Der Stoß hinterließ zunächst ein dumpfes, taubes Gefühl an der Wange. Dann hatte Bruno den Geschmack von Blut im Mund und seine Zunge ertastete einen kantigen Fremdkörper. Der Riese hatte ihm eine Backenzahnkrone losgetreten.

»Verdammter Hurensohn!«

Bruno spuckte die Goldkrone in seine Hand, steckte sie in die Hosentasche und rappelte sich auf. Von oben herab grinste der Gigant ihn an. Er kam Bruno noch größer vor als bei der ersten Begegnung.

Verstreut vor der Kabinentür des Wohnmobils lag ein Teil der Inneneinrichtung, auch sämtliche elektronischen Arbeitsmittel. Aus dem Einstieg streckte der Verursacher des Chaos seinen Kopf – es war die Galgenvogelvisage mit dem Nasenpflaster – und spähte hinüber zu einem kleinen Mann, der neben dem Stamm der Eiche stand. Es war leicht zu erkennen, dass er der Chef war, wie er so dastand mit durchgedrücktem Kreuz in seinem cremefarbenen Anzug. Er hatte eine gebräunte, spiegelblanke Glatze und trug eine Sonnenbrille.

»Was soll denn das? Ich glaub, es schneit!«, empörte sich Bruno.

Der Glatzkopf bewegte sich lässig auf ihn zu. Ein Instinkt warnte Bruno, diesen Mann nicht zu unterschätzen. Jede Bewegung verriet, dass in dem feinen Anzug ein drahtiger Kämpfer steckte. Über seiner Schläfe war ein dunkler Fleck. War es ein Blutschwamm oder ein Muttermal? Bruno erinnerte sich an die Worte der Hellseherin: *Und da ist ein Mann mit einem Muttermal. Vor dem graut mir.*

»Waren Sie das?« Bruno deutete auf seinen vom Würgegriff malträtierten Hals.

»Da war noch eine Rechnung offen.« Der kleine Mann lächelte überlegen. Er hatte ein schmales, braunes, messerscharf gestutztes Oberlippenbärtchen und einen leichten slawischen Akzent. »Unser Großer kann immer noch nicht richtig sprechen.«

»Ich hatte keine Lust, mich von Ihrem Monster pürieren zu lassen. Ohne den Stock ...«

»Wo ist das Mädchen?«, schnitt der Kleine ihm scharf das Wort ab.

»Das wüsste ich auch gerne!«

»Ich frage noch einmal.« Der Kleine schob das Kinn vor. »Wo ist das Mädchen?«

»Ich weiß es nicht.«

»Müssen wir nachhelfen, dass es Ihnen wieder einfällt?« Er deutete mit der Kinnspitze auf den Riesen. »Wladi macht das gern. Der hat ein Gehirn wie eine Berghütte – ziemlich hoch gelegen und sehr primitiv eingerichtet. Sie wären nicht der Erste, den er in den Rollstuhl prügelt.«

»Da soll er sich mal keinen Zwang antun«, sagte Bruno, »wir leben in einem freien Land.«

Er schaute auf die schwarze Sonnenbrille, die keinen Blickkontakt zuließ. Dieser Gangster-Napoleon wird schnell ungemütlich, dachte er und beschloss, seine heikle Lage durch ein Wettrennen zu verbessern. Er war einmal ein guter Läufer gewesen. Ob er es immer noch war, würde sich gleich herausstellen. Schade nur, dass er keine Schuhe anhatte. Das werden mir meine Füße lange nachtragen, dachte er besorgt, aber da müssen sie durch!

»Ich hab die Kleine aufgefressen«, sagte er grinsend, »damit sie euch verdammten Zuhältern nicht in die Finger fällt!«

Dann rannte er los. Es war ein ungewohntes Gefühl, barfuß zu laufen – so leicht, so natürlich. Seine Füße flogen nur so über den Boden. Hoffentlich schießen die nicht auf mich – das war seine einzige Sorge. Erst am Waldrand drehte er sich um. Der Riese und der Kleine verfolgten ihn, aber der Vorsprung, den ihm die Überraschung verschafft hatte, war beruhigend.

»Das klappt ja noch ganz gut mit dir, Alter!«, lobte er sich selbst.

Auf dem weichen Waldboden ließ es sich noch besser laufen. Auskennen müsste man sich, dachte Bruno. Das letzte Dorf, das er passiert hatte, lag eine gehörige Strecke zurück. Nein, dorthin war es zu weit! Er würde besser die andere Richtung einschlagen. Am sichersten ist es, überlegte er, wenn ich parallel zum Weg laufe.

Vor ihm blitzte etwas auf zwischen den Baumstämmen. Da wurden Sonnenstrahlen reflektiert. Es war der anthrazitfarbene Transporter, der mitten auf dem Weg stand. Bruno umkreiste das Fahrzeug – es war ein in Augsburg zugelassener »Chrysler« – und stellte fest, dass es abgeschlossen war. Er prägte sich das Kennzeichen ein, das allerdings weder die Zahl Siebzehn noch Einundsiebzig enthielt, suchte nach einem Gegenstand, mit dem er das Auto aufbrechen könnte, und fand einen faustdicken Stein. Beim zweiten Schlag zerkrümelte das Fenster an der Fahrerseite. Bruno öffnete die Tür und stieg ein. Zum Kurzschließen fehlte ihm die Zeit. Auf der Mittelkonsole entdeckte er ein zusammengefaltetes Stück Papier. Es war eine Rechnung für Wartungsarbeiten, ausgestellt von einem Autohaus in Fürstenfeldbruck und adressiert an Herrn Radek Smicek in Augsburg.

»Bingo!« Bruno schnalzte mit der Zunge.

Im Türfach gegenüber steckte eine Pistole, eine SIG-Sauer P 226. Bruno entfernte das Magazin, zog den Schlitten zurück und stellte fest, dass die Waffe nicht geladen war. Er riss das Handschuhfach auf, konnte jedoch keine Patronen finden. Für eine intensivere Suche war es der falsche Zeitpunkt, denn jeden Augenblick konnten seine Verfolger auftauchen.

»Zu dumm aber auch!«, murmelte er, weil er seine spontane Absicht, die Reifen des Transporters zu zerschießen, nicht in die Tat umsetzen konnte.

Eine Kombizange, die im Handschuhfach lag, brachte ihn auf eine andere Idee. Er betätigte den Öffnungsmechanismus der Motorhaube, stieg aus und knipste – sich immer wieder umschauend – alles an Kabeln und Schläuchen entzwei, was die Zange packen konnte. Da brachen auch schon Seite an Seite der Kleine und der Riese durch das Waldrandgestrüpp, erblickten Bruno und rannten auf ihn zu. Bruno pfefferte die Zange in den Motorraum und flüchtete in den Wald.

Seinen Plan, parallel zum Weg zu laufen, konnte er wegen des undurchdringlichen Dickichts nicht einhalten. Dann stieß er auf einen Jägerpfad, der nach einem halben Kilometer in einen von Zugmaschinen gespurten Waldweg mündete. Er lief auf dem Mittelsteg. Sein Herz schlug gleichmäßig. Bruno hatte seinen Rhythmus gefunden. Es erinnerte ihn an eine Zeit, die lange zurücklag. Für einen Boxer waren regelmäßige Dauerläufe unerlässlich. Damals hatte er sie zeitweise übergehabt – wie alles, was nach Routine und Pflichtprogramm roch.

Der Wald wurde lichter, der Weg breiter. Wiesenlandschaft tat sich auf. Bruno übersprang einen Weidezaun und hielt auf

ein Dorf zu, dessen Dächer er sehen konnte. Eine Herde Jung-
rinder fühlte sich animiert, mit ihm zu laufen. Nachdem er abermals einen Elektrozaun übersprungen hatte, wandte Bruno sich
um. Außer den Rindviechern war ihm niemand gefolgt.

Am erstbesten Haus klingelte er Sturm. Ein Rentner im Fein-
ripp-Unterhemd kam aus dem Gemüsegarten.

»Wo bin ich denn hier?«, fragte Bruno.

»In Lauterbach«, sagte der Rentner mit skeptischem Blick
auf Brunos bloße, schmutzige Füße. »Unn aweil guck, dassde
widder fottkommschd!«

»Keine Angst, ich will Ihnen nicht die Hühner klauen«, beschwichtigte Bruno.

Er brauchte wertvolle Minuten, um den Mann von der Not-
wendigkeit zu überzeugen, ihn telefonieren zu lassen. Endlich
bekam er Hauptkommissar Corbeau an die Strippe.

»Sie können die Mädchenhändler festnehmen«, sagte er und
gab eine Lagebeschreibung durch. »Der Chef der Bande heißt
vermutlich Radek Smicek.«

Bloch und die weiße Katze

Bloch und Sophie saßen beim Frühstück.

»Onkel Berti, die Schoko-Flakes sind alle. Haben wir noch welche?«

»Natürlich.« Bloch öffnete einen Hängeschrank in der Küchenzeile und holte eine neue Packung hervor.

»Ich bin ein notorischer Vorratshalter.« Er lächelte verschämt. »Alles habe ich doppelt und dreifach. Mindestens zwei, drei Zahnbürsten, Seife, Rasierwasser, Duschgel, alles doppelt, allermindestens, und in meiner Abstellkammer stapeln sich haltbare Nahrungsmittel, sogar im Keller.«

»Hast du Angst, zu verhungern?«

»Eigentlich nicht. So lässt sich das nicht erklären, das heißt, es lässt sich überhaupt nicht erklären.« Bloch hob hilflos die Hände. »Es gibt mir das Gefühl von Sicherheit.«

»Du solltest entspannter sein!«

»Leicht gesagt.« Bloch griff zu einer Schere, um die Flakes-Packung zu öffnen. »Darf ich dir ein Geheimnis anvertrauen, Sophie?«

»Was denn?« Sie zog die Augenbrauen hoch.

»Ich leide unter Zwangshandlungen. Auch unter zwanghaften Gedanken.« Er schien vergessen zu haben, was er mit den Flakes vorhatte, und setzte sich zu ihr an den Tisch. »Das geht manchmal so weit, dass ich mich vor mir selber fürchte.«

Er erzählte ihr von seinen verschiedenen Ticks und seinem manchmal nur mühsam gezügelten Trieb, die Wohnungseinrichtung in Trümmer zu legen. Als er die groteske Verquickung von Onkel Reimund, den sieben Todsünden und seinem Mülleimer zum Besten gab, musste Sophie lachen. Bloch lachte mit.

»Es ist eigenartig, Sophie, seit du da bist, ist das alles wie weggeblasen.«

»Schaff dir doch ein Haustier an!«

»Was denn? Eine Ratte?«, sagte Bloch heiter.

Sophies Blick verschleierte sich.

»Ich könnt' grad losheulen«, sagte sie.

»Oh, das tut mir leid!« Bloch blickte betroffen drein.

»Bruno war so süß...«

»Hattest du... die Ratte schon lange?«, fragte Bloch, nur um irgendetwas zu sagen.

»Leider nur ein paar Tage. Ein Junge auf dem Schiff hatte sie mir geschenkt.«

»Ein Freund?«

»Das wär zu viel gesagt. Er hat sich ein bisschen an mich rangewanzt.«

»Ich habe noch nie ein Tier besessen«, sagte Bloch, »auch nicht als Kind.«

»Aber du magst doch Tiere, nicht wahr?«

»Kommt drauf an.« Bloch wiegte den Kopf hin und her. »Für Läuse, Stechmücken oder Klapperschlangen bin ich nicht so zu begeistern.«

»Und für Hunde?«

»Eigentlich auch nicht – obwohl ich mir als Kind nichts sehnlicher gewünscht hatte als einen riesengroßen Hund, der mich beschützen würde.« Bloch legte die Schere unverrichteter Dinge aus der Hand. »In meiner Klasse war ich der Schwächste. Nicht der Kleinste, aber der Schwächste. Ich konnte mich einfach nicht durchsetzen. Die anderen haben das ausgenutzt. Brutal! Sie haben mich geschlagen, meine Schultasche in die Ecke getreten, meinen Kopf unter den Wasserhahn gehalten – und einmal haben sie mich sogar in eine Mülltonne gesteckt! Ich hatte Selbstmordgedanken, so haben die mich gepiesackt und gedemütigt.«

»Das ist ja furchtbar! Und deine Eltern ... und die Lehrer ...?«

»Es hat Gespräche gegeben, ja, durchaus. Ich sei der Prügelknabe der Klasse, hieß es. Ein Dulder-Typ!«

»Und weiter?«

»Nichts weiter. Schulpsychologen gab es damals noch nicht. Ich kam dann aufs Gymnasium. Da war es weniger schlimm. Aber immer noch schlimm genug.«

Ein Knopf klickerte zu Boden. Bloch hatte ihn von seinem Hemd abgedreht. Er hob ihn auf und legte ihn auf den Tisch.

»Ja, ich bin ein einsames Kind gewesen.« Er lächelte matt. »Eine graue Seele. Manchmal hat mich sogar die eigene Mutter zurückgestoßen. Junge, was du für schreckliche Augen hast! Wie kommt es bloß, dass der Bub so kalte Augen hat? Meinen Vater hat das wenig interessiert. Hauptsache, er sieht, was um ihn herum vorgeht, hat er gesagt.«

»Mein Gott, ist das deprimierend!«

»Man gewöhnt sich an alles, Sophie, sogar an Defizite.«

»Aber was ist das denn für ein Leben, so ohne Liebe ... ohne Wärme ...«

»Bei einem Spaziergang, es ist noch kein Jahr her, habe ich Freundschaft geschlossen«, sagte Bloch, »weißt du mit wem? Mit einer Katze!«

»Erzähl!«

»Ich bin zu dieser Zeit meistens nachts ausgegangen, nach Mitternacht, wenn die Stadt still war, jedenfalls in den Wohnstraßen. Und da bin ich einer weißen Katze begegnet. Sie kam aus einem Vorgarten direkt auf mich zu und wollte gestreichelt werden. Das hab ich dann gemacht. Und was meinst du – in der folgenden Nacht, etwa zur gleichen Zeit, war sie wieder zur Stelle. Wochenlang ging das so. Jede Nacht um halb eins hatten wir unser kleines Rendezvous am Vorgarten. Nur wir beide. Sonst weit und breit niemand.«

»Wie schön«, sagte Sophie gerührt. »Wie ging's weiter?«

»Eines Nachts«, fuhr Bloch fort, »war die kleine Katze nicht mehr da. Ich hab sie gelockt und mit dem Papier geraschelt, in dem ihre Leckerchen waren. Aber sie kam nicht. Dann bin ich durch die Vorgärten gekrochen. Unter einem Strauch hab ich sie gefunden. Sie war noch warm.«

»Oh nein! Sag, dass sie nicht tot war! Bitte!«

»Wahrscheinlich hatte sie Gift gefressen«, sagte Bloch mit unbewegtem Gesicht. »Danach bin ich nie mehr durch diese Straße gegangen. Bis heute nicht.«

Eine ehrenwerte Firma

Mit gemischten Gefühlen betrat Bruno das Landeskriminalamt in Saarbrücken und klopfte im zweiten Stock an eine graue Tür.

Corbeau hatte ihn herbestellt. »Alles paletti«, hatte er ungewohnt überschwänglich am Telefon gesagt, »wir haben die Bande! Alles ist aufgeklärt! Kommen Sie, Herr Schmidt, das muss gefeiert werden! Ich mache Sie zum Ehrenkommissar.«

Hätte Bruno nicht um Corbeaus zynische Ader gewusst, wäre er gewiss mit hoffnungsvolleren Erwartungen in das Polizeiauto gestiegen, das der Hauptkommissar nach Lauterbach geschickt hatte. Die Streifenbeamten waren so freundlich gewesen, den Umweg zu Brunos Wohnmobil zu machen, damit er sich umziehen konnte. Er hatte das so zügig erledigt wie ein Bühnenschauspieler hinter den Kulissen, um gar nicht erst in Versuchung zu kommen, den Schaden zu überschlagen, den der Wüterich mit dem Nasenpflaster an der Inneneinrichtung angerichtet hatte. Die einsetzende Dunkelheit verdeckte gnädig einige Details.

In dem kahlen, fensterlosen, grell erleuchteten Verhörzimmer des Landeskriminalamts duftete es nach Kaffee. Der Riese sah auch im Sitzen gigantisch aus. Die Tasse in seinen schaufelgroßen Händen wirkte wie Puppengeschirr. Zwischen ihm und dem Galgenvogelgesicht saß mit trotzig überkreuzten Armen der kleine Chef. Vor dem filmreifen Terzett stand Corbeau und stützte sich mit den Händen auf eine Stuhllehne.

»Na endlich«, sagte er leutselig, »da kommt ja unsere private Superspürnase. Jetzt kann die Gegenüberstellung beginnen. Ist das der Mädchen-Greiftrupp?«

»Ja, klar.« Bruno nickte.

»Ohne Sie, Herr Schmidt«, sagte Corbeau mit zitronensaurem Lächeln, »wäre unsere Arbeit um vieles einfacher.«

»Das müssen Sie mir erklären!«

»Die Herren hier«, Corbeau machte eine schweifende Handbewegung gegen die drei Typen, »sind gewissermaßen Kollegen von Ihnen.«

Bruno fühlte sich wie vor den Kopf geschlagen.

»Herr Smicek«, Corbeau wies auf den Kleinen, »ist der Chef eines florierenden Unternehmens, wie er mir erklärt hat.«

»Welches Unternehmens?« Mit gefurchter Stirn blickte Bruno auf den polierten Glatzkopf. »Da kommt doch nicht mal 'ne Drückerkolonne in Frage!«

»Es gibt fast nichts, was wir nicht erledigen«, trumpfte Smicek auf. »Meine Firma ist vielseitig. Inkasso. Bewaffnete Eskorte. Kinderrückführung. Falls Sie's wissen wollen, wir haben bis heute hundertundelf Kinder aus achtundzwanzig Ländern zurückgeholt.«

»Für wen?«

»Für den Elternteil, der uns beauftragt hat, Sie Clown!« An Smiceks Schläfe schwoll eine Ader. »Wir sind Profis, Mann! Und wir lassen uns nicht von einem wie Ihnen in die Suppe spucken!«

»Na, na, na!«, dämpfte Corbeau den Hitzkopf.

»Die Firma hat einen Ruf zu verlieren«, ereiferte sich Smicek.

»Und ich bin drauf und dran, meinen Humor zu verlieren«, sagte Bruno. »Bei Figuren wie euch krieg ich eine total destruktive Einstellung. Was hattet ihr vor mit Sophie?«

Corbeau schob sich zwischen die Parteien.

»Ich dulde in diesem hohen Haus kein Handgemenge«, sagte er und wandte sich an Bruno: »Die junge Dame heißt Nicoletta Dettwiler. Ihr Vater ist ein Schweizer Hotelier, Wohnsitz in Basel. Ihre Mutter ist Deutsche, derzeitiger Wohnsitz in München.«

Er genoss Brunos bestürzten Gesichtsausdruck.

»Wir haben Nicoletta Dettwiler im Computer«, fuhr er mit sardonischem Lächeln fort. »Ihr Vater hat sie als vermisst gemeldet. Vor sechs Wochen ist sie aus einem 4000-Euro-Internat ausgebüxt. Eine Woche lang war der Vater überzeugt, seine Tochter sei entführt worden.« Corbeaus Tonfall troff vor Süffisanz. »Da das Vertrauen des Herrn Papa in die Arbeit der staatlichen Organe begrenzt zu sein scheint, beauftragte er eine Privatfirma in Augsburg mit weiteren Ermittlungen. In der Tat wäre die Angelegenheit erledigt, wenn nicht ein gewisser Privatdetektiv namens Bruno Schmidt seine Finger respektive seine Fäuste im Spiel gehabt hätte. Dann nämlich wäre Nicoletta Dettwiler wieder längst zu Hause oder in ihrer Upperclass-Schule und wir, die Polizei, hätten nicht so viel wertvolle Zeit versaubeutelt mit Ermittlungen, die mit unserem Kernproblem in keinerlei Zusammenhang stehen.«

Er verschränkte die Hände auf dem Rücken und blickte zur Decke.

»Meine Herren«, sagte er mit kühler Arroganz, »ich möchte Sie hier nicht mehr sehen.«

Dieses Arschloch kostet es voll aus, dass er recht behalten hat, dachte Bruno. Schließlich war es Corbeau gewesen, der die Mädchenhändler-Theorie von vornherein verworfen hatte. Als könne er Gedanken lesen, bedachte er Bruno von oben herab – er war mehr als einen halben Kopf größer – mit einem abschätzigen Blick.

»Herr Schmidt, Sie sind ein James Bond für Arme. Nein, nicht mal das!«

Wortlos wandte Bruno sich zum Gehen. Er hörte noch, wie Corbeau die Belegschaft der Firma Smicek – »Halt! Sie bleiben noch eine halbe Stunde hier! Ich will keinen Tumult auf der Straße!« – zurückhielt, dann ballerte er die Tür hinter sich zu.

Auf dem Gehsteig vor dem LKA-Gebäude stand Alexander. Er hatte auf Bruno gewartet.

»Schöne Scheiße!«, sagte er mitfühlend.

»Besser kann man's nicht ausdrücken.« Bruno steckte die Hände in die Hosentaschen, wobei er seine Backenzahnkrone ertastete.

»Jetzt weiß ich wieder, woher ich das Mädchen kenne«, sagte Alexander kleinlaut, »aus der Vermisstendatei.«

»Das hätte Ihnen früher einfallen sollen!«

»Ich bin eine Pfeife.« Alexander lächelte verloren.

»Ich auch«, sagte Bruno.

»Hol's der Geier«, sagte Alexander. »Kommen Sie, Hammer, ich geb einen aus.«

Kleines Geständnis

Am darauffolgenden Mittag war Bruno abermals auf dem Weg nach Hause. Verkatert hing er überm Steuer seines Wohnmobils, zu dem er spät in der Nacht von einem Streifenwagen gebracht worden war. Alexander hatte das organisiert.

Es war ein alkoholintensiver Abend gewesen, in dessen Verlauf Bruno die demütigende Schlappe erfolgreich vernebelt hatte. Beim Erwachen am späten Vormittag stand sie dafür wieder umso deutlicher vor ihm.

Lass es sein, alter Knabe, sagte er sich, du hast dich genug blamiert. Fahr nach Hause! Wie es aussah, war Nicoletta Dettwiler alias Sophie außer Gefahr. Sie aufzuspüren, nur um sie ihrer Familie zurückzugeben, war nicht Brunos Aufgabe. Das würde er sowieso nicht tun, weder für Geld noch gute Worte. Denn nach seiner Erfahrung war das Mädchen, wenngleich erst knapp sechzehn, fit und flügge genug, um in der Welt zu bestehen. Und da ihr die Freiheit offenbar so viel bedeutete, sollte sie ihr von niemandem genommen werden. Das war Brunos Ansicht zu diesem Fall.

Warum er die Autobahn in Saarbrücken über die Ostspange verließ, konnte er sich selbst nicht erklären. Es kam ihm vor, als folge er einer Eingebung. Noch einmal zog es ihn zum Osthafen, wo das seltsame Abenteuer seinen Anfang genommen hatte. Natürlich war Sophie nicht hier – er hatte es auch nicht wirklich erwartet. An der Stelle, wo Rattenmännchen Bruno sein behütetes Leben ausgehaucht hatte, stand eine Frau auf dem Weg und hielt an langer Leine ihren sich entleerenden Dobermann. Frau und Hund starrten Bruno sinnfrei entgegen.

Der verzichtete auf sein Wegerecht und legte den Rückwärtsgang ein. Vor den überwucherten Gleisen wendete er und versuchte sich an die Strecke zu erinnern, die er vor Tagen im Gewittersturm gefahren war. Die Straße des 13. Januar war ihm noch gegenwärtig. Dann verfranzte er sich. Konzeptlos kurvte er noch eine Weile herum, dann stellte er das Wohnmobil auf dem Parkplatz eines Baumarkts ab. Er benötigte ein paar Werkzeuge, um wenigstens die gröbsten Zertrümmerungen provisorisch zurechtzuhämmern und geradezubiegen. An die saftige Rechnung, die der Besitzer ihm letztendlich präsentieren würde, wollte er noch gar nicht denken.

Als Bruno mit ein paar Gerätschaften unterm Arm aus dem Baumarkt kam, fiel ihm fast die Kinnlade herunter. Neben dem Wohnmobil stand Sophie.

»Sherlock«, rief sie, »ich hab dich drüben auf der Straße fahren sehen. Aber du hast nicht rübergeguckt.«

Bruno legte das Werkzeug auf den Boden und schloss sie in die Arme.

»Du hast ja ein phänomenales Personengedächtnis, Teenie!«

»Na klar.« Sie zwickte ihn in die Flanke.

»Trotzdem muss ich mit dir schimpfen.« Er beugte sein Gesicht zu ihr herunter und sprach in ihre Haare hinein. »Warum bist du in Sarralbe so plötzlich auf und davon?«

»Hab ich dir gefehlt?« Sie löste sich von ihm, ihre Augen strahlten.

»Ich hab mir Sorgen um dich gemacht. Du kannst doch nicht einfach verschwinden wie eine Ratte im Rinnstein!«

»Es war wegen Alexander ...« Sie fuhr sich durch die Haare. »Er sagte doch, er hätte mich schon mal irgendwo gesehen. Erinnerst du dich?«

»Aber sicher.«

»Das war der Grund. Der Mann ist Bulle. Und ich werde gesucht. So einfach ist das, Sherlock.« Sie hielt sich die Hände vors Gesicht, guckte aber zwischen den Fingern durch. »Komm, lass uns ein Stück wegfahren von hier.«

»Wohin denn?«

»Egal! Ich möchte bloß nicht, dass uns hier jemand sieht.«

Achselzuckend schloss Bruno das Wohnmobil auf.

»Iiiih, was ist denn hier passiert?«, fragte Sophie.

»Ich hatte Gäste.«

Im Schritttempo – es war viel Verkehr und alle Ampeln sprangen zuverlässig auf Rot, wenn das Wohnmobil in die Nähe kam – zuckelten sie durch die Stadt.

»Hast du wenigstens ein Dach über dem Köpfchen, ma belle?«

»Aber sicher. Ich wohne bei Onkel Berti.«

»Ach, geh! Du hast einen Onkel in Saarbrücken?«

»Neuerdings erst. Erinnerst du dich an Engelbert Bloch?«

»Nein ... doch, ja! Ist das nicht dieser graue Anzugmensch, der am Osthafen eine kostenlose Flugstunde bekommen hat?«

»Du bist gemein! Onkel Berti hat sich dabei ordentlich wehgetan.«

»Kennst du den Mann schon länger?«

»Nein, überhaupt nicht. Es war so eine spontane Idee, ihn zu besuchen. Mir ist nichts Besseres eingefallen, wo ich hätte hingehen können.«

»Zu diesem Thema werden wir noch kommen.« Bruno drohte ihr mit dem Zeigefinger. »Aber zunächst mal zu deinem kalkigen Onkel! Ich sehe seine Augen noch vor mir. So hell, so hellgrau, so ...«

»Er verträgt kein grelles Licht«, sagte Sophie.

»Vielleicht ist er ein Vampir. Blass genug wäre er ja.«

»Auch altmodisch genug.« Sophie kicherte. »So rein garderobenmäßig ist er nicht grad der Upstyler.«

»Gehe ich richtig in der Annahme, dass er allein lebt?«

»Du gehst richtig in der Annahme. Sagt das was aus über ihn?«

»Nein, natürlich nicht. Aber was ist das für eine Mesalliance – ein heranwachsendes Mädchen und ein Mann im Altherrensommer!«

»Das ist weder eine Alliance noch eine Mesalliance!«, protestierte sie. »Musst du mich unbedingt ärgern?«

»Was sich liebt, das neckt sich.« Bruno grinste. »Du kennst doch den Spruch.«

»Eigentlich wollte ich bei Onkel Berti, also bei Herrn Bloch, nur kurz bleiben. Aber er ist irre gastfreundlich.«

»Und er will nichts von dir ... ich meine, lässt er dich in Ruhe?«

»Was du denkst! Dazu ist er nun wirklich nicht sexy genug.«

»Der ist so sexy wie ein Haarknäuel«, sagte Bruno, »und schon so alt, dass er sich keine grünen Bananen mehr kaufen sollte.«

»Sei nicht so garstig! Onkel Berti ist total süß. Ein bisschen verschroben vielleicht. Zum Beispiel hält er Strings für gesundheitsschädlich, weil sie angeblich zwischen den Pobacken schubbern und Entzündungen verursachen.« Sie kicherte wieder. »Das hat er irgendwo gelesen.«

»Solche Themen habt ihr?«

»Ach wo, das war nur einmal. Onkel Berti ist die Moral in Person. Das nervt manchmal. Aber ansonsten ist er gutmütig bis dorthinaus.«

»Du musst es ja wissen!«

»Hör mal, Bruno, ich bin demnächst sechzehn! Ich kann einen Menschen einschätzen, glaub mir das!«

Bruno grinste.

»Gewiss doch«, sagte er.

Sophie wölbte ihren Schmollmund und schaute auf die Straße.

»Onkel Berti ist nicht so locker drauf wie du. Er ist ein bisschen schrullig, wie ich dir ja schon gesagt hab. Und ziemlich einsam, glaub ich.«

»Ich weiß nicht, was die Leute gegen Einsamkeit haben«, sagte Bruno. »Ich ginge lieber dreißigmal in die leere Wüste als dreimal in eine überfüllte Oase.«

Sie hatten das Zentrum hinter sich und die Stadt zeigte ein abgelebtes, ärmliches Gesicht.

»Das müsste der Stadtteil Burbach sein«, sagte Bruno, »hier hab ich vor Jahren mal jemanden beschattet.«

»Wen?«

»Einen bösen Bullen, der sich im Hunsrück an einem Zigeunermädchen vergangen hatte. Aber erspar's mir bitte, die ganze Story erzählen zu müssen. Ich bin ein bisschen verkatert.«

»Dass du immer Alkohol trinken musst!«

»Nur aus gegebenem Anlass.«

»Dir ist doch jeder Anlass recht! Jedes Mal, wenn wir uns sehen ...«

»Klar, wir sehen uns ja so oft.« Bruno grinste sie an. »Ich hole bloß ein wenig von dem nach, was mir früher verboten war. Du hast ja keine Ahnung, wie spartanisch das Leben eines Berufsboxers ist.«

»Ach, wirklich?«

»Deine vitalsten Jahre gibst du her. Zwischen achtzehn und fünfunddreißig steht nur Boxen auf dem Programm. Training! Disziplin! Hungern, damit du deine Gewichtsklasse möglichst lange halten kannst! Und wofür das alles?«

»Um berühmt zu werden, schätz ich mal.«

»Berühmt!« Bruno lachte. »Nach ein paar Jahren gibt es noch eine Handvoll Experten, die sich an den ein oder anderen Kampf erinnern, bei dem du ein paar Millionen Hirnzellen eingebüßt hast.«

»Und da musst du die zwei Dutzend, die dir noch geblieben sind, unbedingt in Alkohol einlegen?«

»Und du musst immer das letzte Wort haben, Teenie!«

Bruno bremste, fuhr behutsam über den Bordstein und parkte das Wohnmobil halb auf dem Trottoir, halb auf der Fahrbahn. Auf der anderen Straßenseite lockte ein Schnellimbiss mit der verheißungsvollen Reklameschrift *Hauptsach gudd gess!*

»Mal sehen, ob die den Mund nicht zu voll nehmen«, sagte Bruno.

Sophie folgte ihm lustlos. Bruno zog sie zu sich heran und gab ihr einen Klaps auf den Po.

»Nun iss mal was, du Moskitogewicht!«

Zu mehr als einem Pappschälchen Pommes rot-weiß und einer Cola war sie nicht zu bewegen. Bruno nahm eine Rostwurst mit halbem Weck. Zum Diner setzten sie sich ins Wohnmobil. Als sie fertig waren, betastete Bruno mit der Zunge seinen reizempfindlichen Zahnstumpf und zerknüllte die Serviette.

»Und jetzt lade ich dich in ein trendiges Café ein, Teenie.«

Die Trostlosigkeit des alten Arbeiterstadtteils war durchaus noch steigerungsfähig. Die Häuser entlang der Bahngleise hätten als Filmkulisse für einen amerikanischen Krimi der schwarzen Serie aus den 1940er Jahren herhalten können.

»Schön hier«, sagte Bruno, »da muss man doch nicht in Urlaub fahren!«

Sie gingen in ein Lokal, das weder von außen noch von innen einladend wirkte. Es war ein verrauchtes Bindeglied zwischen Café und Kneipe, jedenfalls hatte es von beiden etwas: eine Theke mit Zapfhahn für Bier vom Fass und eine Sechzigerjahre-Glasvitrine mit einer sehr übersichtlichen Auswahl an Kuchenstücken, die als vertrocknete Ladenhüter nur den ganz unverwöhnten Gaumen ansprachen. Immerhin wussten ein paar Schleckermäuler von Stubenfliegen die Delikatessen zu würdigen.

»Das ist aber ein ziemlich unappetitlicher Schuppen.« Sophie rümpfte die Nase.

»Hier fällt man nicht auf«, sagte Bruno, »egal, was man zu verbergen hat.«

Die beiden Biertrinker am Nachbartisch diskutierten lautstark die gesamtwirtschaftliche Lage.

»Es Saarland is bankrott, das saan isch dir!«

»Ei es will doch aach kää Wutz meh was schaffe. Isch ned, du ned – odder duuschd du noch ääner kenne, wo schafft?«

Die Hochschwangere zwischen ihnen zündete sich eine Fluppe an.

»Gebb mer mol Kläängeld, Horschd, isch brauch Zigarette!«

»Der Hund leckt dir die Schniss«, wies der Trinker zur Rechten, dem Anschein nach der Lebensabschnittsgefährte der werdenden Mutter, die Forderung zurück, »isch hann kääns.«

Die Bedienung, deren müde Augen schon in viele Abgründe geblickt hatten, fragte knapp und vertraulich:

»Unn, ihr zwei?«

Sophie bestellte einen Tee und schmunzelte hintergründig, als Bruno ein »Für mich ebenfalls!« knurrte.

Hallooo – du hast schon wieder eine SMS von einer geilen Tussi. Die nuttig gehauchte Frauenstimme kam von einem Handy, das vor einem pummeligen Knaben auf dem Tisch lag.

»Du Dirmel!« Seine umfangreiche Mama knallte ihm eine und ließ das Handy in ihrer Kunstlederhandtasche verschwinden. »Mir gehe hemm, sonschd duun isch hier noch eskaliere, du Lewwerwirschdsche!«

»Siehst du, Probleme gibt es in jeder Familie«, sagte Bruno. »Und jetzt möchte ich endlich wissen, wo du aus dem Ei geschlüpft bist, Teenie, sonschd duun isch hier auch gleich eskaliere.«

Sophie beugte sich über den Tisch, schlang den Arm um seinen Nacken, zog ihn näher zu sich heran und flüsterte ihm ins Ohr: »Okay, ich sag's dir. Aber nur, wenn du mich nicht verpfeifst! Versprochen?«

»Versprochen!«

»Ich bin die Tochter eines westafrikanischen Häuptlings«, sie flüsterte noch leiser, »und ich bin vor der Beschneidung geflüchtet.«

Dann biss sie ihn ins Ohr.

»Au, verdammt!«

Alle Gesichter wandten sich ihnen zu.

»Bist du von allen guten Geistern verlassen?« Bruno rieb sich das Ohr. »Da hat mich schon die Faust eines menschenähnlichen Ungeheuers gestreift!«

»Ich mach's wieder gut, indem ich dir alles beichte, die ganze Wahrheit!« Sie pustete ihm einen Kuss über die Fingerspitzen zu.

»Dann aber mal los!«, forderte Bruno. »Belogen hast du mich lange genug.«

»Laut Statistik lügt jeder Mensch zweihundert Mal am Tag.«

»Vermutlich hast du dein Soll für heute schon erfüllt.«

»Du wirst ganz schön enttäuscht sein.« Sie zog den Teebeutel aus ihrer Tasse. »Es ist nicht grad die große Story, die ich zu erzählen hab. Ich bin aus einem Internat ausgerissen. Das ist eigentlich alles.«

»Und die Herrschaften, die dich wieder einfangen wollen, sind die Lehrkörper. Sehe ich das richtig?«

»Nein.« Sie schüttelte den Kopf. »Was diese Typen von mir wollen, kann ich mir nicht erklären. Vielleicht sind es tatsächlich Mädchenhändler?«

»Weiter im Text!«, forderte Bruno.

»Also ...«, sie senkte den Blick, »dass meine Eltern tot seien, das war geschwindelt. Mein Vater lebt in Basel, unter anderem, und meine Mutter in München. Probleme hab ich mit beiden.« Sie seufzte. »Das ist alles schrecklich kompliziert – aber auch irgendwie gewöhnlich. Ach, ich weiß auch nicht!«

»Was tun sie denn so, deine Eltern?«

»Mein Vater ist Hotelier. Ein wandelnder Taschenrechner. Und meine Mutter...«, sie lächelte verlegen, »die nimmt ihn aus. Mit allem, was Recht ist.«

»Sind deine Eltern geschieden?«

»Noch nicht.«

»Hotelier, sagst du, ist dein Vater?« Bruno beugte sich vor und stützte sich auf die Ellbogen. »Da gibt's Kategorien.«

»Fünf Sterne, sagt dir das was?«

»Ja, schon. Je mehr Sterne, desto mehr musst du blechen für ein paar Stunden Schlaf.«

»Wenn mein Daddy das hören würde...« Sophie lachte. »Er lebt nur für die Hotellerie. Für nichts anderes! Alles ist superfein, alles superexklusiv! Die Angestellten kriechen ihm in den Hintern und er den Promi-Gästen. Dem Personal hat er mindestens tausend Richtlinien verordnet. Alles muss perfekt sein. Die Innenränder der Kloschüsseln werden mit Spezialspiegeln kontrolliert. Und überall ist Hightech – in jedem Zimmer ein Multimedia-System mit Touch-Screen-Fernbedienung. Und aus den Teppichen steigen morgens Wake-up-Düfte auf. Und in den Wellness-Oasen werden Hot-Chocolate-Massagen verabreicht, die jede Menge Glückshormone freisetzen.«

»Quelle décadence!«, sagte Bruno manieriert und spreizte den kleinen Finger ab. »Einen wie mich würde er wahrscheinlich gar nicht über die Schwelle lassen, dein Daddy.«

»Seine Gäste, sagt er, seien globale Luxus-Nomaden.« Sophie neigte den Kopf und fragte schelmisch: »Bist du so einer?«

»Dazu fehlen mir ein paar Kauri-Muscheln«, sagte Bruno achzelzuckend, »aber ich vermisse nichts.«

»Das nehm ich dir sogar ab, Sherlock. Du brauchst so etwas nicht.«

»Ach, Teenie!« Bruno schabte mit dem Zeigefinger über sein raues Kinn. »Es ist ja nicht so, dass ich ständig Bock hab auf mieses Essen und einen impotenten Geldbeutel. Aber nach meiner Ansicht wollen die Menschen zu viel. Und die Reichen nehmen sich zu viel. Das hält die Erde auf Dauer nicht aus.«

»Du sprichst mir aus der Seele!«, sagte sie schwärmerisch.

»Wo steht es denn, das noble Gasthaus deines Vaters?«

»Es gibt zwei davon. Eins in Genf und eins in Basel.«

»Zwei sogar?« Bruno pfiff leise durch die Zähne. »Dann kommt das Töchterlein nicht aus einem, sondern gleich aus mehreren guten Häusern!«

»Mein Daddy bewegt sich wie auf Schienen durchs Leben.« Sie zwirbelte eine Haarlocke. »So möchte ich nicht werden! Ich finde das kotze, aber total!«

»Bist du deswegen abgehauen?«

»Nein. Ich hatte auch Schwierigkeiten im Internat. Aber das ist nicht so wichtig.«

»Wie man's nimmt. Ich galt zeitweise auch als ›erziehungsresistent und unbeschulbar‹. Aber reden wir über dich, Teenie! Wie geht's nun weiter? Wirst du für den Rest deines Lebens Untermieterin bei Onkel Berti bleiben?«

»Ich werde zurückgehen.« Sie lächelte resigniert. »Vielleicht schon morgen.«

»Wohin? Ins Internat?«

»Erst mal nach Hause.«

»Wo ist das? In München? In Basel? In Genf?«

»Das weiß ich noch nicht genau.«

»Was ich Idiot mir für Sorgen um dich gemacht habe! Ich war schon drauf und dran, im Fall der verschwundenen Mädchen zu ermitteln, weil ich Zusammenhänge mit dir befürchtet hatte. Dann kann ich ja die Fahne wieder einrollen.«

»Bist du jetzt sauer?«

»Ach, Sophie!« Er massierte sein Grübchenkinn mit dem Zeigefinger. »Oder soll ich dich beim richtigen Namen nennen, Nicoletta?«

Zum ersten Mal sah Bruno sie erröten.

»Du weißt ja alles«, sagte sie betroffen. »Warum fragst du überhaupt noch?«

»Ich wollte es von dir selber hören, nicht von irgendwelchen anderen Leuten.«

»Du kannst mich trotzdem weiterhin Sophie nennen. So ganz falsch ist das nämlich nicht. Es ist mein zweiter Vorname. Nicoletta – dieser Name passt nicht zu mir. So werde ich erst wieder heißen, wenn das hier vorbei ist.«

»Also hoffentlich ab morgen!« Bruno sah sie prüfend an. »Und du weißt wirklich nicht, wer die Männer sind, die dich kidnappen wollten?«

»Nein, wirklich nicht!«

»Ich kann's dir verraten. Da gibt es so eine Art Firma, die man für alles buchen kann, was im Handstreich erledigt werden soll. Kinderrückführung gehört auch in ihr Repertoire.«

»Dann hat mein Papa die Männer ... Ich hab's mir fast gedacht!«

»Das muss man verstehen, Teenie. Du bist ein wilder Hase.«

Er holte den Brillantring aus seiner Hosentasche und griff nach ihrer Hand, um ihn ihr anzustecken, doch sie sträubte sich und ballte die Faust.

»Behalt ihn bitte!«

»Ich mache mir nicht viel aus Schmuck«, sagte Bruno.

»Auch nicht als Erinnerung an mich?«

»Um mich an dich zu erinnern, brauche ich keinen Ring.«

»Dann verschenk ihn! Vielleicht gibt es jemanden, den du liebst ...«

»Vielleicht«, sagte Bruno. »Wenn du drauf bestehst.«

Sie zog seine Hand über den Tisch und schaute auf seine Armbanduhr.

»Ist es schon sooo spät? Ich hätte in einer Konditorei eine halbe Marzipantorte abholen sollen.«

»Dann muss Onkel Berti halt mal die Finger von den süßen Sachen lassen«, sagte Bruno zweideutig, »ist gesünder für ihn.«

Auf der Rückfahrt war Sophie bedrückt und in sich gekehrt. Wunschgemäß setzte Bruno sie auf dem Parkplatz des Baumarkts ab, von wo sie aufgebrochen waren.

»Adieu, Teenie!« Er drückte sie an sich. »Du kriegst das schon geregelt!«

Sie schmiegte ihren Kopf an seine Brust. Dann schlang sie die Arme um seinen Nacken und gab ihm einen Kuss auf den Mund.

»Du bist so ein Fall für dich, Sherlock. Aber ich finde dich gut.«

Dann ging sie.

»Kein Wort über meinen köstlichen Humor?«, rief Bruno ihr nach.

»Brrrr.« Sie drehte sich kurz um und schüttelte sich. »Ich werde ihn vermissen.«

Eiskaltes Geheimnis

Bloch zappte sich durchs Fernsehprogramm – von einem albernen Schnürmieder-Western mit Brigitte Bardot zu einem trashigen amerikanischen Bleifuß-Reißer mit Schießorgien und Verfolgungsjagden und weiter über ein federleichtes deutsches Lustspiel mit allerlei harmlosen Frivolitäten zu einem Knall-Bumm-Streifen über die heldenhafte US-Hubschrauber-Kavallerie und ihre charakterlich wertvollen Mitglieder, die, umzingelt von wild feuernden Fieslingen eines Schurkenstaats, pausenlos ihr Leben für die Demokratie aufs Spiel setzten. Dazwischen ging er immer wieder ans Fenster. Wo sie nur blieb?

Dingdongdingdong. Das war die Erlösung! Bloch drückte den Öffner für die Haustür, machte die Wohnungstür einen Spalt auf und schaltete den Fernseher ab. Als Sophie hereinkam, saß er, in ein Buch vertieft, auf der Couch.

»Hallo, da bin ich«, trällerte Sophie.

»Hallo«, sagte Bloch beiläufig ohne aufzublicken.

»Was ist los mit dir, Onkel Berti? Schiebst du Frust?«

Bloch blätterte um. Die Lektüre schien ihn ungemein zu fesseln.

»Och, ich bitte dich, Onkel Berti! Was ist das denn für 'ne Demo?«

Bloch las unbeirrt weiter.

»Bitte nicht!« Sophie stellte sich dicht vor ihn. »Hast du auf mich gewartet?«

»Mit brennender Geduld«, sagte Bloch und klappte das Buch zu. »Wo warst du?«

»Wo ich war?« Sie schaute ihn verwirrt an.

»Du warst in der Konditorei, natürlich.«

»Entschuldige …«, stammelte sie, »ich war … ich hab noch …«
Dann wurde sie wütend.

»Was soll das? Bin ich dir Rechenschaft schuldig? Ich werd
mich doch wohl noch frei bewegen dürfen! Was glaubst du
eigentlich?!«

Bloch lenkte sofort ein.

»So war das doch nicht gemeint, um Himmels willen!«, sagte
er beschwichtigend. »Du weißt doch, dass ich mir Sorgen
mache. Es gibt schließlich Gründe dafür – auch wenn du sie mir
vorenthältst!«

»Nun übertreib mal nicht, Onkel Berti!« Ihr Ton war wieder
sanft. »Ich hab mich ein bisschen in der Stadt rumgetrieben. Mir
war danach.«

Obwohl es ihn quälte, verkniff Bloch sich weitere Fragen, im
Wesentlichen die nach einem eventuellen Begleiter.

»Gut«, sagte er, »dann gehen wir jetzt zum Abendessen.«

»Muss das sein? Ich bin ziemlich müde.«

»Ich nicht«, sagte Bloch unerbittlich.

Sie aßen in einem behaglichen kleinen Biergarten, der durch
eine dichte Hainbuchenhecke von der Straße abgeschirmt war.
Sophie schaffte kaum die Hälfte ihres Vegetariertellers, doch
Bloch, dessen Stimmung sich merklich gebessert hatte, ließ
nichts übrig von seinem Rahmschnitzel mit Beilagen.

»Es ist schon eigentümlich«, sagte er. »Bevor du gekommen
bist, Sophie, habe ich auf Sparflamme gelebt. Und die Zukunft
habe ich wie einen Abgrund vor mir gesehen.« Er legte Messer
und Gabel parallel auf den Teller und betupfte seine Lippen mit
der Serviette. »Da bist du mir erschienen wie ein verflogener
Engel.«

Sophie war nicht bei der Sache. Sie blickte fragend auf, so als
hätte sie nur ungefähr den Sinn dessen erfasst, was Bloch gesagt
hatte.

»Ich werde bald wieder gehen«, sagte sie.

Bloch starrte sie an.

»Ich habe dich nie gefragt, wo du hergekommen bist«, sagte er tonlos, »aber jetzt frage ich dich, wo du hingehen möchtest.«

Sophie legte den Kopf in den Nacken und schaute schweigend ins Geäst der Platane, unter der sie saßen.

»Du willst es mir also nicht sagen!« Bloch schob den leeren Teller von sich weg. »Gut, dann werde ich eben ein paar Worte darüber verlieren.«

Sophie pustete gegen ihre Haare.

»In deinem Alter sind Mädchen hochgradig gefährdet.« Bloch sprach leise, aber eindringlich. »Weil sie eine Mischung darstellen aus Naivität und sexueller Reife.«

»Geht's dir noch gut, Onkel Berti?«, platzte es aus ihr heraus.

»Ich weiß, wovon ich rede«, entgegnete Bloch in unverändertem Tonfall. »Unsere Gesellschaft ist vollkommen sexualisiert. Und ich möchte nicht, dass du das erfährst, wenn es zu spät ist.«

»In welchem Jahrhundert lebst du eigentlich?« Sophie brauste auf. »Glaubst du etwa, ich wüsste nicht, was Sex ist? Seit zwei Jahren weiß ich so viel, dass ich ein Buch darüber schreiben könnte. Reicht das?«

Erschrocken blickte Bloch sich um, ob das Unerhörte an den Nachbartischen registriert worden sei. Zu seiner Erleichterung war das offensichtlich nicht der Fall, denn linker Hand turtelten zwei Schwule ohne Draht zur Außenwelt und am Tisch zur Rechten scherzte ein lautstarkes Männerquartett.

»Verschwende dich nicht, Sophie!«, zischte Bloch.

Sie sah ihn befremdet an.

»Was ist denn in dich gefahren, Onkel Berti? So kenne ich dich ja gar nicht! Wenn du untenrum Probleme hast, dann hol dir meinetwegen einen runter oder mach sonst was, aber lass mich in Ruhe!«

Augenblicklich bereute sie ihre Frechheit, aber es war zu spät. Bloch sah sie an, traurig, wie es ihr schien. Sie griff nach seiner Hand.

»Entschuldige bitte! Das ist mir so rausgerutscht.«

Bloch drehte den Kopf, lehnte sich zurück – und versteinerte. Sein bleiches Gesicht wurde noch fahler.

»Hey, was hast du, Onkel Berti? Ist dir nicht gut?«

Bloch antwortete nicht. Sein Blick war auf die zwei Meter hohe Hecke gerichtet, hinter deren exakt waagerecht geschnittener Krone ein Kopf vorbeiwandelte.

»Du musst verschwinden, Sophie«, flüsterte er, »auf der Stelle!«

Sie drehte sich um.

»Auweia! Der schon wieder!«

»Such dir einen anderen Ausgang und lauf nach Hause!« Bloch senkte den Blick und machte sich klein.

»Okay. Und wie komm ich in die Wohnung?«

»Ach so, ja, natürlich ...« Er zog einen Schlüsselbund aus der Jacke, fummelte fahrig daran herum, immer den wandelnden Kopf im Blick, der schon fast das Ende der Hecke erreicht hatte, dann gab er auf und schob ihr das ganze Bund über den Tisch. »Du wirst den Passenden schon finden. Lauf, Sophie, lauf!«

Geschmeidig schlüpfte sie am entgegengesetzten Ende der Hecke durch eine schmale Lücke zwischen Hainbuchen und Hauswand, lugte einmal kurz um die Ecke, sah, dass außer dem Riesen noch zwei weitere Männer auf dem Gehsteig standen, der Typ mit dem Nasenpflaster und ein kleiner, drahtiger Glatzkopf, dann machte sie sich auf den Weg. Das dritte Taxi, dem sie winkte, hielt an.

Um Blochs Gesundheit war sie nicht übermäßig besorgt. Die Typen würden ihm nichts tun. Das könnten sie sich unmöglich leisten, nachdem, wie sie von Bruno wusste, die Polizei von allem Kenntnis hatte.

Das Taxi hielt am Spielplatz. Sophies Angewohnheit, stets Geld mit sich zu führen, auch wenn sie eingeladen war, bewahrte sie vor Verlegenheit. Der Fahrer staunte über das üppige Trinkgeld.

Auf dem Weg zur Haustür sortierte sie die Schlüssel, fünf an der Zahl. Auch Blochs Autoschlüssel hing an dem Bund. So was Blödes, dachte sie, jetzt muss der auch mit dem Taxi heimfahren.

Aus den Augenwinkeln nahm sie eine Gestalt wahr, die aus der Dunkelheit des Spielplatzes auf sie zukam. Es war Samuel Mohr. Sophie wurde es unbehaglich. Sie ging schneller, erreichte vor ihm die Haustür, fand jedoch nicht gleich den passenden Schlüssel.

»Mist!« Sie wurde nervös.

Da stand er schon neben ihr, der füllige Mann, und sie hörte seinen schnaufenden Atem. Wortlos schloss er die Tür auf. Er dachte nicht daran, Sophie den Vortritt zu lassen. Gegen ihren inneren Widerstand folgte sie ihm.

Der nimmt gewiss den Lift, überlegte sie und wollte ihm ein Schnippchen schlagen, indem sie mit der Geschwindigkeit einer Gämse die Treppe hochrennen wollte. Mohr schien Gedanken lesen zu können. Vor der Treppe drehte er sich um und versperrte ihr den Weg. Sophie prallte zurück.

»Lassen Sie mich bitte vorbei!«, sagte sie und schielte zur Haustür, die hinter ihr von einem mechanischen Verstärker ins Schloss gedrückt wurde.

Mohr schaute sie mit eingesunkenen Augen an, so durchdringend, so finster, dass es sie kalt überlief. Warum war es so still in dem Haus? Wieso kam nicht irgendein Mensch daher?

»Mädchen!« Mohr hatte eine röchelnde Stimme. »Geh weg von hier!«

Dann trat er zur Seite, um Sophie Platz zu machen. Sie huschte an ihm vorbei, sprang die Stufen des ersten Treppenabsatzes hoch und blickte sich um, ob er ihr folgte. Doch er tat dies nicht einmal mit den Augen. Asthmatisch schnaufend tappte er zum Lift.

Sophie durcheilte das Treppenhaus, immer zwei Stufen auf einmal nehmend. Sie musste unbedingt schneller sein als Mohr im Aufzug, damit er sie oben nicht bereits erwarten konnte.

Vor Blochs Wohnungstür angekommen, flog ihr Atem. Schon der zweite Schlüssel war der richtige. Geschafft! Sie sperrte von innen ab und ließ den Schlüssel stecken. Dann spähte sie durch den Spion, bis die Flurbeleuchtung sich automatisch abschaltete. Eine Minute lang lauschte sie angestrengt, doch es blieb still vor der Tür.

Allmählich beruhigte sie sich. In der Wohnung fühlte sie sich sicher. Es konnte ja auch nicht mehr lange dauern, bis Onkel Berti auftauchte. Um die Wartezeit zu überbrücken, begann sie ihre Sachen zu ordnen. Morgen, nach dem Frühstück, würde sie zum Bahnhof gehen. Vielleicht würde sie ihren Vater in Basel überraschen können. Er würde ihr die Eskapade schon verzeihen. Was wollte er auch anderes tun? Ins Internat würde sie so oder so zurückmüssen, Disziplinarmaßnahmen inbegriffen.

Diese sieben Wochen haben sich gelohnt, sagte sie sich, egal, was nachkommen mochte! Sie hatte sich einen Traum erfüllt, den Traum von der absoluten Freiheit – ohne Luxus und ohne Konvention. Zum ersten Mal hatte sie ganz allein etwas durchgezogen. Und welche Menschen sie kennengelernt hatte! Wäre sie in der ihr vorgegebenen Spur geblieben, hätte sie vermutlich niemals einen Freibeuter wie Bruno Schmidt getroffen. Schade, dass sie ihm nicht einmal einen Brief würde schreiben können. Sie hatte seine Adresse nicht.

Wo Onkel Berti nur blieb? Die Rüpeltruppe wird ihm doch nichts getan haben? Unruhig lief sie in der Wohnung umher, zweimal, dreimal, viermal auch an der Tür vorbei, hinter der Bloch seine angebliche Unordnung verbarg. Sophie war ein neugieriges Mädchen. Noch zauderte sie, denn es gehörte sich ja wirklich nicht, anderen Leuten unter den Teppich zu gucken. Aber was reizte mehr als eine verbotene Frucht und ein verschlossenes Zimmer? Und war Neugier nicht ein Motor der Menschheitsgeschichte? Ein paar Mal ging ihr Blick zwischen dieser Tür und dem Schlüsselbund, das an der Wohnungstür hing, hin und her.

Ich kann's doch mal versuchen, dachte sie, vielleicht ist der passende Schlüssel gar nicht dabei.

Er war dabei – und Sophie betrat Blochs geheimnisvolles Reich. Sie tastete nach dem Lichtschalter. Zutiefst verwundert stand sie vor einem fast leeren, mit weißem Stoff verhängten Raum.

»Was soll das denn?«, flüsterte sie irritiert und ging um die Arztliege herum.

Hinter den Wandvorhängen herrschte ein Dauerton, ein leises Brummen. Neben der Arztliege zog sie den Vorhang ein wenig zur Seite und stieß einen Überraschungslaut aus. Die Frau, die so mitgenommen aussah, war nicht aus Fleisch und Blut, sondern nur eine Silikon-Sexbombe in zerfetzten Dessous.

Das mulmige Gefühl, das sie beschlich, wurde stärker. Es ist doch bloß eine Puppe, redete sie sich ein, ein Spielzeug – doch der beklemmende Eindruck sexueller Gewalt blieb bestehen. Das Bild, das sie von Engelbert Bloch hatte, begann sich zu verändern. Noch wehrte sie sich dagegen. Als bedürfe es zusätzlicher Beweise, zog sie den Vorhang noch weiter zurück. Eine Tiefkühltruhe wurde sichtbar. Sophie hob den Deckel. Die Truhe war randvoll mit in Plastik verpacktem Material. Obenauf lag eine reklamebedruckte Kaufhaustüte mit flüchtig geknüpfter Verschnürung. Sophie löste die Kordel, zuckte zurück und biss sich in die Faust, um nicht zu schreien. Aus der Öffnung ragte der Kopf einer weißen Katze. Ihre Eckzähne waren zu sehen und ein Spalt ihrer glanzlosen Augäpfel. Das Tiergesicht war in Qual erstarrt.

Die Türglocke tönte.

Hastig band Sophie die Plastiktüte zu, schloss die Truhe, lief zum Türspion, der nichts verriet, weil der Flur in Dunkelheit lag, und rannte zurück in die Diele, wo die Gegensprechanlage angebracht war. Abermals tönte die Türglocke.

»Hallo?«

»Ich bin's.« Blochs Stimme hörte sich an, als würde er von Wölfen verfolgt. »Mach schnell!«

Sophie erwartete ihn an der Wohnungstür.

»Das hat ja lange gedauert«, sagte er abgehetzt. »Ich fürchtete schon, du wärst nicht zu Hause.«

»Ich war auf der Toilette.«

»Entschuldigung.« Er griff nach ihrem Arm. »Du armes Kind, du bist ja völlig verstört.«

Sie wich ihm aus. Er folgte ihr ins Wohnzimmer.

»Stell dir vor, die Kerle sind im Biergarten aufgetaucht. Zu dritt.« Er zog sein Jackett aus und warf es mit Schwung auf die Couch. »Ich hab den Hut aufgesetzt und bin einfach an ihnen vorbei. Einfach so! Und dann ab durch die Mitte!«

Überwältigt von seiner Kühnheit, konnte Bloch nicht mehr aufhören zu sprechen.

»Ich glaube nicht, dass sie mich erkannt haben. Aber in dem Punkt bin ich mir nicht sicher. Nicht hundertprozentig. Ich habe mich auf Umwegen herbringen lassen.«

Er ging ins Badezimmer und wusch sich die Hände.

»Weißt du, was mir soeben eingefallen ist?«, rief er. »Ich habe die Zeche nicht beglichen. Das muss ich morgen gleich erledigen.«

Er kam zurück ins Wohnzimmer, das Hemd halb offen und das Handtuch um den Nacken.

»Mit dir macht man was mit!«, sagte er. »Das ist ein Leben wie im Film.«

Sophies Teilnahmslosigkeit machte ihn stutzig.

»Warum bist du so still?«, fragte er. »Man könnte meinen, das alles würde dich nicht im Geringsten betreffen.«

Sophie saß auf der Couch und nagte an ihrer Unterlippe. Blochs Kinn sackte ein wenig ab. Eine Ahnung schien ihn zu überkommen. Mit schnellen Schritten ging er zur Tür seines Mysterienzimmers und drückte die Klinke. Gleichzeitig mit der Tür öffnete sich sein Mund.

»Du bist da drin gewesen«, sagte er fast stimmlos.

Mit hängenden Schultern schlurfte er ins Wohnzimmer, wo er sich am Glastisch niederließ und sein Gesicht in den Händen verbarg.

»Warum hast du alles zerstört?«, wisperte er. »Warum?«

»Du bist selber schuld«, begehrte Sophie auf, »weil du so ein Geheimnis draus gemacht hast!«

Bloch nahm die Hände vom Gesicht und blickte sie an, als habe er sie nicht verstanden. Er schien um zehn Jahre gealtert.

»Deine geheime Rammelkammer interessiert mich kein Jota«, sagte sie, »in der Hinsicht haben viele Leute eine Macke. Aber wie eine Katze in deine Kühltruhe kommt, das möchte ich gern wissen!«

Bloch antwortete erst nach einem langen Atemzug.

»Die Katze ... ja, die Katze ... sie ist ein Präparat!«

»Ein präpariertes Tier in der Tiefkühltruhe? Das kannst du mir nicht erzählen!«

»Sophie, das wirkt befremdlich auf dich, weil du die Hintergründe nicht kennst. Ich sollte dir vielleicht erklären ...«

Die Türglocke unterbrach Bloch mitten im Satz. Er richtete sich auf, sprungbereit.

»Wer kann das sein? Um diese Uhrzeit? Die Kerle sind mir gefolgt!«

Gekrümmt schlich er zur Gegensprechanlage.

»Ja, bitte?«

Es antwortete niemand. Bloch nahm die Brille ab. In seinen farblosen Augen stand Furcht.

»Sie sind da!«, flüsterte er. »Rollläden runter! Aber leise!«

Dingdongdingdong.

Im Schleichgang bewegte Bloch sich auf die Wohnungstür zu, linste durch den Spion – und stöhnte laut auf.

»Was wollen Sie?«, fragte er scharf durch die spaltweit geöffnete Tür.

»Ich hab ein Päckchen für Sie entgegengenommen«, krähte Frau Kniesbeck, »eine Nachnahmesendung. Einundneunzig Euro dreißig. Ich hab das Geld für Sie ausgelegt.«

Bloch, der sich – wenngleich grundlos, denn die Verpackung war vollkommen neutral – zum zweiten Mal innerhalb von Minuten ertappt fühlte, weil das Päckchen Sado-Maso-Erotika enthielt, die er vor anderthalb Wochen bestellt hatte, reagierte rabiat.

»Unnötig!«, bellte er hell. »Völlig unnötig! Das hätte ich morgen abgeholt!«

Während er zappelig und aufgebracht die Übergabe an der Türschwelle regelte, stets bemüht, der Kniesbeck, die ihren Hals wie eine Henne reckte und drehte, den Eintritt zu verwehren, traf Sophie eine folgenschwere Entscheidung. Die Tür zum verbotenen Zimmer war noch offen. Sie huschte hinein, fegte den Vorhang zurück, hob den Deckel der Kühltruhe, griff nach dem Plastikbeutel, unter dem sich der runde Katzenkopf abzeichnete, wollte das starre Tier aus der Kälte ziehen, um es Bloch vor Augen zu führen als unumstößlichen Beweis, der keine Lüge und kein Leugnen mehr zuließ, doch der steife Körper war eingeklemmt, hing fest verkeilt zwischen Eingepacktem im dampfenden Minusbereich. Mit beiden Händen versuchte Sophie Platz zu schaffen, um die tote Katze aus der Eisgruft zu holen, da ertastete sie etwas, was sie zunächst nicht wahrhaben wollte. Ihre Hand zuckte weg, kehrte zögernd an die Stelle zurück – und erfühlte unmissverständlich das Befürchtete, das Unvorstellbare, das ihr das Blut in den Adern gefrieren ließ: einen menschlichen Arm. Wie in Trance erkundete sie durch die kälteknisternde Plastikhaut eines Müllsacks ein schmales Gelenk, einen Daumen, dann einen Finger, an dem noch ein Ring steckte.

Sie sah Bloch noch in der Tür stehen, bleich und schemenhaft, dann zog es ihr den Boden unter den Füßen weg.

Nur so ein Gefühl ...

Es war kurz vor Mittag. Bruno hatte keinen Schimmer, wie der Ort hieß, in dem er Station machte. Wieder einmal war er auf dem Weg nach Hause – und wieder zögerte er und ließ sich Zeit, als wäre da ein Strudel, der ihn aus dem Saarland nicht herausließ. Mit Logik und klarem Verstand hatte das nichts zu tun. Es war ein Gefühl, das sich nicht in Worte fassen ließ.

Als einziger Gast saß er in einer gewöhnlichen Kneipe und trank abartig schlechten Kaffee. Vor ihm auf dem Tresen lag sein Autoschlüssel, seine Lederjacke hing an einer Stuhllehne. Aus der offenen Tür zur Toilettenanlage kam der Geruch eines scharfen Putzmittels.

Nach zwei Fehlversuchen, Bruno in ein Gespräch zu verwickeln, ließ der Wirt ihn in Ruhe und schaltete das Radio ein. Es erklang ein monotones Gitarrengezupfe mit seltsam verzerrtem Nachhall, das die Ödnis der Szene stilgerecht untermalte. Der Wirt putzte Gläser und betrachtete seinen schweigsamen Gast hin und wieder aus den Augenwinkeln. Zu Beginn der Zwölf-Uhr-Nachrichten kam seine Frau mit Schrubber und Plastikeimer aus der Toilette und redete auf ihn ein, sodass Bruno dem Gewirr der ineinander übergreifenden Wortkaskaden nur mit Anstrengung entnehmen konnte, dass der Ifo-Geschäftsklima-Index zum vierten Mal in Folge gefallen war. Das riss ihn nicht vom Hocker.

»Mach doch was de willschd«, maulte der Wirt seine Frau an, »du machschd jo sowieso wasde willschd«, und schickte seufzend die saarländische Kurzformel für eine maue Finanzlage hinterher: »Mir hann's jo!«

Bruno legte seine Geldbörse auf den Tresen.

»Darf's noch ebbes sinn?«, fragte der Wirt.

»Still, bitte!« Bruno riss die Hand hoch und bedeutete ihm mit einer Drehbewegung, er solle das Radio lauter stellen.

Bei den in der Saar bei Merzig aufgefundenen Leichenteilen handelt es sich um sterbliche Überreste der fünfzehnjährigen Cindy Hoffmann aus Saarbrücken-Burbach. Das gab am Vormittag die Kriminalpolizei in Saarbrücken bekannt. Gentechnische Untersuchungen hätten zu einem eindeutigen Ergebnis geführt, erklärte der Leiter der Sonderkommission, Hauptkommissar Klaus Corbeau. Die Körperteile der seit vier Monaten vermissten Schülerin seien eingefroren gewesen, bevor sie ins Wasser geworfen wurden. Weitere Einzelheiten wurden aus ermittlungstaktischen Gründen nicht genannt.

»Jessesmaria, do laafts ääm jo kalt de Buckel nunner.« Mit geweiteten Augen sah die Wirtsfrau zu Bruno herüber. »So ebbes macht doch kää Mensch! Mir gehn grad die Graasgruusele aus. Das muss e Monschder sinn!«

»Do lach isch misch awwer kabutt«, sagte der Wirt, »e Monschder, so e Kabbes! Das is ääner, wo se net all am Chrischbaam hat. E Außeseiter, e unoffällischer Außeseiter!«

Ein unauffälliger Außenseiter! Der Begriff verursachte in Brunos Gehirn so etwas wie eine Initialzündung. Plötzlich sah er das bleiche Durchschnittsgesicht von Engelbert Bloch vor sich – und eine tiefe Besorgnis ergriff ihn. Er holte sein Handy aus der Lederjacke und rief Alexander an, mit dem er sich seit der durchzechten Nacht duzte.

»Bloch? Nie gehört«, sagte Alexander. »Du fragst mich Sachen, Hammer! Ich bin doch nur ein ganz kleines Rädchen im Getriebe und hab mit diesen Ermittlungen gar nichts zu tun. Aber okay, wenn du meinst, werd ich mich drum kümmern. Wenn meine Chefs mich wegen Kompetenzüberschreitung rausschmeißen, kann ich ja immer noch Privatdetektiv werden.«

Gespannt wartete Bruno auf den Rückruf. Der zweite Kaffee war keine Spur besser als der erste und zudem nur lauwarm. Gegen seinen Hunger wollte Bruno in diesem Lokal eigentlich nichts unternehmen. Nach einer halben Stunde und zwei Gläsern fadem Orangensaft gab er seinen Widerstand auf und griff zu einer der staubtrockenen Salzstangen, die offen in einem Weizenbierglas auf der Theke vor sich hin alterten.

Endlich klingelte sein Handy. Zu seiner Überraschung war es Corbeau, der anrief.

»Was wildern Sie da schon wieder in meinem Revier herum, Schmidt?«

»Ich überprüfe, ob Sie die Abschussquote erfüllen.«

»Dazu brauchen wir Männer wie Sie«, sagte Corbeau. »Wollen Sie in dieser Sache ein weiteres Mal auf die Schnauze fallen?«

»Berufsrisiko«, antwortete Bruno gelassen. »So ist das eben, wenn man im dunklen Keller nach einer schwarzen Katze sucht.«

»Also ...« Corbeau raschelte mit Papier. »Wir haben alle Akten studiert von Männern, die Kinder missbraucht oder Frauen vergewaltigt haben. Auch den Täterkreis kleinerer Sittlichkeitsdelikte haben wir unter die Lupe genommen. Dabei sind wir auch auf Engelbert Bloch gestoßen. Allerdings war das Ergebnis negativ. Wir haben die Spur nicht weiter verfolgt.«

»Wie? Ich werd verrückt!«

»Bloch stand vor vier Jahren mal wegen eines Sittlichkeitsdelikts vorm Kadi. In Nähe der Uni soll er einer Joggerin seinen Pimmel gezeigt haben. Aber statt in Ohnmacht zu fallen, hat die ihm eine gesemmelt. Sie war Saarlandmeisterin im Weltergewicht. So'n Zufall aber auch.«

»Hat er das öfter gemacht?«

»Nein, er ist weder vorher noch nachher als Exhibitionist in Erscheinung getreten. Jedenfalls soweit uns das bekannt ist. In den Akten ist er als ein ängstlicher, instabiler Charakter vermerkt. Der Richter hat ihn mit einer Geldstrafe springen lassen.«

Aus Corbeaus Stimme klang der vertraute Sarkasmus. »Wegen günstiger Sozialprognose und geringer Wiederholungsgefahr.«

»Danke für die Information!«

»Jetzt sind Sie dran«, sagte Corbeau. »Was haben Sie gegen Bloch in der Hand?«

»Hoffentlich nichts.«

»Mein lieber Schmidt«, stöhnte Corbeau, »ich hab den Polizeidirektor im Nacken und die Medien an den Hacken. Was mir zu meinem Glück noch fehlt, ist ein sendungsbewusster Amateur, der mich mit falschen Fährten versorgt. Tun Sie mir einen Gefallen?«

»Ja? Welchen?«

»Geh'n Sie 'n Eis essen, Mann! Und dann hauen Sie endlich ab!«

»Das ist mein Reich!«

Sophie schlug die Augen auf. Sie lag flach auf dem Rücken. Ihr Blick fiel auf die alabasterweiße Plastik eines nackten Mädchens, das, die Schenkel aneinandergeschmiegt, dastand mit traurig gesenktem Kopf. Ihr einziges Kleidungsstück war ein Tuch, das die Schultern umhüllte. Schönheit, Elend und Ergebenheit gingen eine eigentümliche Verbindung ein.

Ein Räuspern durchbrach die Stille. Benommen drehte Sophie den Kopf und erblickte Bloch, der im Zimmer stand. Sie öffnete die Lippen. Ihre Zunge war so ausgetrocknet, dass sie sich wie ein Fremdkörper anfühlte. Es dauerte ein paar Atemzüge, bis ihr ins Bewusstsein drang, dass sie sich nicht bewegen konnte. Sie war gefesselt.

Ihre Befürchtung, nackt zu sein, bestätigte sich nicht. Sie trug das kurze Top, das sie zuletzt angezogen hatte. Es kostete sie Mühe, an sich herunterzuschauen, weil ihre Arme über dem Kopf zusammengebogen und ihre Hände an den Gelenken fixiert waren. Auch ihre Füße waren gebunden. Bloch hatte ihr die Hose ausgezogen, nicht jedoch den Slip. Das Zimmer, in dem sie lag, kannte sie nicht. Es musste Blochs Schlafzimmer sein. Wie sie hierher gekommen war, entzog sich völlig ihrer Erinnerung. Sie hatte auch keinerlei Vorstellung, wie lange sie schon in diesem Bett liegen mochte. Ihre Haut war verschwitzt. Vorhänge dämpften das Tageslicht.

Da kehrte das Grauenhafte in ihr Gedächtnis zurück, das sie gesehen und ertastet hatte, bevor ihr die Sinne geschwunden waren, und sie wurde von einer Angst überwältigt, die sie bislang nicht gekannt hatte.

Bloch betrachtete sie mit abwesendem Lächeln.

»Das ist ein Werk des französischen Bildhauers Jean-Antoine Houdon. Leider nicht das Original. Das steht im Musée Fabre in Montpellier.« Er berührte das steinerne Mädchen mit den Fingerspitzen. »Ich kann mit Worten nicht ausdrücken, wie sehr diese Figur mich anspricht. Sie ist Ende des 18. Jahrhunderts entstanden. Der Meister hat ihr einen Namen gegeben. Ob du ihn errätst?«

Mit geweiteten Augen starrte Sophie ihn an.

»Der Winter«, sagte Bloch und lächelte weiter in sich hinein.

»Wie l-lange l-liege ich schon hier?«, lallte Sophie halb narkotisiert.

»Zwölf Stunden.« Bloch setzte sich zu ihr auf die Bettkante. »Ich habe dir etwas eingeflößt. Aber das weißt du nicht mehr.«

Auf der Nachtkonsole neben dem Bett stand ein leeres Glas. Daneben lag eine braune Ampulle von der Größe eines Fingerhuts.

»Wenn du dich etwas verwirrt fühlst, ist das völlig normal«, erklärte Bloch mit absurder Selbstverständlichkeit. »GHB bewirkt, dass einem ein paar Stunden im Leben fehlen.«

Er nahm die leere Ampulle von der Konsole und stand auf.

»Es ist eine Droge, farblos und fast nicht zu schmecken. Im Volksmund nennt man sie K. o.-Tropfen. Es gibt auch andere Bezeichnungen dafür, *Liquid Ecstasy* zum Beispiel.« Er ging zur Tür. »Du solltest jetzt ein wenig schlafen, Sophie!«

»Was wirst du mit mir tun?«

»Es war so schön mit dir«, sagte Bloch leise, »ich war so glücklich. Deine Nähe machte mich ganz betrunken.«

Plötzlich riss er die Augen auf und wurde laut.

»Warum hast du mir das angetan? Warum, frage ich dich, warum?«

»Ich ... dir etwas angetan? Was denn bitte?« Sophies Stimme war hoch und brüchig.

»Du zwingst mich, etwas zu tun, was für dich nicht vorgesehen war, Sophie.«

»Du willst mich umbringen? Wie die anderen Mädchen?«

Sekundenlang stand Bloch reglos wie ein Denkmal und starrte auf sie herab.

»Ich habe deine Pläne geändert, Sophie«, sagte er kaum hörbar, drehte sich um und verließ abrupt das Zimmer.

Sophie rebellierte mit aller Kraft gegen ihre Fesseln. Es war aussichtslos. Ihre Handgelenke waren von Metall umschlossen. Aus Metall war auch das Bett, ein großes, französisches Format, an dessen schwarz lackierten Stäben die verdrillten Mullbinden verknotet waren, die von den Hand- und Fußgelenken abgingen und ihr jeglichen Bewegungsspielraum raubten.

Sie hatte unerträglichen Durst. Ihr Mund war trocken wie Schmirgelpapier.

»Onkel Berti!«, rief sie, obwohl es ihr zuwider war, den Namen auszusprechen.

Sie rief noch drei- oder viermal so laut, dass er sie hören musste. Dann opferte sie ihrem brennenden Durst den letzten Rest ihres Stolzes und ihre Stimme wurde flehentlich.

»Onkel Berti, bitte komm zu mir!«

Bloch kam ins Zimmer.

»Gib mir bitte etwas Wasser«, bettelte sie.

Sie bemerkte nicht, dass Bloch sich umgezogen hatte. Seine Krawatte war vom gleichen Hellgrau wie die scharf gebügelte Bundfaltenhose. Auch sein Gesichtsausdruck hatte sich verwandelt. Seine Lippen waren dünn und gerade wie ein Lineal.

»Mund auf!«, befahl er. »Weit auf!«

Erschrocken sah sie ihn an.

»Du tust, was ich sage!« Seine Stimme war schneidend. »Sonst werde ich dir wehtun!«

Sophie gehorchte wie eine Marionette.

Bloch holte ein Stück Stoff aus dem Kleiderschrank, ein sauber gefaltetes Anstecktüchlein aus grauer Seide, knüllte es zusammen und schob es ihr in den Mund. Es roch nach Lavendel und schmeckte nach Chemie. Wie gelähmt ließ sie es mit sich geschehen. Bloch verließ kurz das Zimmer und kam mit einem handlangen Klebestreifen zurück, den er ihr über den Mund legte. Sophie würgte. Ihr Blick wurde groß. Sie wollte schreien. Aber die Laute waren so eingesperrt und erstickt, dass ihre Reichweite sich auf das Zimmer beschränkte. Eine wilde Panik bemächtigte sich ihres Körpers. Sie bäumte sich auf, zerrte an den Mullbinden, die ihre Beine bändigten und riss an der stählernen Handfessel, dass die Haut an ihren Gelenken abgeschürft wurde.

»Das ist mein Reich. Mein Wille geschieht!«, sagte Bloch und ging hinaus.

Sophies Muskeln erschlafften. Ermattet sank sie zurück. Im Nachbarzimmer setzte ein Rumoren ein. Bloch verging sich an seiner Puppe. Durch die dünne Wand hörte Sophie ihn wüten.

»Du Schlampe! Du Fickfresse! Ich werd's dir geben! Da! Da, du dreckiges Luder! Da! Da!«

Ein Zittern durchlief Sophies Körper. Sie war so hoffnungslos verzweifelt, dass sie lautlos zu weinen begann. Nach einer Zeit, die für sie nicht messbar war, wurde es still. Irgendwo im Haus kläffte ein Hund.

Ihr Durst war so übermächtig, dass sie an nichts anderes mehr denken konnte. Als Bloch ins Zimmer trat, hatte er sich abermals gewandelt. Er trug seinen Hausmantel aus nachtschwarzem Glanz-Satin, hatte nasse Haare und duftete nach Duschgel. Nachdem er behutsam den Klebestreifen entfernt hatte, zog er Sophie das Knebeltuch aus dem Mund.

»Na, na«, sagte er und entfaltete ein Taschentuch, »da wollen wir doch mal das Naschen schnäuzen.«

Dann brachte er ein Longdrinkglas voll Wasser. Er stützte ihren Nacken mit der Hand, während sie trank.

»Das war aber nötig, mein Kind«, sagte er. »Möchtest du noch mehr?«

»Ja, bitte.« Sie versuchte ihren Nacken aus seiner Hand zu drehen. »Hast du was von dem Zeug reingetan?«

Bloch lächelte.

»Es war reines Wasser«, sagte er mild, »ohne irgendeinen Zusatzstoff.«

»Danke.«

Bloch ging in die Küche, um das Glas wieder zu füllen. Sophie trank es leer, ohne ein einziges Mal abzusetzen.

»Mir gefällt es, dass ich mich um dich kümmern kann, Sophie.« Er stellte das Glas ab und blieb auf der Bettkante sitzen. »Als Kind bin ich ständig krank gewesen. Gelbsucht, Scharlach, Drüsenfieber – an mir ist wirklich kein Kelch vorübergegangen. Dann hat Mutti sich um mich gekümmert.«

Sophie merkte, dass er weich wurde. Instinktiv witterte sie ihre Chance. Allein die Erfahrung fehlte ihr.

»Du bist sehr einsam, nicht wahr?«

»Ha!« Bloch lachte bitter auf und richtete den Blick zur Zimmerdecke. »Ich habe im Lauf meines Alleinseins ein paar wunderliche Neigungen entwickelt. Eine möchte ich dir gestehen. Aber du darfst mich nicht auslachen!«

»Bestimmt nicht.«

»Manchmal liegen in den Schiebekarren der Supermärkte noch die Einkaufszettel der Vorgänger.« Er lächelte verschämt. »Richtiger gesagt: der Vorgängerinnen. Denn meistens sind es Frauen, die mit Merkzetteln einkaufen gehen. Mutti machte das auch. Man erkennt ja gleich an der Schrift, was von einer Frau ist. Seit ich damit angefangen habe, die Zettel zu lesen, kann ich es nicht mehr lassen. Manchmal fische ich sie sogar aus den Papierkörben. Verrückt, nicht wahr?«

»Irgendwie schon.«

»Man erfährt dabei so viel. Es ist sehr intim. Anhand der Einkaufsliste erkenne ich sofort, ob eine Frau allein lebt oder in Partnerschaft. Ob sie ein Kind hat oder eine Katze. Die Zettel von Singlefrauen stecke ich ein und studiere sie zu Hause nochmal in aller Ruhe. Ich stelle mir dann vor, wie die Betreffende lebt. Das ist gar nicht so schwer, ich kenne ja ihre Vorlieben. Ich weiß zum Beispiel, dass sie Fertigpizza liebt. Oder Frischkäse. Oder Erdbeermagerjoghurt. Ich weiß, ob sie Toastbrot frühstückt. Ich weiß, welche Obstsorten sie bevorzugt. Ob sie sich gesund ernährt oder eher nachlässig. Ob sie sparsam ist oder sich vom Besten gönnt.«

»Ich müsste mal auf die Toilette.«

»Hm.« Bloch überlegte. »Warte, ich hole einen Eimer.«

»Nein, bitte nicht! Ich mach auch keine Probleme, ich versprech's!«

Bloch verließ das Zimmer und kam mit einem dreißig Zentimeter langen Küchenmesser zurück. Sophie schauderte, als er sich damit übers Bett beugte, um die Mullbinden zu zerschneiden. Hatte er mit diesem Messer die Mädchen getötet?

Sie hoffte vergeblich, dass er ihr auch die Handschellen abnähme. Das Messer in der Hand, begleitete er sie ins Badezimmer.

»Soll ich dir helfen?«, fragte er.

»Das kann ich allein. Würdest du bitte rausgehen?«

»Keine Chance!«

»Dann dreh dich bitte um!«

Bloch tat ihr den Gefallen. Mit gefesselten Händen zupfte sie den Slip herunter und setzte sich auf den klinisch sauberen Tiefspüler.

»So kann ich nicht!«, klagte sie. »Würdest du bitte rausgehen?«

»Du strapazierst meine Gutmütigkeit gewaltig«, sagte Bloch ungehalten, leistete der Bitte jedoch Folge. »Aber die Tür bleibt auf!«

So sehr Sophie sich nach einer Dusche sehnte – sie traute sich nicht. Entkleidet durfte sie sich Bloch auf keinen Fall präsentieren, obwohl er entspannt wirkte, seit er sich an seiner Puppe abreagiert hatte. Dass er anstelle ihrer die Silikonfrau benutzt hatte, gab ihr ein wenig Hoffnung. Deshalb dachte sie auch nicht über einen Fluchtversuch nach. Mit gefesselten Händen und angesichts des langen Messers erschien ihr dies nicht ratsam. Nach ihrem Gefühl lag die beste Taktik, am Leben zu bleiben, in Wohlverhalten.

»Bist du fertig?«, fragte Bloch von draußen.

»Einen Moment noch, bitte!«

»Soll ich dir ein Bad einlassen?«

»Später vielleicht«, sagte Sophie schnell.

Das schreckliche Messer in der Hand, geleitete Bloch sie zurück ins Schlafzimmer. Sie musste sich hinlegen und wurde mit neuen Mullbinden, von denen Bloch eine Schublade voll besaß, in gleicher Weise wie vorher festgebunden.

»Es ist Mittag«, sagte er. »Wollen wir essen?«

Während er in der Küche zugange war, malte Sophie in ihren Gedanken verschiedene Szenarien aus, die eintreten könnten, wenn sie mit aller Kraft zu schreien anfinge. Die Chance, gehört zu werden, war groß – diese Gewissheit gab ihr das vernehmbare Hundegebell. Aber was, wenn kein Hausbewohner darauf reagieren würde? War nicht immer wieder in den Medien von der Gleichgültigkeit der lieben Mitmenschen die Rede? Oder käme Samuel Mohr, den sie zu Unrecht gefürchtet hatte, ihr vielleicht zu Hilfe? Und was, wenn Bloch durch das Geschrei die Nerven verlöre?

Er kam mit einem Tablett ins Zimmer.

»Kartoffelpüree mit Rosenkohl und Soja-Bratling«, sagte er im werbenden Tonfall eines Oberkellners, »und zum Nachtisch einen Schokoladenpudding.«

Er band sie los, sodass sie sich aufsetzen konnte. Ihren fragenden Blick auf die Handschellen beantwortete er mit einem Kopfschütteln. Dann komponierte er mit der Gabel einen Bissen und begann sie zu füttern.

»Tiefkühlkost?«, fragte sie.

Er nickte. Sie würgte und spuckte den Inhalt ihres Mundes aufs Bett.

»Ach, Kind, was machst du denn?!«

Er holte einen feuchten Lappen und reinigte das Betttuch.

»Ich wollte sowieso neu beziehen«, sagte er.

Später setzte er sich auf die Bettkante und erzählte aus seinem Leben. Nebensächliches reihte sich an Grausames. Aus Angst, seine Stimmung könnte umschlagen, ließ Sophie sich weder Langeweile noch Abscheu anmerken.

»Mein Vater hatte für mich keine Bedeutung.« Bloch zog die Mundwinkel nach unten. »Ich hatte kein Vertrauen zu ihm. Weshalb? Ich weiß es nicht. Wenn es jemals so etwas wie Vertrauen gegeben haben sollte, ich meine dieses Urvertrauen, das Kinder angeblich in ihre Eltern haben, dann hatte er es verspielt. Gewiss ohne böse Absicht. Aber jedes Mal, wenn er mir zu etwas riet, war es zu meinem Nachteil.«

Er fuhr sich mit der Hand übers Gesicht.

»Ich dürfte etwa sechs Jahre alt gewesen sein. Eine Hummel hatte sich in unsere Küche verirrt. Sie kletterte am Fenster herum und wollte wieder nach draußen. Ich habe sie dabei beobachtet, aus respektvollem Abstand, versteht sich. Da kam mein Vater und sagte, ich bräuchte keine Angst zu haben. Eine Hummel sei etwas Liebes, Harmloses, nicht zu vergleichen mit einer Biene oder Wespe. ›Hummeln stechen nicht‹, sagte er. Ich glaubte ihm. ›Nimm dein Taschentuch‹, sagte mein Vater, ›pack sie vorsichtig darin ein und trag sie zum Wohnzimmerfenster!‹ Ich machte das. Auf dem Weg dorthin spürte ich einen stechenden Schmerz. Durch das Taschentuch hindurch hatte die Hummel mich in den Daumen gestochen!«

Er bedeckte seine Augen mit der Hand. Das krampfartige Zucken seiner Schultern übertrug sich aufs Bettgestell.

»Es ist schön, dass ich mit dir über alles sprechen kann, Sophie«, sagte er kraftlos, als der Anfall vorbei war. »Wir haben keine Geheimnisse voreinander.«

Dann erzählte er geschlagene drei Stunden von den kleinen und großen Katastrophen seiner Kindheit, den Enttäuschungen und Kränkungen seiner Jugend und den abartigen Methoden, wie er sich für seine Ohnmacht entschädigt hatte. Dabei war er so sehr mit sich selbst beschäftigt, so versunken in seine gruftige Vita, dass er nicht bemerkte, wie Sophie die Tränen übers Gesicht liefen, als er von Sektionen an lebenden Mäusen berichtete und davon, dass er Enten mit den Füßen auf Bretter genagelt und Küken mit einer Beißzange die Köpfe abgezwickt hatte.

»Ich habe alles in vivo beobachtet, am lebenden Objekt.« Sich mit beiden Armen auf die Matratze stützend, beugte er sich über Sophie, die nicht ausweichen konnte.

»Sexuelle Bedürfnisse können auch durch nichtsexuelle Handlungen befriedigt werden«, sagte er akademisch, und sein Atem, der nicht mehr nach der Chemie eines Mundwassers roch, sondern unangenehm, wehte über ihr Gesicht. »Es geht um Macht. Es geht darum, die eigene Angst einzutauschen gegen die Angst der anderen. Ich weiß das alles. Ich brauche keinen Psychologen, der mich analysiert. Schon vor meinem fünfzehnten Geburtstag hatte ich Gewaltphantasien gegen Frauen – und habe sie immer noch.«

Sein Hausmantel klaffte auf. Auf der talgweißen Haut seiner Brust, unterhalb der linken Papille, zeigte sich – schwarzbraun behaart und groß wie ein Bierdeckel – ein Muttermal.

Gleitcreme und Müllsäcke

Die Adresse hatte Bruno dem Telefonbuch der Kneipe entnommen. Auf der Fahrt zu Blochs Wohnung durchdachte er verschiedene Vorgehensweisen. Irgendwie musste es ihm gelingen, Sophie zu warnen, sie zumindest wissen zu lassen, dass ihr Onkel Berti eine schattige Seite hatte. Möglich, dass sie ihm die Einmischung sogar übel nehmen würde, überlegte er, schließlich hatte sie ihm schon einmal deutlich gemacht, dass sie loyal zu dem Mann stand, dessen Gastfreundschaft sie genoss.

Das Viertel, in dem Bloch lebte, bestand vorwiegend aus properen Mehrfamilienhäusern neuerer Bauart mit gepflegten Grünanlagen und war bürgerlich bis zu den Graswurzeln. Hier wurde deutsch gesprochen. Einen Parkplatz für das sperrige Wohnmobil zu finden, war nicht einfach. Etwa hundert Meter ging Bruno zu Fuß, dann stand er vor dem sechsstöckigen Haus mit der Nummer 71. Aus der Anordnung der Brieffächer schloss er, dass Bloch im fünften Stock wohnte. Er drückte auf die Klingel. Es geschah nichts. Er klingelte ein zweites und drittes Mal. Dann zog er sich auf den Spielplatz zurück und nutzte die spärliche Deckung eines Bäumchens, das noch Stützpfosten hatte, um nach oben zu spähen. Die Fenster der fünften Etage waren geschlossen, die Vorhänge zugezogen.

Eine voluminöse Frau mit Hut, Sonnenbrille und einem unförmigen kleinen Hund kam aus dem Haus. Nachdem der überfütterte Vierbeiner ausgiebig einen Zierstrauch bepinkelt hatte, zog er sein Frauchen zielstrebig zu Bruno hin.

»Guten Tag. Zu wem möchten Sie?«, fragte die Hutträgerin misstrauisch.

»Zu Herrn Bloch. Aber er scheint nicht zu Hause zu sein.«

»Gerade eben hab ich ihn noch gesehen«, sagte die Voluminöse, »ach, sehen Sie, dort drüben fährt er.«

Ein silberfarbener »Mazda«-Kombi mit abgedunkelten Scheiben kam aus der Einfahrt der Tiefgarage und fuhr auf die Straße. Bruno rannte los. Als er beim Wohnmobil ankam, war von dem »Mazda« schon nichts mehr zu sehen. Hektisch brachte er das plumpe Vehikel in die Gänge und fuhr stadteinwärts. Diese Richtung erschien ihm als die wahrscheinlichste, um an Bloch dranzubleiben. So war es. Zwei Straßen weiter hatte er den »Mazda«, der vorschriftsmäßig vor einem Stoppschild hielt, bereits wieder im Visier.

Bruno pustete. Der Sprint hatte ihn ins Schwitzen gebracht. Bei der Verfolgung musste er besonders vorsichtig sein, denn vom erhöhten Sitz eines Wohnmobils hatte man nicht nur eine gute Sicht – man wurde auch gesehen. Deshalb hielt er größtmöglichen Abstand, auch auf die Gefahr hin, vorübergehend den Anschluss zu verlieren. Doch Bloch, ein disziplinierter, um nicht zu sagen übervorsichtiger Autofahrer, stellte ihn nicht vor nennenswerte Probleme. Kritisch wurde es nur, als er unerwartet vor einer Apotheke stoppte. Bruno konnte nicht verhindern, dass er sträflich dicht an ihn herankam, doch Bloch bemerkte es nicht.

Nach ein paar Minuten kam er mit einer Mini-Plastiktüte in der Hand aus dem Arzneiladen und setzte seine Fahrt fort. Nun kam Bruno erst recht ins Schwitzen, denn Bloch lenkte seinen Kombi so kreuz und quer durch das Straßengewirr, wie es nur ein Ortskundiger konnte. Zu Brunos großer Freude steuerte er den Parkplatz eines Supermarkts an. Hier sah Bruno seine Chance, einen Trick anzuwenden. Mit einem gewöhnlichen Walkie-Talkie, das er für nicht einmal hundert Euro in einem Elektrogeschäft erworben hatte, verhinderte er, dass Bloch sein Auto abschloss, indem er den Sendeknopf drückte, während Bloch den Funkschlüssel handhabe. Da das Walkie-Talkie auf derselben Frequenz sendete wie Blochs Fernbedienung, allerdings mit höherer Leistung, blieb die Zentralverriegelung an dem Kombi offen. Bloch bemerkte es nicht. Während er im Supermarkt war, filzte Bruno seinen Wagen.

Sein erstes Augenmerk galt dem Tütchen aus der Apotheke, das auf dem Beifahrersitz lag. Es enthielt eine Tube Gleitmittel.

»Wozu zum Teufel braucht er das?«, brummte Bruno.

Ansonsten gab das Auto nichts preis. Der ganze Innenraum war so sauber und aufgeräumt, dass man den Wagen, so wie er war, in einer Verkaufshalle hätte präsentieren können. Bruno blickte ins Handschuhfach. Auch hier entdeckte er neben dem Serviceheft, einem Satz Sicherungen und einer Ersatzbrille im Etui nichts Aufschlussreiches. Trotz der dunklen Heck- und Seitenscheiben war die Sicht von innen nach außen gut. Jedoch war es unmöglich, in den Wagen hineinzublicken.

Als Bloch zurückkam, saß Bruno längst wieder im Wohnmobil, das er nahe bei einem Unterstand für Einkaufskarren abgestellt hatte, und beobachtete ihn durch ein Fernglas.

»Das darf doch nicht wahr sein!«, flüsterte er mit wachsender Besorgnis.

Bloch hatte nichts anderes eingekauft als eine Rolle Müllsäcke, die er unter den Arm geklemmt trug, Müllsäcke in gedecktem Blau.

Auf der Stelle griff Bruno zum Handy und rief Corbeau an.

»Ziehen Sie Engelbert Bloch aus dem Verkehr!«, sagte er. »Er hat gerade Gleitcreme und Müllsäcke gekauft.«

»Bei Ihnen piept's wohl!«, entgegnete Corbeau. »Wenn wir jeden festnehmen würden, der Gleitcreme und ...«

»Wenn Sie's nicht tun, mache ich's!«, unterbrach ihn Bruno.

»Unterstehen Sie sich, Schmidt!« Corbeau wurde sauer. »Sie kriegen ein Verfahren wegen Behinderung der Polizeiarbeit an den Hals! Haben wir uns verstanden?«

»Nein.«

»Ich werde den Mann beobachten lassen, okay? Und Ihnen kann ich nur wärmstens empfehlen: Halten Sie sich da raus! Danke für Ihre Mitarbeit und gute Heimreise!«

Die Stunde des Mörders

Hinter Sophie lag die schlimmste Nacht ihres jungen Lebens. Sie hatte ununterbrochen wach gelegen und in die Dunkelheit gestarrt, gefesselt und von Angst und Todesphantasien gepeinigt. Zwar hatte Bloch sie in Ruhe gelassen und auf der Matratze im Wohnzimmer geschlafen, doch es war unheimlich, wie er sich nun von Stunde zu Stunde veränderte.

Am Morgen war er mürrisch gewesen und in sich gekehrt, hatte ihr kein Frühstück gebracht und sie kaum noch angesprochen. Sophie erkannte immer deutlichere Anzeichen, dass sich ihr Martyrium bald einem entsetzlichen Ende nähern könnte. Ihre Seele und ihr Körper waren in Aufruhr. Sie hatte sich eingenässt, traute sich jedoch nicht, es zu sagen.

Um die Mittagszeit kam Bloch in Jackett und Straßenschuhen ins Zimmer, überprüfte ihre Fesseln und knebelte sie. Dann ging er. Zunächst dachte Sophie, mit dem Zuschnappen der Wohnungstür und dem Drehen des Schlüssels wolle er sie täuschen, um herauszufinden, ob sie sich selbst befreien könnte. Aber es blieb mäuschenstill in der Wohnung. Er war tatsächlich weg.

Sophie begann zu kämpfen. Sie holte alles aus sich heraus, ignorierte den Schmerz an den Handgelenken und riss und zog und wand sich – vergeblich. Mit geblähten Nasenflügeln sog sie die Atemluft ein. Das Tuch im Mund verursachte Brechreiz – sie wusste, dass das tödlich ausgehen konnte. Nach ein paar Minuten war sie erschöpft und niedergeschlagen und weinte vor Verzweiflung.

Das Drehen des Schlüssels kündigte Blochs Rückkehr an. Er

streckte nur kurz den Kopf ins Schlafzimmer, überzeugte sich, dass Sophie noch da war, dann begab er sich spornstreichs in sein Sado-Maso-Studio und fiel über die Puppe her.

»Ich reiß dich auseinander, du Schlammfotze!«

Er tobte wie ein Wahnsinniger, konnte – den Geräuschen nach zu urteilen – aber keine Befriedigung finden. Immer wieder entstanden kleine Pausen zwischen seinen Ausbrüchen. Der Akt zwischen Mensch und Menschenersatz wollte kein Ende nehmen.

»Versautes Luder, du! Ich werd's dir austreiben!«

Die Schläge waren durch die Wand zu hören. Dann polterte es und es trat Stille ein. Kurz darauf taumelte Bloch mit entgleisten Gesichtszügen ins Schlafzimmer. Seine Brille war verbogen, sein Hemd weit offen, das schwarzbraune Muttermal entblößt.

»Es geht nicht mehr«, jammerte er und ließ sich neben Sophie aufs Bett fallen.

Eine Weile wimmerte er vor sich hin, dann hob er den Kopf, zog die Brille von der Nase und brachte sein Gesicht atemnah an ihres.

»Du bist schuld, dass es nicht mehr geht! Du, Sophie!«

Er löste den Klebestreifen von ihrem Mund, längst nicht mehr so behutsam wie beim ersten Mal, nein, diesmal riss er ihn förmlich von ihren Lippen. Das durchgespeichelte Tuch warf er in eine Zimmerecke. Auf dem Bett kniend, richtete er den Oberkörper auf und blickte begehrlich auf ihren Bauch, der sich im Atemrhythmus hob und senkte. Dann schob er ihr das Top hoch bis über die Brustwarzen.

»In deinem jungen Körper sehe ich die Schönheit der ganzen Welt«, flüsterte er dämonisch und ließ seine rechte Hand dicht über Sophies nackter Haut kreisen. »Die Hand ist eine Außenstelle des Gehirns.« Er sprach leise wie zu sich selbst. »Zigtausende Tastkörperchen und Gefühlssensoren schicken ihre Informationen wie auf einer Datenautobahn zum Gehirn. Von keiner anderen Stelle des Körpers fließen derart komplexe Informationen so schnell hin und her wie zwischen Hand und Gehirn.«

Panisch verfolgten Sophies Augen jede Bewegung. Die Fingernägel der weißen, schlecht durchbluteten Hand hatten einen Stich ins Bläuliche.

»So sind wir einst vom Tier zum Menschen geworden! Es war die Hand, die den Geist geformt hat«, dozierte Bloch im Flüsterton, »und nicht umgekehrt! Sie ist das Werkzeug, das unser Gehirn zu dem gemacht hat, was es ist.«

Langsam senkte sich die Hand, kreiste millimeterdicht über den angststarren Brustwarzen, glitt, ohne die Haut zu berühren, über die sanften Hügel und die sich abzeichnenden Rippen hinab zum Bauch und landete – kalt wie ein Kotelett aus der Kühltheke – zwei Fingerbreit unterhalb des Nabels.

Sophie stöhnte auf und zerrte an ihren Fesseln.

»Wie dein Leib zuckt!«, sagte Boch leise. »Berührung ist er nicht gewöhnt.«

Sophies blaue Augen flehten ihn an.

»Ja, ich weiß.« Bloch sah zur Zimmerdecke und schüttelte den Kopf. »Glaub mir, ich würde es dir gern ersparen. Aber es ist wie es ist. Das musst du verstehen.«

»Du bist doch so klug, so ... du weißt doch so viel! Da kannst du doch nicht ...«

»Wenn es mich gepackt hat, nutzt der Verstand nichts«, erwiderte Bloch und knickte plötzlich ein. »Ich bin krank«, falsettierte er. »Warum hilft mir denn niemand?«

In Sophie keimte ein Fünkchen Hoffnung.

»Mach mich bitte los, Onkel Berti! Ich helfe dir!«

Bloch wandte ihr das Gesicht zu. Er hatte sich wieder in der Gewalt, aber einen Ausdruck von irrer Leidenschaft in der Mimik.

»Du hast einen Erdbeermund, Sophie.«

Sein Blick wurde seltsam abwesend und er begann die Knoten zu lösen. Es klappte nicht und er holte das große Messer aus der Küche. Während er die Mullbinden zerschnitt, rezitierte er mit hoher Stimme François Villon:

»Ich bin so wild nach deinem Erdbeermund, ich schrie mir schon die Lungen wund nach deinem weißen Leib, du Weib.«

An den Handschellen zog er Sophie aus dem Bett. Vor Angst wie gelähmt, ließ sie es widerstandslos geschehen, bis sie merkte, wohin er sie haben wollte – ins Zimmer nebenan!

»Nein!«, stieß sie entsetzt aus. »Nein, da geh ich nicht rein!«

Unbeirrt rezitierte Bloch weiter, während er sie mit dem Hebeldruck der Handschellenkanten gefügig machte.

»Im Klee, da hat der Mai ein Bett gemacht, da blüht ein süßer Zeitvertreib mit deinem Leib die lange Nacht. Da will ich sein, im tiefen Tal, dein Nachtgebet und auch dein Sterngemahl.«

Verrenkt und demoliert lag Brunhild neben der Arztliege auf dem Boden. Ein Auge fehlte. Ihr lebensnah modelliertes Geschlechtsteil war über und über mit Creme beschmiert. Die ausgedrückte Tube steckte in ihrem Mund. Mit einem Fußtritt fegte Bloch die Ex-Geliebte aus dem Weg.

Sophie spielte ihre letzte Karte.

»Ich werde gesucht! Die Männer, die uns verfolgen, arbeiten für meinen Vater! Sie werden mich hier finden, hier, bei dir!«

Bloch, der seine Brille nicht trug, sah sie mit seinen farblosen Augen durchdringend an.

»Keiner wird dich hier finden! Auch nicht die Polizei! Die haben mich schon einmal überprüft und sich danach entschuldigt.« Er zog sie tiefer in das Zimmer hinein. »Ich bin in keiner Gen-Datei zu finden. Niemals ist irgendwo biologisches Material von Engelbert Bloch aufgenommen worden – keine Hautzellen, keine Haare, kein Speichel. Niemals hinterließ Engelbert Bloch seine genetische Visitenkarte an einem Tatort – weil es nie einen gegeben hat.«

Doch, es gibt einen Tatort, schoss es Sophie durch den Kopf, es ist dieses Zimmer! Sie spürte es.

»Warum tust du das? Warum hast du die Mädchen ermordet?« In ihrer Aufgewühltheit brachen die Fragen aus ihr heraus, die sie bis jetzt aus der irrationalen Furcht, das Thema könnte Bloch zum Äußersten reizen, nicht auszusprechen gewagt hatte. »Und warum hast du mich wegen der Katze so belogen?«

»Nicht wegen«, korrigierte Bloch sie eiskalt, »sondern bezüglich.«

Sie mit der einen Hand an den Handschellen haltend, zog er mit der anderen die weißen Leinenvorhänge auf beiden Seiten des Zimmers zurück. Längsseits der Wände reihten sich große Kühltruhen aneinander.

»Das sind Spezialanfertigungen. An der Entwicklung war ich maßgeblich beteiligt.«

Sophie hinter sich herziehend, ging er von Truhe zu Truhe, ließ seine weiche Hand über die Deckel gleiten und lachte mehrmals hintereinander hell auf.

»Es liegen drei tote Mädchen drin. Ich habe sie getötet, ja, ich war das! Hat sich dadurch etwas verändert? Hat sich die Hölle aufgetan und mich verschlungen? Nein, ich bin ein ganz normaler Mensch geblieben, zu dem man ›Guten Tag!‹ sagt und ›Auf Wiedersehen‹. Zugegeben, ich habe nach der ersten Tötung ein paar Nächte nicht gut schlafen können. Nach dem zweiten Mal war ich schon ruhiger. Und beim dritten Mal war es leicht, ganz leicht.«

Sophie war totenbleich.

»Warum?«, hauchte sie.

»Cindy war übrigens eine Hure«, sagte Bloch, »so alt wie du

und schon eine Hure! Sie hat sich mir angeboten, das kleine Miststück. Fünfzig Euro wollte sie dafür haben.«

Er schnaubte verächtlich.

»Unrat! Schmutz! Seelische Verwahrlosung! Und dann setzen sich die Eltern scheinheilig vor die Fernsehkameras. Alles wird falsch dargestellt!«

Sein blasser Teint rötete sich.

»Cindy war wie die weiße Katze! Die hat sich auch von jedem streicheln lassen. Das habe ich beobachtet. Und es hat mich enttäuscht. Sehr enttäuscht.« Er schob die Unterlippe vor. »Deshalb habe ich die Katze vergiftet.«

»Was war denn ... mit den anderen Mädchen?«, fragte Sophie geduckt.

»Sie waren anders«, sagte Bloch, »ganz anders. Aber was sie auch gewesen sind – jetzt sind sie totes Fleisch.«

»Was hast du mit ihnen gemacht?«

»Sina und Julia waren Lämmchen. Ich habe sie nicht lange leiden lassen. Meine Tropfen haben ihnen gutgetan.« Er blickte Sophie starr an. »Es ist nicht leicht, ein Lämmchen zu schlachten, das einem die Hand leckt.«

Quer durch den Raum zog er sie auf die andere Seite und legte seine Hand auf einen Truhendeckel.

»Da schläft Julia«, sagte er feierlich, »dort drüben Sina. Ja, da schlafen sie, meine Eisblumen, mit atemloser Brust.«

»Werde ich auch ...?« Sophies Gesicht war aschfahl und sie begann zu zittern.

»Der Tod ist etwas sehr Geheimnisvolles.« Bloch sprach gruselig tonlos. »Die Schönheit und der Tod – hier sind sie ganz nah beieinander. Ich vermähle sie miteinander – hier, an diesem Ort.«

»Wie hast du die Mädchen ...?«

»Still! Das geht nur mich etwas an! Ich habe Bilder in mir, die so übermächtig sind, dass sie bis an mein Lebensende in mein Gedächtnis eingebrannt sein werden!«

Er zog sie von den Tiefkühltruhen fort zu dem Gebilde, das mit einem weißen Laken verhängt war. Mit einem Ruck, als würde er ein Denkmal enthüllen, riss er den Stoff herunter. Fassungslos blickte Sophie auf einen alten, ausgedienten gynäkologischen Stuhl. An dem Gestell hatte Bloch herumgebastelt und es an verschiedenen Stellen mit Lederriemen zum Festschnallen ergänzt.

Sophies Knie wurden weich. Alles um sie herum drehte sich und sie sank, von Bloch nur unentschlossen gehalten, zu Boden. Ihre Schwäche ausnutzend, kettete er sie mit den Handschellen an ein Stahlrohr seines Folterstuhls.

»Du bist jetzt ganz ruhig«, sagte er streng, »ich bin gleich wieder da. Wenn du schreist, werde ich dich in ein Dornenbett legen.«

Als wollte ihr Verstand sich vor dem Albtraum drücken, kreisten ihre Gedanken, nachdem Bloch das Zimmer verlassen hatte, um ganz und gar nebensächliche Dinge: eine vermasselte Mathematikarbeit, das Toupet ihres Klavierlehrers, das Pferd ihrer Mutter ...

Bloch trat ein. Über weißer Hose trug er einen weißen Arztkittel. Auch seine Schuhe waren weiß. Er hatte blaue Plastikmüllsäcke dabei und eine Rolle Klebeband. In seiner rechten Hand blitzte das Küchenmesser.

Sophie kroch in sich zusammen. Ihre Zähne klapperten aufeinander. Bloch schloss die Handschellen auf.

»Ausziehen!«, forderte er und hielt ihr die Klinge an den Hals.

Todesangst schnürte ihr die Kehle zu. Jeden Tag wurden Menschen gedemütigt und gefoltert. Jeden Tag starben Menschen auf dem Planeten. Tausende. Aber bisher waren es immer die anderen gewesen. Sophie war fünfzehn. Sie hatte keinen Bezug zum Sterben. Als die Spitze des Messers ihre Halsschlagader berührte, zog sie sich das Top über den Kopf und streifte den Slip ab.

»Leg dich da drauf!« Er deutete auf den Grätschstuhl.

»Bitte tu das nicht, Onkel Berti!«

»Herr Doktor! Du hast mich Herr Doktor zu nennen!!«

»Bitte ... Herr Doktor!« Sie krallte sich an der Armlehne fest.

»Meine Odaliske!«, stöhnte Bloch. »Ich werde dich ... per fas et nefas ... auf jede erlaubte und unerlaubte Weise ...«

»Bitte nicht, Herr Doktor!« Das Messer an ihrem Hals zwang ihren Kopf in eine schiefe Haltung. »Ich werde auch niemandem davon erzählen, nie, nie, nie!«

»Dafür ist es zu spät!«, sagte er erregt.

»Ich werde bei dir bleiben, Onkel Berti!« Ihre Stimme vibrierte. »Du hast doch nur mich!«

Sie spürte, dass der Druck an ihrem Hals plötzlich stärker wurde. Was geschehen war, begriff sie erst, als etwas Warmes über ihre Brust rann und rasch hintereinander Tropfen auf dem Boden aufschlugen. Sie hörte noch, dass da ein Geräusch war, das von draußen kam, ein ganz alltägliches Geräusch, jenes gedämpfte Schnappen nämlich, wenn eine Tür ins Schloss gedrückt wird.

Bloch horchte auf, drehte lauschend den Kopf. Während Sophie niedersank, schlich er, das Messer vor sich haltend, zur Zimmertür, riss sie auf – und starrte entgeistert auf den Mann in der Diele. Nicht minder entgeistert starrte Bruno zurück. Auf Blochs makellos weißer Arztmontur zeichneten sich frische Blutspritzer ab.

»Wie sind Sie ... hier herein ...?«, stammelte Bloch.

»Damit.« Bruno hatte das Aufsperrgerät noch in der Hand.

»Ich schätze keine unangemeldeten Besuche.« Bloch richtete die Klinge gegen ihn.

»Teenie!«, rief Bruno. »Die Kavallerie ist da!«

Täppisch, da in der Handhabung eines Messers nicht geübt, ging Bloch gegen ihn vor. Bruno wich zurück.

»Bist du in Ordnung, Teenie?«, rief er.

Er bekam keine Antwort. Durch eine unbeholfene Messer-
attacke zu einem Seitwärtsschritt genötigt, gelang es ihm, an
Bloch vorbei ins Zimmer zu schauen. Da sah er Sophie. Sie kau-
erte auf Knien und Ellbogen. Unter ihr breitete sich eine Blut-
lache aus.

Reise ohne Wiederkehr

Nie zuvor in seinem Leben war Bloch so rücksichtslos Auto gefahren wie an diesem Nachmittag. Er hatte nichts mehr zu verlieren.

Dass ausgerechnet er, der das Ungeplante hasste, sein Ende improvisieren musste, erschien ihm wie ein Hohn des Schicksals. Den Mann mit der Boxernase hatte er nicht einkalkuliert. Sein überraschendes Auftauchen, sein überfallartiges Eindringen in die Wohnung hatte dazu geführt, dass sich nun alles überstürzte.

Mit dem Messerstich in Sophies Hals hatte die Konfusion begonnen. Es war ein Reflex gewesen, fast ein Unfall. Jedenfalls keine erklärte Absicht. Bloch mochte keine Blutorgien. Auch die anderen Mädchen hatte er nicht bluten lassen. Julia hatte er mit einem Kissen erstickt, Sina und Cindy mit einer Kordel erdrosselt, nachdem er mit ihnen fertig gewesen war.

Auch später, als er die tiefgefrorene Cindy zersägte, war kein Tropfen Blut geflossen. Man hätte den starren Körper in winzige Teile schreddern können, ohne sich zu beflecken.

Bloch hatte nach Möglichkeiten gesucht, die toten Mädchen loszuwerden, weil er bezweifelte, dass der kalte Friedhof in der eigenen Wohnung auf Dauer geheim bleiben könnte. Die Idee, seine Opfer portionsweise an die Merziger Wölfe zu verfüttern, war ihm genial erschienen. Den ersten Versuch hatte er vor sechs Wochen mit Cindys Eingeweiden gemacht. Spätabends war er nach Merzig gefahren, hatte geduldig gewartet, bis der letzte Besucher den Wald verlassen hatte, dann war er mit schwerer Plastiktüte und einem flauen Gefühl in den dunklen Wolfspark geschlichen, um Herz, Leber und Gedärm über den Zaun zu werfen. Am nächsten Morgen hatte er sich davon überzeugt, dass nichts mehr davon da war. Das hatte ihm Mut gemacht, es mit den Gliedmaßen zu versuchen. Noch in derselben Woche war er spätabends mit einer Hand und einem zerstückelten Bein im Gepäck angerückt. Es war ein glutheißer Sommertag gewesen, die Luft auch am Abend noch warm, und es war die Vergänglichkeit des Fleisches, die Bloch antrieb. Aufgetautes Gewebe verdarb viel schneller als welches, das nie gefroren war. Cindys zierliche Hand war bereits ganz runzlig, vor allem an den Fingerspitzen.

Als graue Schemen waren die Wölfe zwischen den Bäumen aufgetaucht, in hohem Bogen hatte er ihnen die Hand zugeworfen, einer hatte sie geschnappt, spielerisch, wie es Bloch vorkam, und war, lautlos verfolgt von den anderen, im Dickicht verschwunden, wo es bald ein kurzes Kampfgetöse gab. Während Bloch am Zaun stand, hoffend, dass der Happen in einem Wolfsmagen verschwunden war, und noch unentschlossen, den nächsten Brocken zu werfen, war in der Tiefe des Waldes ein Automotor zu hören gewesen, ein sich näherndes Geräusch, das Bloch veranlasste, die Raubtierfütterung zu beenden und mit seiner Fleischtüte schleunigst den Rückzug anzutreten. In einer Aufwallung von Angst und Ekel war er zum Saarufer gefahren und hatte das zersägte Mädchenbein in den Fluss geworfen.

Zu Hause hatte er tagelang auf glühenden Kohlen gesessen ob einer Nachricht in den Medien, aber da nichts Entsprechendes vermeldet worden war, hatte er allmählich sein Gleichgewicht wiedergefunden. Auf weitere Versuche, seine Eisblumen zu entsorgen, hatte er danach verzichtet, denn Leichen zu zerstückeln und in den Müll oder einen Fluss zu werfen, das war schon so manchem Täter zum Verhängnis geworden.

Nun spielte das alles keine Rolle mehr. Bloch war auf einer Reise ohne Wiederkehr. Während seine Wohnung – er stellte es sich realistisch vor – von Kriminalisten in weißen Overalls durchsucht wurde, während vor dem Haus die Leichenwagen vorfuhren und die Presseleute sich gegenseitig auf den Füßen standen, während sein Name in alle Welt hinausposaunt wurde, war er auf dem Weg ins Nichts.

Schon so oft hatte er in Gedanken durchgespielt, wie er seinen Abschied von der ungeliebten Welt gestalten wollte. Es waren romantische Phantasien gewesen, die von Stil und Stille bestimmt waren. Nun war es anders gekommen, ganz anders, als er es sich jemals ausgemalt hatte. Er fühlte sich gehetzt, obwohl noch niemand erkennbar hinter ihm her war. Aber es konnte nicht mehr lange dauern, bis er kreiselnde Blaulichter im Rückspiegel sehen würde.

Das durfte es nicht geben! Keine Festnahme, keinen Prozess, keine Sensationsberichte, keine psychologischen Expertisen, kein Urteil wegen mehrfachen Mordes zur Befriedigung des Geschlechtstriebs und keine Hölle, die einen Kinderficker im Knast erwartet!

Auf der Malstatter Brücke wurden seine Gedanken konkret. Er ließ sein Auto mit laufendem Motor auf der Fahrbahn stehen und ging zum Geländer. Wenige Meter unter ihm floss friedlich die Saar.

»Du wirst dich nicht wehren!«, befahl er sich. »Du wirst das Wasser einatmen wie Luft! Dann wird es schnell gehen!«

Es kamen ihm Zweifel, ob er es schaffen würde, die Überlebensreflexe seines Körpers auszutricksen. Was wäre, wenn ihm das nicht gelänge? Außerdem konnte er schwimmen.

Das Sonnenlicht auf dem Wasser blendete ihn. Erst jetzt merkte er, dass er seine Brille nicht trug. Hinter Blochs »Mazda« stoppte der Wagen eines älteren Ehepaars. Neugierig äugten die beiden zu ihm herüber. Nein, so ging das nicht! Bloch verlor die Nerven und lief weg, immer am Brückengeländer entlang, bis ihm die Puste ausging.

»Awei guck emol denne Dokter aan, wie der rennt«, sagte die Frau zu ihrem Mann. »Do muss ääner ins Wasser gefall sinn!«

Keuchend blieb Bloch stehen. Es war gar nicht so einfach, sich umzubringen, wenn man weder eine Schusswaffe noch einen Todescocktail zur Hand hatte. Fieberhaft suchte er nach Möglichkeiten. Er erwog kurz, sich vor einen Bus zu werfen, doch dessen geringe Geschwindigkeit und das eventuelle Reaktionsvermögen des Fahrers hielten ihn davon ab. Dann dachte er an Eisenbahnschienen. Ja, das war die Lösung! Den Kopf auf die Schienen legen und sich von den Stahlrädern eines Zuges enthaupten lassen! Das ginge schnell. Aber wie lange würde er warten müssen? Er würde auffallen in seinen Arztklamotten. Blicke würden ihm folgen. Und was wäre, wenn sein Freitod gar in letzter Sekunde vereitelt würde? Man würde ihm Handschellen anlegen.

Er rannte zurück zu seinem Auto, hinter dem sich ein Stau zu bilden begann. Seine weiße Berufskleidung ersparte ihm böse Worte.

»Is was passiert?«, rief jemand.

Bloch gab Gas. Auf der Autobahn hatte er den finalen Einfall: die Wölfe von Merzig! Deutlich erinnerte er sich an die Worte: »Mit einem Eindringling würden die Wölfe kurzen Prozess machen – ob das jetzt ein Hund ist oder ein Verrückter.«

Abschied

Die Patientin Nicoletta Sophie Dettwiler wurde schärfer bewacht als die englischen Kronjuwelen. Vor der Klinik parkten zwei Streifenwagen, den Korridor vor der Tür ihres Zimmers blockierten zwei uniformierte Polizisten und drei bullige Bodyguards, an denen kein Besucher vorbeikam – ob mit oder ohne Presseausweis.

Aus allen Himmelsrichtungen fielen Journalisten ein, um ein Bild oder wenigstens ein Wort von dem Mädchen zu erhaschen, das die Begegnung mit dem »Eismann«, wie Bloch in den Medien genannt wurde, überlebt hatte. Auch nach Bruno suchten die Reporter mit Hochdruck, nachdem durchgesickert war, dass ein Privatdetektiv das düstere Geheimnis Blochs enthüllt hatte. Bruno stellte sich ihnen nicht. Mehr oder weniger frustriert mussten die Nachrichtenjäger vorliebnehmen mit Klaus Corbeau, der auch außerhalb der offiziellen Pressekonferenzen pausenlos Rede und Antwort stand. Mit der Festnahme des »Eismannes« sei stündlich zu rechnen, erklärte er ein ums andere Mal.

Auf Bruno war er nur bedingt gut zu sprechen. In die Anerkennung, die er ihm zollen musste, war Kritik gemischt: »Mann, Schmidt, Sie mit Ihren Alleingängen! Warum haben Sie uns das nicht erledigen lassen? Das wäre eine klassische Aufgabe fürs SEK gewesen! Dann hätten wir jetzt kein Problem mit einem flüchtigen Serientäter!« Bruno hatte ihm – knapp und achselzuckend – erwidert: »Und Sophie? Die läge im Leichenschauhaus.«

Beim ersten Versuch, sie im Krankenhaus zu besuchen, kam

er nicht durch den Sicherheitskordon. Erst nach der ausdrücklichen Einwilligung Corbeaus ließen sie ihn – »Nur für ein paar Minuten!«, wie ihm ein Weißkittel mit erhobenem Zeigefinger gebot – zu ihr. Verkabelt und mit verbundenem Hals lag sie zwischen medizinischen Hightech-Geräten und versuchte ein Lächeln. Der Messerstich war tief, hatte jedoch die Halsschlagader nicht verletzt.

»Ach, Teenie …« Bruno nahm ihre Hand.

Sie sahen sich in die Augen. Er wusste, dass sie noch nicht sprechen konnte.

»Ich hätte Bloch nicht weglassen dürfen«, sagte er. »Aber als ich dich so daliegen sah, blutend … da war dieser Kerl mir plötzlich so was von egal!« Er streichelte ihre Hand. »Die Kripo ist sauer auf mich.«

Sophies Finger glitten in seine und verschränkten sich zärtlich mit ihnen.

»Jetzt müsste jemand *Time To Say Goodbye* auflegen.« Bruno grinste. »Mensch, Teenie, du hast ja Pipi in den Augen.«

Eine Krankenschwester kam ins Zimmer und tippte mit dem Zeigefinger auf ihre Armbanduhr.

»Sei tapfer, Teenie!«, sagte er. »Du wirst mir fehlen.«

Auf dem Parkplatz der Klinik folgte ihm ein Mann, dem Aussehen nach ein Bodyguard.

»Herr Schmidt?«

»Ja?«

»Würden Sie bitte mitkommen? Herr Dettwiler möchte Sie sprechen.«

Neben einer dunkelblauen Jaguar-Limousine mit Schweizer Kennzeichen stand ein Mann in elegantem Anzug.

»Ich möchte Ihnen danken«, sagte er und bot ihm die Hand. »Sie haben meiner Tochter das Leben gerettet.«

»Bitte seien Sie nicht zu streng mit ihr!«

»Ist es die Schuld des Schafes oder die des Schäfers, wenn sich ein Schaf verirrt?«, fragte der Mann mit hochgezogenen Brauen. »Sagen Sie mir bitte, was ich Ihnen schulde!«

»Lassen Sie stecken, Herr Dettwiler!« Bruno wandte sich zum Gehen. »Ich frage nicht bei allem, was ich tue, ob sich's rechnet.«

Sprachlos blickte der Hotelier hinter ihm her.

Bruno machte sich auf den Heimweg – nunmehr endgültig. Er hatte ein demoliertes Wohnmobil, eine Backenzahnkrone in der Hosentasche und keinen roten Cent verdient, aber er war glücklich. Es war ihm danach, das *Halleluja* aus Händels *Messias* zu hören. Als er nach der CD suchte, fand er sie zerbrochen auf der Fußmatte. Smiceks Gorillas hatten vor nichts Respekt.

Im Radio war Engelbert Bloch das beherrschende Thema. Die Bevölkerung wurde um Mithilfe bei der Fahndung gebeten. Ehemalige Kollegen Blochs äußerten sich über dessen Eigenheiten, auch seinen Nachbarn wurde das Mikrophon unter die Nase gehalten. Er sei ein schwer zugänglicher Mensch, krähte Frau Kniesbeck, obwohl man sich allseits um ihn bemüht habe. Etwas dermaßen Grauenvolles, nein, das habe ihm niemand zugetraut.

Ein diplomierter Seelensachverständiger bezeichnete Bloch als einen Soziopathen, der jahrelang isoliert wie ein Insekt in seinem Kokon gelebt habe. Da er sich vor erwachsenen Frauen fürchte, habe er seine Machtbedürfnisse an Minderjährigen ausgelebt.

Dann wurde das Programm unterbrochen.

»Soeben meldet die Polizei, dass die Leiche des mutmaßlichen Mädchenmörders Engelbert Bloch im Wolfsfreigehege von Merzig aufgefunden wurde. Ersten Erkenntnissen zufolge ist ihm die Kehle durchgebissen worden. Um die näheren Umstände seines Todes zu ermitteln, sind Gerichtsmediziner und Zoologen vor Ort.«

Brunos Handy tönte. Alexander war dran.

»Hast du's schon gehört, Hammer?«

»Gerade eben.« Bruno fuhr auf die Bankette und stellte den Motor ab. »Bloch hat den Löffel abgegeben.«

»Nein, was anderes! Ich möchte dir schon mal gratulieren. Der Ministerpräsident des Saarlandes wird dir eine Medaille verleihen.«

Bruno lachte laut auf.

»Es gibt nichts, was ich dringender bräuchte!«

»Und die Belohnung, willst du die auch nicht haben? Es sind immerhin zehntausend Euro.«

»Was?« Bruno pfiff durch die Zähne. »Das sind ja zwanzig lila Lappen! Junge, unser nächstes Treffen geht auf meinen Deckel!«

Als er weiterfahren wollte, entdeckte er ein goldblondes, seidiges Haar, das zwischen der Scheibe des Beifahrersitzes und der Gummidichtung eingeklemmt war. Er befreite es und hielt es zärtlich zwischen Daumen und Zeigefinger. Dann stieg er aus und pustete es in den Wind. Doch es schien, als wolle es nicht weg. Es tanzte und taumelte auf der Stelle, kam wieder zurück und fand Halt an der Plastikumrahmung eines Kabinenfensters. Bruno löste es ab und blies energischer. Da erfasste es der Wind und trug es über die Straße davon.

Intelligente Spannung, ein cooler Held und launig-lakonische Dialoge

Matti Rönkä
ENTFERNTE VERWANDTE
Kriminalroman
Aus dem Finnischen
von Gabriele
Schrey-Vasara
256 Seiten
ISBN 978-3-404-16663-3

Viktor Kärppä bewegt sich zwischen den Welten. In Russland geboren, jedoch mit finnischen Wurzeln, hat er sich inzwischen in Helsinki gut eingelebt. Er bemüht sich redlich, sein »Business« in der Baubranche in legale Bahnen zu lenken. Als jedoch eine entfernte Verwandte aus Russland vor seiner Tür steht und ihn bittet, den verschollenen Ehemann zu suchen, gerät sein Alltag aus den Fugen. Denn kurze Zeit später wird der vermisste Mann ermordet aufgefunden ...

»Es zeichnet Rönkäs Romane aus, dass sie virtuos mit einem Klima der Angst spielen, die Bedrohungsszenarien aber nicht zwanghaft in Gewaltexzesse münden.« DIE WELT

Bastei Lübbe Taschenbuch

Liebe, Eifersucht und Träume in der wildro-
mantischen Landschaft Schottlands

Jessica Stirling
WIEDERSEHEN IN
DEN HIGHLANDS
Roman
Aus dem Englischen
von Veronika Dünninger
464 Seiten
ISBN 978-3-404-16695-4

Auf der abgelegenen Farm Hawkshill in den Hügeln von Ayrshire:
Trotz seiner Armut ist der charmante Tom, der Sohn des Pächter-
Ehepaares, der begehrteste Junggeselle der gesamten Grafschaft.
Auch Betsy, die als Magd nach Hawkshill kommt, verliebt sich
sofort in ihn. Doch Tom scheint mehr Gefallen an der Tochter
des Farmbesitzers zu finden, auch wenn dieser seine Rose mit
einem reichen Mann verheiraten will. Für Betsy bricht eine Welt
zusammen – aber sie gibt ihren Traum von der Liebe nicht auf ...

Bastei Lübbe Taschenbuch